NELLY ARNOLD |

Ohne Mann bin ich wenigstens nicht einsam

Das Buch

Das Leben von Lyn Fritsch verläuft in ruhigen und geordneten Bahnen. Sie ist seit fünfzehn Jahren mit Christoph verheiratet und wird in Kürze die Leitung eines Buchladens übernehmen. Doch dann entwickelt sich ein normales Gespräch am Frühstückstisch zum Desaster, und plötzlich ist nichts mehr ruhig und geordnet. Lyn landet wieder in ihrem alten Kinderzimmer, und zwischen alten CDs und anderen Erinnerungen aus ihrer Jugendzeit merkt sie: Es ist Zeit, ihr Leben in die Hand zu nehmen und einen Neustart zu wagen. Und so wird Lyns Alltag noch einmal kräftig durcheinandergewirbelt. Lyn zieht in eine Frauen-WG, deren quirlige Bewohnerinnen sie schnell auf andere Gedanken bringen. Genauso wie der attraktive Pizzalieferant Sascha, der zwar, was seinen Job betrifft, nicht gerade in die Kategorie Traummann passt, Lyn aber trotzdem ins Schwärmen bringt. Doch dann taucht Christoph plötzlich wieder in ihrem neuen Leben auf …

»Eine Geschichte, die ans Herz geht.« *BZ*

»Ein berührendes Buch.« *tina Woman*

Die Autorin

Nelly Arnold wurde 1966 geboren. Sie lebt und arbeitet als freie Autorin in München und hat unter anderem Namen bereits mehrere Kinder- und Jugendbücher sowie Krimis veröffentlicht. Nach *Ohne Mann bin ich wenigstens nicht einsam* erschien *Wenn das die Lösung ist, will ich mein Problem zurück* im Diana Verlag. Im Moment schreibt die Autorin an ihrem nächsten Roman.

NELLY ARNOLD

Ohne Mann bin ich wenigstens nicht einsam

Roman

Diana Verlag

MIX
Papier aus verantwortungsvollen Quellen
FSC® C014496

Verlagsgruppe Random House FSC® N001967
Das für dieses Buch verwendete
FSC®-zertifizierte Papier *Holmen Book Cream*
liefert Holmen Paper, Hallstavik, Schweden.

3. Auflage
Originalausgabe 03/2013

Umschlaggestaltung | © t.mutzenbach design, München
Umschlagmotiv | © Silke Weinsheimer/Corbis; shutterstock
Satz | Leingärtner, Nabburg
Druck und Bindung | GGP Media GmbH, Pößneck

Printed in Germany 2014
978-3-453-35689-4

www.diana-verlag.de

Prolog

Zwei Tage vor dem Scheitern meiner Ehe hätte ich schon die Vorzeichen erkennen können:

Freitagmorgen sieht mich Christoph von der Seite an und nickt mir mit verkniffenem Mund zu. So wie Fremde es in der U-Bahn machen, wenn sich versehentlich ihre Blicke treffen. Ich finde es seltsam, denke mir aber nichts dabei. Natürlich hätte mir sein Verhalten zu denken geben müssen, aber ich habe mir in der Vergangenheit oft genug den Vorwurf gefallen lassen, ich würde mit Vorliebe auf Kleinigkeiten herumreiten. Genau genommen hat es sogar mehrere Jahre gedauert, dieses Stigma loszuwerden.

Ich will nicht wieder alte Wunden aufreißen und bohrende Fragen stellen: »Aber du hast mich wirklich ganz komisch angesehen, Christoph, so als würdest du dich irgendwie ertappt fühlen.« Nein, nein, nein. Diesen Satz verkneife ich mir lieber. Allein der Gedanke daran lässt mich erschauern. Dann würden nur noch die Lockenwickler und die Schürze fehlen, um als Nörgeltasche perfekt zu sein. Nicht umsonst habe ich meine Bugs-Bunny-Pantoffeln der Caritas gespendet. Wobei ich hinzufügen möchte, dass ich mir später Vorwürfe wegen meiner grotesken Gutmütigkeit machte. Wer zum Teufel würde in einem erdbebengebeutelten Gebiet mit Bugs-Bunny-Pantoffeln herumlaufen?

Jedenfalls werde ich an diesem Freitagmorgen zum ersten Mal stutzig. Ob Christoph etwas auf der Seele liegt, das er mit mir besprechen möchte? Leider wurde mir schon vor Jahren die Frage von ihm verboten: »Was denkst du gerade?« Deshalb tue ich so, als sei nichts.

Ein paar Stunden später: Christoph küsst mich auf die *Stirn*, als ich mich auf den Weg zur Arbeit mache! Ich persönlich habe noch nie jemanden auf die Stirn geküsst. Das ist ungefähr so, wie alkoholfreie Cocktails zu trinken. Entweder oder, dazwischen gibt es für mich nichts.

Obwohl ich ganztags in einer Buchhandlung arbeite und Christoph erst abends, steht er immer um halb neun mit mir auf, und wir frühstücken gemeinsam. Meines Erachtens arbeitet Christoph in Teilzeit, nämlich von 17:10 bis 21:05 Uhr als Lehrer am Abendgymnasium, aber als ich das einmal sagte, sprach er zwei Tage nicht mehr mit mir.

Ich sehe ihn also auf den Stirnkuss hin verwundert an, aber für ihn scheint das total in Ordnung zu sein. Das macht mir Angst.

Und dann am Samstag der Riesenschock am Kaffeetisch: Er macht eine Bemerkung über meinen ersten winzigen und kaum sichtbaren Altersfleck auf dem Handrücken: »Ist das normal? Sieht hässlich aus. Lass mal checken, ob das nicht Krebs ist.«

Also das finde ich nun wirklich übel. Ich sehe ihm direkt ins Gesicht und hoffe, er bemerkt, wie schockiert ich bin.

Christoph bemerkt es nicht. Er rührt einfach seinen verdammten Zucker in seiner verdammten Kaffeetasse um.

Am Abend frage ich ihn, ob er eigentlich findet, dass man

mir mein Alter langsam ansehe. Gedankenverloren meint er: »Hmhm, ja, ja.«

Ich will ihn schon zur Rede stellen, aber dann denke ich, dass es wahrscheinlich gar nichts mit mir zu tun hat, sondern dass der Stress in der Arbeit schuld ist. Frauen können so wunderbar verdrängen und schönreden. Auf diese Frage mit: »Hmhm, ja, ja«, zu antworten, grenzt schon an psychische Misshandlung oder Ehemobbing, falls es so etwas gibt.

Heute denke ich, wie blöd ich gewesen sein muss, dass ich die Signale nicht wahrnahm und dieses unterkühlte Verhalten einfach so abtat. Bekanntlich ist man nachher immer klüger. Doch bevor ich klüger wurde, musste ich erst einmal ziemlich dumm dastehen.

I

Der Sonntagmorgen, der mein Leben auf den Kopf stellen sollte, fing an wie immer. Zunächst deutete nichts auf eine bevorstehende Katastrophe hin. Es ging alles so schnell. Wie es ja auch Unfallopfer oft berichten. Oder wie meine Großtante Kathi immer zu sagen pflegte: »Gehst über d' Straß, kimmt a Auto, und scho bist hinüber.« Sie war schon immer sehr pragmatisch.

Ich stand um halb elf auf, deckte den Frühstückstisch und briet Spiegeleier mit Schinken. Gähnend wendete ich die Eier in der Pfanne, während im Radio darüber berichtet wurde, dass eine Rentnerin von ihrem Enkelsohn getötet worden war, weil sie ihm kein Geld hatte geben wollen. Bei solchen Gelegenheiten sagte Christoph oft: »Wie gut, dass wir keine Kinder haben.« Und das meinte er keinesfalls als Witz.

Sonntags schliefen Christoph und ich lang und aßen dann gegen elf eine Mischung aus Frühstück und Mittagessen. Das Wort *Brunch* durfte ich nicht benutzen, weil Christoph diese modernen Anglizismen verabscheute. Wir nannten es *spätes Frühstück*. Beim Essen planten wir dann, was wir tagsüber unternehmen wollten. Meistens plante allerdings Christoph, ich nickte mechanisch. Irgendwie aus Bequemlichkeit, weil er meine Vorschläge entweder albern oder zu *frauenmäßig* fand, wie er sich ausdrückte. Ich glaube, das ist ein Wort, das er selbst kreiert hat. Meine frauenmäßigen Vorschläge waren Ausstellungen und Museen. Seine Sonntagspläne hatten immer denselben Charakter: Im Winter sahen wir uns eine der Mittagsvorstellungen im Kino an, lasen am Nachmittag und aßen abends in einem Restaurant. Im Sommer fuhren wir Rad oder gingen zum Schwimmen an den See. Ich gebe es zu: Rückblickend klingt das alles furchtbar spießig. Ich weiß. Natürlich kommt jetzt ein ABER: Aber wir waren glücklich mit unserem Leben. Zumindest glaubte ich das. Der weitere Verlauf des Vormittags sollte mir das Gegenteil beweisen. Mit dem Glück ist es wie mit der Intelligenz. Alles ist ziemlich relativ und eine Frage der Interpretation. Manche Menschen sind schon glücklich, wenn sie sich Tee trinkend in die Decke kuscheln und bei Kerzenschein ein Hörspiel anhören. Andere Leute wiederum dröhnen sich zu, um so ihrem leeren Leben zu entfliehen.

An diesem Sonntag musste ich Christoph nicht wecken. Er stand von alleine auf und kam in die Küche. Ich weiß nicht, ob ich mir das im Nachhinein einbilde, aber er erschien mir ungewöhnlich bucklig und traurig. Wunschdenken vielleicht, dass ihn das Bevorstehende schwer mitnahm.

Ich stellte die Teller mit den Spiegeleiern auf den Tisch und rührte die gemischten Früchte unter den Quark. Für Christoph fügte ich noch ein wenig geraspelte Mandeln hinzu, und auf die Eier streute ich Schnittlauchröllchen; das mochte er so gern. Erst jetzt fällt mir auf, was für einen typischen Hausfrauenmist ich mir über die Jahre angewöhnt hatte. Schuld ist meine Mutter, weil sie mir in dieser

Hinsicht kein Vorbild war. Mein Vater kann bis heute nicht mal Kaffee kochen, und sie legt ihm noch die Klamotten raus. Also: Sie ist schuld, ich kann nichts dafür. Ich finde ja, es hat etwas ungemein Befreiendes, wenn man jemandem die Schuld geben kann. Wie heißt es so schön? *Weil sie es nie anders gelernt hat …*

Nachdem ich mich gesetzt hatte und gerade einen Schluck Kaffee nahm, sagte Christoph: »Machen wir heute was?« Das hatte er noch nie gefragt. Er sagte sonst immer: »Was machen wir heute?« Und ohne Luft zu holen, informierte er mich sogleich darüber, was wir tagsüber unternehmen würden.

Ich stutzte also und sah ihn fragend an. An seine neue Frisur hatte ich mich immer noch nicht gewöhnt. Er trug das dunkle Haar jetzt kurz und schief geschnitten, so wie es gerade modern war. Ehrlich gesagt, fand ich diese gewollte Asymmetrie bei Frisuren immer wie eine Art Hilfeschrei, der suggerieren sollte: *Ich bin wahnsinnig cool und jung geblieben.* Mit neununddreißig Jahren fand ich diese Teenagerfrisur ein bisschen lächerlich. Er war ein sehr attraktiver Mann, schlank und gepflegt, und er roch immer nach diesem Parfum, in dessen Werbespot der muskulöse Mann aus dem Meer steigt. Das Auffälligste an Christoph waren seine schönen Zähne. Und er hatte ein Händchen für schicke Kleidung. Ich will mich ja nicht selbst loben, aber ich habe ebenfalls einen sehr guten Stil und stelle gewisse Ansprüche. Aber selbst ich konnte Christoph nicht das Wasser reichen, denn er hatte ein Auge fürs Detail und einen feinen Geschmack. Vielleicht hätte er Designer statt Lehrer werden sollen.

Vor ein paar Jahren waren wir zu Ostern bei meinen Eltern eingeladen, und er stand fassungslos vor mir, nachdem ich gesagt hatte, ich wäre bereit aufzubrechen.

»Lila Hose?«, fragte er erschüttert. Er sah mich an, als hätte ich meinen BH über der Bluse angezogen.

Zu meiner Verteidigung muss ich hinzufügen, dass ich mir niemals eine lila Hose kaufen würde. Was soll ich sagen? Ein Weihnachtsgeschenk meiner Mutter. Ich wollte ihr eine Freude machen, aber als wir ankamen, meinte sie: »Och, die Farbe steht dir gar nicht, Kind.«

Komischerweise war die lila Hose danach unauffindbar. Ich wollte sie waschen und bei eBay verkaufen. Wahrscheinlich hatte Christoph sie weggeworfen, aus Angst, ich könnte das Ding noch mal anziehen.

Manchmal quälten mich Ängste, ob er nicht insgeheim schwul war und mich irgendwann wegen eines Mannes verlassen würde. Aber wenn, konnte ich sowieso nichts machen. Was sollte ich auch tun? Mich vor ihn hinstellen und sagen: »Ich kenne dein Geheimnis!« Ich lernte also, mit dieser diffusen Angst zu leben. Manchmal jedoch versank ich in einen komischen Tagtraum: In einer dieser Vorabendsendungen im Privatfernsehen war ich zu sehen, wie ich nachdenklich durch einen Park ging, mit gesenktem Kopf. Im Off war eine dramengeschwängerte weibliche Stimme zu hören: »Evelyn F. lebte jahrzehntelang mit einem Homosexuellen zusammen …«

»Lyn?« Christoph sah mich an. »Ich habe gefragt, ob wir heute was machen?«

»Was meinst du mit: ›Machen wir was?‹ Wir unternehmen doch sonntags immer etwas.«

Lustlos schob er sich das glibberige Ei in den Mund. »Ja, aber immer dasselbe. Ich meine, es ist immer die gleiche Leier, oder?«

Erleichtert, dass er endlich zu der Erkenntnis gekommen war, Abwechslung in unsere Sonntage bringen zu wollen, sagte ich: »Du hast recht. Das sollten wir ändern.«

Er zuckte die Schultern und murmelte: »Unser Leben hat überhaupt keinen Pep mehr.«

Pep? Christoph benutzte nie dieses Wort. Deshalb achtete ich nicht richtig auf den beunruhigenden Inhalt seiner Äußerung, sondern wunderte mich über das Wort.

Er legte die Gabel auf den Teller (eigentlich war es eher ein Werfen, so als hätte er keine Kraft in den Armen) und sah mir geradewegs in die Augen. »Ich bin die ganze Nacht wach gelegen.«

»Wirklich? Vielleicht ist Vollmond, da schlafen die Menschen angeblich schlechter.« Gerade fischte ich nach einer Himbeere in meinem Quark, als er fragte: »Liebst du mich noch?«

Ich vergaß die Himbeere und betrachtete sein Gesicht. Seinen Ausdruck konnte ich nicht richtig deuten. Vielleicht eine Mischung aus Erschöpfung und Neugier. Was sollte ich davon halten? Erst dieses Pep-Wort und jetzt die Frage, ob ich ihn noch liebte? Wer stellt sich diese Frage denn noch, nach fast fünfzehn Jahren Ehe? War das die Midlife-Crisis? Das richtige Alter dafür hatte er ja.

»Was? Natürlich!«

»Wirklich?«

Was war nur los mit ihm? Aber sein Nachhaken bewirkte, dass ich mir die Frage wirklich stellte. Tat ich es?

Aber ja. Doch. Sicher. Oder? »Was redest du denn da, Christoph? Natürlich liebe ich dich. Iss jetzt deine Eier auf, wird ja alles ganz kalt.«

»Ich meine nicht so, wie man ein Haustier lieb hat, weil es mit einem unter einem Dach lebt. Oder wie man einen guten Freund gern hat oder einen Bruder. Was ich meine, ist: Liebst du mich so, wie eine Frau einen Mann liebt?«

Wie eine Frau einen Mann liebt? Ich fühlte mich seltsamerweise wie ein Kind, das man in flagranti dabei ertappte, wie es nach der Keksdose griff. Als ob er in mein Innerstes blickte und etwas erkannte, was ich selbst nicht zu deuten vermochte. Wie eine Frau einen Mann liebt? Wenn er Begierde und Leidenschaft meinte, dann würde ich ihn anlügen müssen, denn ich konnte ja schlecht sagen, dass seine Berührungen mich kaum noch in Ekstase versetzten, nach all den Jahren.

»Also, ich weiß nicht, Christoph, aber irgendwie nervt mich diese blöde Fragerei. Natürlich liebe ich dich. Wenn dir etwas passieren würde, dann …«

»Nein, nein.« Er schüttelte den Kopf. Er war nun etwas lauter geworden und klang gereizt. »Davon rede ich doch gerade. Verstehst du denn nicht? Man kann jemanden gern haben, auch lieben, weil man ihn gut kennt und weil man bestimmte Dinge an ihm schätzt. Ich rede aber von Zuneigung und Verlangen.«

Verlangen? Wieder ein Wort, das er niemals benutzte. Wer hatte ihm denn diese Flöhe ins Ohr gesetzt? Blätterte er heimlich in der *Cosmopolitan*?

Ich schluckte, und mein Herz klopfte wie verrückt, als ich ihm die Frage stellte: »Hast du jemanden kennengelernt?«

»Nein!« Die Antwort kam ohne Zögern, fast etwas zu schnell. Aber es klang aufrichtig, und ich glaubte ihm.

»Christoph, ich ... Also ... Nach so vielen Jahren ist niemand mehr verliebt.« Das hätte ich nicht sagen sollen. Das kann man vielleicht mit einer Freundin bereden, aber wie blöd muss man sein, seinem Mann zu sagen, man sei nicht mehr verliebt? Es gibt Dinge, die weiß man voneinander, spricht sie aber lieber nicht aus. Das ist, als würde einen jemand fragen: »Findest du, ich habe zugenommen?«, und man antwortet: »Ja, absolut! Und da wir gerade bei deinem Aussehen sind: Du solltest unbedingt etwas gegen deine strähnigen Haare unternehmen.« Harmonie für immer storniert. Lügen retten Freundschaft und Liebe.

Ein paar Sekunden war es ganz still in der Küche. Draußen fiel der Schnee in dicken Flocken, und durchs Fenster schienen die Lichter des Weihnachtsbaumes von der gegenüberliegenden Wohnung. Die Nachbarn hatten ihren Baum immer bis Ende Februar herumstehen, und die bunten Lichter brannten das gesamte Wochenende über. Ein idyllisches Bild, während hier drinnen gerade meine Ehe zu zerbröckeln begann. Wie bei einem Denkmal, dessen Risse größer und größer werden und sich immer tiefer eingraben, bis es schließlich in kleine Stücke zerfällt. Ich verfiel in Panik, weil ich instinktiv spürte, dass ich es nicht aufhalten konnte.

»Aber muss es so sein?«, fragte er geistesabwesend.

»Liebst du mich denn noch?« Ich zuckte die Schultern, nur um der ganzen Situation eine Spur von Leichtigkeit zu verleihen, und ergänzte lächelnd: »So wie ein Mann eine Frau liebt.«

Christoph musste bedauerlicherweise nicht lange überlegen. »Ich glaube nicht, nein.«

Das zog mir den Boden unter den Füßen weg. Ich wusste einfach nicht, was ich darauf sagen sollte, starrte ihn deshalb nur an. Wir haben uns am Anfang unserer Ehe geschworen, uns niemals anzulügen. Wir waren jung und naiv.

»Es tut mir so leid, Evelyn.« Er hatte seit Jahren nicht mehr Evelyn gesagt. Bei meinem vollen Namen nannte er mich nur, wenn die Sache ernst war – und das war sie, daran bestand kein Zweifel. »Es ist so, dass …« Er schob den Teller von sich, starrte auf die Tischplatte und rang nach Worten. »Also, ich … Mir geht die Sache zwischen uns schon seit einiger Zeit durch den Kopf. Ich will nicht, dass du denkst, dass du irgendwas falsch gemacht hast. Oder dass ich dir wehtun möchte.« Seine Stimme wurde leiser, sanfter. »Ich glaube, wir haben unsere Ehe einfach schleifen lassen, verstehst du? Das war bestimmt ein Fehler.« Er hob den Kopf und sah mir in die Augen. »Bitte hasse mich nicht, wenn ich dir sage, dass ich mich in unserer Beziehung nur noch langweile.«

Ich hatte schon Tausende Male von Frauen in ähnlichen Situationen gehört. Manche sagten, dass ihnen schwindelig geworden wäre, andere berichteten über einen Wutanfall. Mit mir passierte nichts dergleichen. Ich saß einfach nur da und fühlte mich gedemütigt. Keine Wut, keine Schwindelanfälle. Nur unendliche Kränkung. Dann kam das erdrückende Gefühl von Traurigkeit. Nicht mehr mit Christoph leben. Sein Lachen, sein Gesicht und unsere gemeinsamen Rituale sollten endgültig der Vergangenheit angehören? Wer sollte ihm jetzt sein Gourmetessen kochen und die

Berge von Wäsche für ihn waschen? Und wer würde für mich sämtlichen Papierkram erledigen und die Einkaufstüten schleppen? Ganz zu schweigen von den schönen Abenden auf der Couch, wenn Christoph im Kerzenschein meine Füße mit Babyöl massierte. Das trieb mir nun endgültig die Tränen in die Augen. Ich sank auf die Tischplatte, schlang die Arme um meinen Kopf und flennte los.

Nach einer Weile tätschelte Christoph etwas unbeholfen meinen Arm. »Ist ja gut.«

Dieser Satz brachte mich dann doch noch in Rage. Mehr als die Tatsache, dass er keinen Pfifferling mehr auf meine Liebe gab und ihn meine Anwesenheit ermüdete. Nein, nicht ermüdete; er hatte »langweilte« gesagt. »Was ist gut? Warum sagst du, es ist gut? Gar nichts ist gut. Red doch nicht so einen erbärmlichen Unsinn. Du hast gerade unsere Ehe beendet, Christoph! Du hast mir gesagt, dass du mich nicht mehr liebst …«

»Lyn, ich … Es tut mir leid. Ich wünschte, nichts hätte sich verändert, und wir beide …«

»Ach, halt doch dein verdammtes Maul!«, schleuderte ich ihm entgegen. Weil ich gleichzeitig weinte und hysterisch schrie, unterstrichen mit einer verzweifelten Fratze und aufgerissenem Mund, muss diese Szene sehr unattraktiv auf ihn gewirkt haben. Und ich weiß schließlich, was für ein Ästhet Christoph ist. Kurz nach unserer Hochzeit hatte er mich gebeten, niemals ungewaschen oder im Schlafanzug am Frühstückstisch zu erscheinen. Jedenfalls fühlte ich mich nach meinem Ausruf, er solle doch sein verdammtes Maul halten, wohl ähnlich wie Antjes erster Exmann Robbi, nachdem sie ihm den Laufpass gegeben hatte. Auf die Frage: »Warum?« – was er verzweifelt gebrüllt hatte, immer wieder –, meinte sie, er sei für sie keine starke männliche Schulter, an die sie sich anlehnen könne. Darauf hatte er sich melodramatisch zu Boden fallen lassen, ihr Bein umklammert und weinend erklärt, er werde sich ändern und ein starker Mann werden. Um aus der Wohnung zu kommen, war sie gezwungen gewesen, ihn hinter sich her zu schleifen und ihn schließlich abzuschütteln.

Robbi hätte sagen sollen: »Ich habe es satt, einen Trottel aus mir zu machen, also hau ab!« Vielleicht wäre Antje dann bei ihm geblieben. Und ich hätte Christoph ansehen und sagen sollen: »Wahrscheinlich sollte ich dir dankbar sein. Ich glaube, mein Leben wird ohne dich viel besser sein.«

Aber seien wir doch ehrlich. Wer tut so was? Stolz und Würde sind vergessen. Die Verzweiflung bahnt sich ihren Weg, ohne Rücksicht auf Verluste. Es ist wie bei einem Menschen, der eine Hundephobie hat und einem unangeleinten Rottweiler begegnet, dessen Besitzer nicht Besseres zu sagen hat als: »Sie dürfen keine Angst haben, sonst greift er an.«

Ich verlor jedes Zeitgefühl. Saßen wir seit fünf Minuten am Küchentisch oder seit fünf Stunden?

»War's das jetzt? Ist es vorbei, einfach so?«, presste ich bange hervor.

Christoph nickte, lächelte beschwichtigend und schloss für ein paar Sekunden die Augen. »Wenn eine gewisse Zeit vergangen ist, wird es nicht mehr so wehtun, und du wirst sehen, dass es das Beste war.« Er hörte sich an wie ein Bademeister, der einem Kind auf dem Zehnmeterbrett gut zuredet.

Christoph gab sich alle Mühe, traurig zu wirken, aber nach den vielen gemeinsamen Jahren kannte ich ihn gut genug, um zu erkennen, wie erleichtert er in diesem Moment war.

Mit dem Handrücken trocknete ich die Tränen. »Soll ich ausziehen, oder wie hast du dir das vorgestellt?« Im nächsten Augenblick wurde mir klar, dass das eine dämliche Frage war. Die Altbauwohnung hatte schon seinen Großeltern gehört, die sie Christophs Vater vererbt hatten, und irgendwann würde sie in Christophs Besitz übergehen.

»Hör mal, Lyn. Ich verlange doch nicht von dir, dass du gleich ausziehst. Sieh dich erst mal um, und ich kann dir auch helfen, dich zurechtzufinden.«

»Nein, danke.« Ich musste mich anhören wie ein trotziges Kind, aber ich konnte einfach nicht anders. Also ging ich ins Schlafzimmer, packte meine Kleidung und Schuhe in zwei Koffer und warf obendrauf mein Make-up, das ich im Bad schnell zusammenklaubte. Die Tränen kamen wieder, doch dieses Mal wischte ich sie einfach weg. Christoph stand in der Schlafzimmertür. »Aber wo willst du denn hin, so plötzlich? Lass uns doch noch mal alles in Ruhe bereden.«

»Bereden? Ich habe leider nicht den Nerv für organisatorische Fragen und Terminplanung. Ich gehe. Das sollte dich doch freuen. Zumindest wird der Sonntag nicht *langweilig* für dich.« Ich lief an ihm vorbei, die Koffer hinter mir herziehend.

»Jetzt sei doch nicht kindisch, Lyn. Wir können das doch wie Erwachsene regeln.«

»Den Rest hole ich bei Gelegenheit.«

»Aber wo willst du denn hin? Zu Antje? Wo soll sie dich denn unterbringen, mit drei Kindern in einer Dreizimmerwohnung?«

Ich zog meinen Mantel an. »Ist mir schon klar. Ich habe nicht vor, zu Antje zu gehen. Außerdem hat Egge eine schwere Grippe. Das fehlt mir gerade noch.« Egge war Antjes Mann, und ich liebte ihn fast so wie Antje. Weil er so aufrichtig war und eine ungeheure Güte in sich trug, ohne etwas von seiner Männlichkeit einzubüßen.

»Ach, Lyn«, seufzte Christoph.

»Ach, Christoph«, seufzte ich zurück.

»Wie konnte das nur passieren?«

»Sag du's mir, Arschloch.« Das letzte Wort konnte ich mir einfach nicht verkneifen. Christoph hasste vulgäre Ausdrücke. Vielleicht tat ich es gerade deshalb. Als wir jung waren, nannte ich unsympathische Menschen schon mal Hohlkopf oder Drecksack. Das musste ich mir damals abgewöhnen. Christoph nannte sie lieber Rohlinge oder Snobs.

Mit Schwung riss ich die Tür auf, warf ihm einen letzten, verzweifelten Blick zu und schob meine Koffer in den Hausflur. Ich knallte die Tür hinter mir zu. Die Tränen tropften auf die Stufen, bis ich endlich unten ankam. Ich stellte mir die sinnloseste, aber naheliegendste aller Fragen: *Womit habe ich das bloß verdient?* Es ist doch so: Die Menschen denken, dass Selbstmitleid etwas Schlechtes sei. Das habe ich immer für einen Fehler gehalten. Wer Selbstmitleid empfindet, ist wütend auf Menschen, die einem Leid zufügen und einen schlecht behandeln, obwohl man es nicht verdient hat.

Mit jedem Schritt Richtung U-Bahn-Station weinte ich mehr, mittlerweile laut. Ich konnte mich einfach nicht zurückhalten. Die Leute starrten mich an, und ich war wütend auf mich selbst, weil jeder mitbekommen musste, dass ich gerade meinen Mann verließ. Eine Frau, weinend, mit zwei Koffern am Sonntag zur Mittagszeit. Man musste keine Intelligenzbestie sein, um eins und eins zusammenzuzählen.

Geistig erschöpft saß ich auf der Bank, neben mir die Koffer, und dachte nach. Mittlerweile waren mehrere U-Bahnen vorbeigefahren, aber ich war noch immer zu keiner Lösung gelangt, weil ich keinen klaren Gedanken fassen konnte. Ich begriff, dass ich es drehen und wenden konnte, wie ich wollte, aber ich hatte einfach keine Wahl: Die einzige Anlaufstelle waren meine Eltern. Zu Antje konnte ich nicht, weil ich dort nur auf der Couch hätte schlafen können. Die Familie sollte nicht abends oder morgens Hemmungen haben, ins Wohnzimmer zu gehen, »weil dort jetzt Tante Lyn wohnt«. Die Kinder würden mich nach spätestens zwei Tagen hassen.

Zu Frau Wenzel, meiner Chefin, konnte ich auch nicht. Sie würde mich bestimmt aufnehmen und Verständnis haben, aber ich wollte sie nicht in eine unangenehme Lage bringen. Außerdem hatte sie mir schon damit geholfen, dass ich bald in ihre Fußstapfen treten würde. Das reichte fürs ganze Leben.

Also setzte ich mich in die U-Bahn und beschloss, zu meinen Eltern zu fahren. Oder wie Antje und ich es bezeichnen: ins Fegefeuer der alten Wunden.

Stupide schaute ich aus dem Fenster, wo es nichts zu sehen gab. Die U-Bahn ruckelte, und ich grübelte darüber nach, wie es weitergehen sollte. Ich stand einfach nur unter Schock, konnte noch nicht einmal anfangen, das Ganze zu verarbeiten.

Tippte da gerade jemand auf meine Schulter? Das war ja die Höhe! Dabei saß ich weder auf einem Schwerbehindertenplatz, noch war ich so jung, dass ich für einen Greis aufstehen musste. Ich hob den Kopf und sah den rundlichen Mittfünfziger fragend an. »Ja, bitte?«

Er hielt mir seinen Ausweis unter die Nase. Was darauf stand, konnte ich aus der geringen Entfernung sowieso nicht entziffern, weil ich neuerdings an Altersweitsicht litt, wie mein Augenarzt sich ausgedrückt hatte.

»Ihren Fahrschein, bitte.« Der Mann klang unfreundlich, als hätte er mir die Schwarzfahrerin schon angesehen.

Natürlich, in dem ganzen Durcheinander hatte ich vollkommen vergessen, eine Fahrkarte zu kaufen! Und nicht nur das, ich hatte meinen Geldbeutel nicht dabei. Er lag immer in der Kommodenschublade im Flur, mitsamt meiner Bankkarte, und ich hatte in meiner Aufregung nicht daran gedacht, ihn einzupacken. Ich sah den Kontrolleur ein paar Sekunden an, schüttelte ungläubig den Kopf und sagte: »Auch wenn Sie es mir nicht abnehmen, aber das ist das erste Mal in meinem ganzen Leben, dass ich kein Ticket habe.«

»Kann ja sein, deswegen müssen Sie trotzdem Strafe zahlen.«

Warum war er nur so kaltherzig? Plötzlich wurde ich, nicht zum ersten Mal an diesem Tag, von meinen Gefühlen überwältigt. Ich konnte nicht anders. Mir schossen die Tränen in die Augen, und ich schluchzte laut auf. »Hören Sie, ich … Ich habe einen ganz schlimmen Tag … Ich habe gerade meinen Mann verlassen. Und Sie fragen mich nach einer scheiß Fahrkarte. Wie können Sie nur so herzlos sein?«

Der Kontrolleur ging überhaupt nicht auf meinen Gefühlsausbruch ein. »Also? Haben Sie einen Ausweis dabei?«

Es war wirklich peinlich. Ich flennte und saß da ohne Ticket, und die anderen Fahrgäste glotzten mich an. Ein paar schienen Mitleid zu haben. Nur eine ältere Frau durchbohrte mich mit ihrem verachtenden Blick.

Zum Glück hatte ich meinen Ausweis immer in der Handtasche und bewahrte ihn nicht im Geldbeutel auf. Mit zitternden Fingern kramte ich in meiner Tasche und reichte ihn dem Mann, ohne ihn dabei anzusehen.

»Und das nächste Mal bitte erst mal zum Fahrkartenautomaten, ja?«

»Die klugen Sprüche können Sie sich schenken«, hörte ich jemanden hinter mir sagen.

Die anderen Leute benahmen sich in unangenehmen Situationen immer gleich. Sie hüstelten, räusperten sich oder tauschten kurze Blicke untereinander aus. Aber ich hatte andere Sorgen, als mich wegen einer fehlenden Fahrkarte zu schämen. Ich musste heute noch Mami und Papi fragen, ob ich wieder in mein Kinderzimmer ziehen konnte.

2

Zumindest konnte ich mich darauf verlassen, dass meine Eltern zu Hause waren. Samstagabend gingen sie mit ihren alten Freunden zum Kegeln, und jeden zweiten Sonntag trafen sie sich beim Skat in der Gaststätte um die Ecke – wo sie auch Geburtstage, Jahrestage und sonstige datumsbestimmte Feiern vollzogen. Heute war der skatfreie Sonntag.

Wie furchtbar monoton sich das anhörte, wurde mir nicht erst jetzt bewusst – dafür die Tatsache, dass wir Kinder mit zunehmendem Alter auch nicht gerade unkonventioneller wurden. Mir kam es vor, als hätte ich eine halbe Weltreise hinter mir. Nachdem ich von der U-Bahn in die S-Bahn umgestiegen war, schien die Zeit stehen geblieben zu sein. Auf dem Weg von der S-Bahn zum Haus meiner Eltern dachte ich darüber nach und wunderte mich mit einem Mal, wie schleichend der Prozess der Verspießerung vonstattenging. Gerade eben warst du noch auf Rockkonzerten und hast Deep Purple gehört, und irgendwann wachst du auf und merkst, dass dir der Lärmpegel eines Rockkonzerts nicht mehr verlockend erscheint und du irgendwann die Klassik für dich entdeckt hast. Das Schlimmste aber ist, dass du die alten Bands mit ihrem Outfit und den langen Haaren nun auch ungepflegt und unreif findest, wie früher deine Eltern. Im ersten Moment mag diese Erkenntnis erschreckend sein, aber später nimmt man es hin und akzeptiert es. Dann kommt die Phase, in der man voll und ganz dazu steht, und ab da führt kein Weg mehr zurück.

In ein paar Wochen würde ich meinen vierzigsten Geburtstag feiern, überlegte ich, und in ein paar weiteren Wochen stand der fünfzehnte Hochzeitstag bevor. Ich wusste nicht, was schlimmer war: seinen runden Geburtstag oder den fünfzehnten Hochzeitstag als Single zu feiern.

Als ich mich dem Haus meiner Eltern näherte, wurde mir gleichzeitig heiß und kalt. Ich hatte mir keine Worte zurechtgelegt. Also drückte ich, ohne lange nachzudenken, auf die Klingel. Bereits nach ein paar Sekunden erklang der Summton, und das Tor öffnete sich. Ich ging durch den kleinen Garten, und schon wurde von innen die Tür aufgerissen. Meine Mutter stand in der Schürze da, hinter ihr mein Vater, und beide sahen zuerst mich, dann meine Koffer an. Sie wirkten, als würden sie vor den Trümmern ihres Lebens stehen.

»Sag mir nicht, dass es das ist, wonach es aussieht«, flüsterte meine Mutter und hielt sich dann schockiert die Hand vor den Mund, während sie auf meine Antwort wartete.

Ich hatte einfach keine Kraft, die richtigen Worte abzuwägen und sie zu schonen, denn schließlich war ich hier die Leidtragende. »Wir haben uns getrennt. Kann ich eine Weile bei euch bleiben, bis ich etwas Eigenes gefunden habe?«

Das schien ein zu gewaltiger Informationsbrocken zu sein, den meine Mutter nicht so schnell verarbeiten konnte. Sie sah erst meinen Vater an, dann mich. Schließlich starrte sie auf die Koffer. Dann blickte sie wieder zu meinem Vater – und dann wurde es mir zu bunt. »Also was jetzt, ja oder nein?«

Meine Mutter biss sich theatralisch auf die Lippe, so wie es die Schauspieler bei Dramen machen, wenn sie erfahren, dass sie aufgrund ihrer Rebellion die Todesstrafe erwartete.

»Ihr versöhnt euch schon wieder, aber jetzt komm erst mal rein«, meinte mein Vater leichthin. Er klang beinahe gelangweilt, so als mache er das wöchentlich durch.

Mein Gepäck ließ ich erst mal im Flur stehen. Ich folgte meinen Eltern in die Wohnküche, wo es nach Braten duftete.

»Hast du schon gegessen?«, fragte meine Mutter, während sie den Tisch abräumte. Sie versuchte seit jeher sämtlichen Stürmen des Lebens durch Kochen zu trotzen. Vielleicht war sie deshalb etwas dicklich. Außerdem hatte sie die Begabung, einfache Unannehmlichkeiten zu Katastrophen zu erklären. Unvergessen blieb das Weihnachtsfest, als die Gans zu lange im Ofen war. Meine Mutter hatte sich mit Tante Ursula verratscht. Der angebrannte Vogel überschattete die Feiertage, und meine Mutter hatte bei dem Wort Gans noch jahrelang Tränen in den Augen.

»Ich hab keinen Hunger. Später vielleicht.«

Mein Vater setzte sich auf die quietschende Eckbank und murmelte etwas, was sich anhörte wie: »verflixte Blagen.«

»Wie bitte?«, hakte ich nach.

»Was?«

»Hast du etwas gesagt?«

»Äh, ich sagte nur, ich fühle mich wie erschlagen.«

»Na dann.«

Meine Mutter wirkte etwas zerstreut. Sie nahm das Geschirr vom Tisch und räumte es in die Spüle. Dann zog sie sich die geblümte Schürze über den Kopf und setzte sich neben mich.

»Hat er eine andere?« Sie kam also gleich zur Sache.

»Er sagt Nein.«

Mein Vater lachte verächtlich auf. »Was er sagt, hat nichts zu sagen, weil *er* es sagt und deshalb keine Bedeutung hat.«

»Was?« Meine Mutter legte die Stirn in Falten. »Ich hab kein Wort von dem verstanden, was du gesagt hast.«

»Na, es spielt doch gar keine Rolle, was er sagt.«

»Wieso?«

»Überleg doch mal, Gisela. Es ist doch so …«

»Okay, Leute. Können wir wieder zum Thema kommen, ja?« Es geschah nicht selten, dass die beiden sich in etwas verbissen, was nichts zur Sache tat.

»Was hast du jetzt vor?«, fragte meine Mutter.

»Was soll ich schon vorhaben? Er hat gesagt, er liebt mich nicht mehr. Ich muss sehen, wie mein Leben jetzt weitergeht.«

»Du gibst einfach so auf, ohne um ihn zu kämpfen?«

»Kämpfen?« Fassungslos starrte ich sie an. »Wieso sollte ich um jemanden kämpfen, der mir einen Tritt in den Arsch verpasst hat?«

»Was? Er hat dich geschlagen?«

»Das war doch metaphorisch gemeint«, sagte ich genervt.

»Ach so. Du meinst, bildlich oder so was.«

Ich nickte erschöpft.

»Ich hab's immer schon gesagt«, murmelte mein Vater vor

sich hin. »Gisela, weißt du noch, dass ich dir schon vor Jahren gesagt habe, der Christoph ist zu pfiffig für unsere Lyn?«

»Ja, das weiß ich noch, Jürgen.« Sie nickte heftig, und dann sah sie mich so komisch an, so als ob sie sagen wollte: *Der Papi hat's fei schon vorher g'wusst.*

Ich saß da und schüttelte ungläubig den Kopf. »Zu pfiffig? Was heißt das denn, zu pfiffig für mich?«

»Das heißt, dass ...«, fing meine Mutter an.

»Lass ihn doch selbst antworten!«, unterbrach ich sie.

»Bitte«, meinte sie in beleidigt-schnippischem Ton und hob gefällig die Handflächen nach oben.

Mein Vater hantierte mit seinem Zahnstocher im Mund herum, während er redete. »Seien wir ehrlich, Kind. Uns ist aufgefallen, dass du in den letzten Jahren immer weniger unternommen hast. Da sind wir alten Säcke noch unternehmungslustiger. Der Christoph wollte, glaube ich, mehr erleben.«

»Ich bin kein alter Sack«, protestierte meine Mutter. »Du kannst eine Frau nicht als alten Sack bezeichnen; das gilt nur für Männer. Das weiß doch jeder.«

Ich starrte immer noch meinen Vater an. Für ihre Prinzipienreiterei hatte ich im Moment keinen Nerv. »Es ist doch nicht meine Schuld, dass wir Stubenhocker geworden sind. Wir haben beide unseren Teil dazu beigetragen. Wie kommst du darauf, dass ich die Trantüte bin und Christoph der Pfiffige? Als ihr vorgeschlagen habt, uns zum zehnten Hochzeitstag eine Reise nach Südamerika zu schenken, war *ich* Feuer und Flamme, soweit ich mich erinnere.« Ich sah noch ganz genau vor mir, wie wir damals alle in der Küche standen. Ich konnte mich sogar noch daran erinnern, dass ich an jenem Tag den selbst gestrickten Norwegerpulli von Tante Kathi trug, nur um ihr eine Freude zu machen, weil sie gerade auf Besuch war. Christoph hatte gesagt: »Ach, das ist so weit weg. Die lange Flugzeit … Und wisst ihr eigentlich, wie schlecht die ärztliche Versorgung dort ist?« Meine Eltern hatten sich angesehen und uns gefragt, was wir stattdessen gern hätten. Darauf hatte Christoph wie selbstverständlich gemeint: »Eine neue Waschmaschine wäre vielleicht nicht schlecht.«

Als ich das später auf der Heimfahrt thematisierte, kam Christoph nicht etwa zur Besinnung und sah ein, dass er eine Couch-Potato geworden war, nein, er ritt weiter drauf herum: »So eine Reise ist wahnsinnig anstrengend, und es ist rausgeworfenes Geld. Von einer modernen Waschmaschine haben wir jahrelang etwas!« Nach langem Hin und Her entschieden wir uns also für die Waschmaschine. Auch hier wollte ich jemandem eine Freude machen, nämlich Christoph. Ich musste mir dringend abgewöhnen, ständig anderen eine Freude machen zu wollen. Irgendwie kam dabei immer etwas Schlechtes heraus.

Was war in den letzten Jahren nur mit mir passiert? Dabei war ich doch als Mädchen mal richtig ausgeflippt gewesen. Ich hatte mich von Dr. Jekyll in Mr. Hyde verwandelt und konnte nur hoffen, dass ich einen Weg finden würde, nicht mehr Mr. Hyde zu sein. Was ich früher als spießig empfunden hatte, lebte ich jetzt. Radeln am Sonntagnachmittag und an festen Tagen das Bad putzen und die Wäsche ohne Knitterfalten bügeln.

»Seid also bitte nicht ungerecht«, mahnte ich meinen Vater. »Ich habe mich nur angepasst.«

»Du musst dich nicht rechtfertigen«, winkte mein Vater ab.

»Das tue ich doch gar nicht«, antwortete ich automatisch, obwohl wir alle in diesem Raum wussten, dass ich es doch tat.

Mein Vater wand sich. »Eigentlich wollte ich nur sagen, dass du in den letzten Jahren zu einer Stubenhockerin geworden bist.«

»Danke«, meinte ich gekränkt.

»Aber Scheidung?« Ungläubig schüttelte er den Kopf. »Die Leute haben immer gesagt, was für ein schönes Paar ihr seid.«

»Ich dachte, wir wären Barbie und Ken, dabei bin ich anscheinend zu einer Mutter Beimer geworden, oder Fräulein Rottenmeier oder so was.«

»Ach, Quatsch«, murmelte mein Vater lakonisch vor sich hin.

»Ich weiß auch nicht«, dachte ich laut, »vielleicht bleibe ich einfach alleine.«

Meine Mutter bekreuzigte sich. »Wenn Gott gewollt hätte, dass wir alleine bleiben, hätte er nicht die Liebe erfunden.«

Mein Vater verdrehte die Augen und seufzte. »Die hat nicht Gott erfunden, die hat Hollywood erfunden.«

»Was redest du da für einen Unsinn, Jürgen? Wir haben auch aus Liebe geheiratet.« Sie beugte sich über den Tisch und sah ihm bedrohlich ins Gesicht. »Oder etwa nicht?«

»Doch«, sagte er gelangweilt. Was blieb ihm auch anderes übrig?

»Also?« Sie sah mich streng an. »Was tun wir?«

Wir? »Lass mich erst mal das Ganze verarbeiten, ja?«

»Vielleicht versöhnt ihr euch auch wieder.« Mein Vater war von Natur aus ein Optimist.

Ich lachte verbittert auf. »Das glaube ich kaum.«

»Kommt Zeit, kommt Rat.«

Wir saßen noch eine Weile so da, und die beiden seufzten abwechselnd: »Hach ja«, und: »Ein Kreuz ist das.«

Später nahm ich meine Koffer und ging in mein altes Kinderzimmer.

Als ich den Schrank aufmachte, um meine Kleidung darin zu verstauen, fluchte ich leise vor mich hin. Der Schrank war proppenvoll mit abgetragener Kleidung und Sommersachen meiner Eltern. Nicht einmal mehr ein T-Shirt passte hinein. Also musste ich mein Zeug wohl in den Koffern lassen; wie eine abgehalfterte Schlagersängerin auf Tournee.

Die Tür ging auf, und meine Mutter stand im Zimmer. »Herrje, du hast ja gar keinen Platz für deine Kleidung.«

»Na ja, ich lass das Zeug einfach drin. Ist ja schließlich kein Dauerzustand.« Das hoffte ich zumindest.

»Ach, ich nehme die Sachen einfach aus dem Schrank und schmeiße sie auf den Müll.« Sie wusste, dass ich das nicht zulassen würde – abgesehen davon, dass sie sich lieber die Hände abgehackt hätte. Also sagte ich, was von mir verlangt wurde: »Nein, lass doch. Kein Problem.«

»Na gut.« Sie strich die Tagesdecke glatt, bevor sie sich neben mich aufs Bett setzte. »Du kannst natürlich für immer bei uns bleiben.«

Wie ich mich auf diesen Satz hin fühlte? So, als hätte ich einen Tinnitus, zusammen mit einem Schlaganfall und einer Panikattacke.

»Du, vielleicht ist das sogar eine gute Idee. Du hilfst mir im Haushalt, wir machen im Frühjahr den Garten zusammen, und ich bügle deine Wäsche. Ich weiß doch, wie du das Bügeln hasst.« Schelmisch versetzte sie mir einen Rippenstoß und kicherte.

Ich verkniff mir, den Gedanken, der mir zuerst in den Sinn kam, laut auszusprechen. Nämlich, dass ich mich lieber kopfüber in die Isar stürzen würde, als so ein Leben zu führen. Ich sagte lieber: »Mach dir keine Sorgen. Nachdem ich meine Gedanken geordnet habe, werde ich schon einen Weg finden.«

Sie zuckte die Schultern. »Wie du meinst. Aber wenn du den Papi und mich brauchst, sind wir immer für dich da. Übrigens, weiß Markus es schon?«

»Nein. Ich weiß es doch selbst erst seit ein paar Stunden.«

»Aber er ist dein Bruder. Du solltest ihn anrufen und ...«

»Ich muss jetzt erst mal Antje anrufen.«

Sie stand da und schüttelte den Kopf. »Also, wie du das sagst, Evelyn. Als ob deine Freundin dir näherstehen würde als dein Bruder. Wenn es darauf ankommt, ist Familie das Wichtigste. Blut ist dicker als Wasser.«

Das sah ich anders, aber ich hatte keine Lust mehr, mit ihr darüber zu diskutieren. Wenn Markus und Antje am Ertrinken gewesen wären und ich nur einen der beiden die Hand hätte reichen können, ich wüsste nicht, was ich tun würde. Ich liebte meinen Bruder und sah ihn vor mir, als er noch klein war. Wenn man mit jemandem aufwächst, liebt man ihn zwangsläufig, wenn auch vielleicht nicht immer um seiner selbst willen. Mit Antje war alles anders.

Zwischen uns war es die große Liebe ohne Sex. Seit dem Tag der Einschulung, als wir uns zum ersten Mal begegnet waren, mit der Schultüte in der Hand, konnten wir nicht mehr ohne einander sein.

Meine Mutter beugte sich nach vorne, als sei ich ein Welpe, der auf eine Belohnung wartet. »Weißt du, was wir jetzt machen?« Sie schloss für ein paar Sekunden vielsagend die Augen, als hätte sie die Weisheit auf ihrer Seite. Hatte sie den ultimativen Lebensplan für mich? Einen Weg aus dieser Misere? Würde sie mich überraschen, und ich würde bis zum Rest meines Lebens an diesen entscheidenden Augenblick denken …

Sie lächelte. »Wir sehen uns jetzt den *Tatort* an.«

Nachdem sie die Tür hinter sich geschlossen hatte und auf dem Weg zum *Tatort* war, holte ich mein Handy aus der Tasche und wählte Antjes Nummer. Egge meldete sich. Antje hatte ihn von Anfang an so genannt, weil Egon sich nach Pedant anhörte, wie sie sagte. Egge war ihr dritter Mann. Ihr erster war Robbie, ein furchtbar labiler Typ mit Hang zum Sentimentalen. Bei traurigen Liebesszenen hatte Antje ihm immer Taschentücher reichen müssen. Sie hatte diese Ehe als Jugendsünde schlimmster Sorte abgetan. Später heiratete sie Bernd, der ständig fremdging. Seine Erklärung dafür war ein hoher Testosteronspiegel, für den er, wie er sagte, nichts konnte. Mit ihm hatte Antje einen Sohn, Helmut. Und dann wurde für Antje doch noch alles gut, weil sie Egge traf. Mit ihm hatte sie zwei Söhne, den siebenjährigen Wolfgang und den fünfjährigen Karl. Antje hatte ein Faible für altdeutsche Namen.

»Hey, Egge. Kann ich mit Antje sprechen?« Im Hintergrund war Kindergeschrei zu hören.

»Sie spült gerade ab. Kann sie dich zurückrufen?«

»Ja, aber bitte auf dem Handy und nicht zu Hause, weil ich da nicht mehr wohne.«

»Äh, warte mal bitte.« Ein paar Sekunden herrschte Stille am anderen Ende, dann hörte ich von Egge ein gedämpftes: »Frag mal, ob mit ihr alles in Ordnung ist. Sie sagt, sie wohnt nicht mehr daheim.«

»Lyn?« Es war beruhigend, Antjes Stimme zu hören.

»Ja?«

»Wo bist du gerade?«

»Bei meinen Eltern, in meinem alten Kinderzimmer.«

»Warum?«

»Christoph und ich haben uns getrennt.«

»Waas?«

»Er hat gesagt, dass – er – sich – langweilt.« Ich schluckte die Tränen hinunter.

»Ich kapier überhaupt nichts. Einfach so? Aus heiterem Himmel?«

»Ich brauche eine Wohnung.«

Antje hatte Schwierigkeiten, meinen Gedankensprüngen zu folgen. »Was? Ach so, ja, eine Wohnung. Unbedingt, ja.«

»Aber ich kann doch so schnell keine Wohnung finden. Du und Egge, ihr kennt doch Gott und die Welt; könnt ihr euch mal umhören, wegen Appartements oder so etwas?«

»Na klar, machen wir.« Nach einer Pause fügte sie hinzu: »Hör mal, Lyn, mir ist das nicht ganz klar. Steckt da vielleicht eine andere Frau dahinter?«

»Fang du nicht auch noch damit an. Christoph hat gesagt, dass er sich in unserer Ehe langweilt und dass das der Grund ist.«

»Das ist demütigend.«

»Und wie. Ich habe mich noch nie so schrecklich gefühlt. Wie lange dauert so etwas? Werde ich jemals darüber hinwegkommen? Kann das alles auch etwas Gutes haben? Manchmal behaupten die Menschen das doch. Rückwirkend sind sie froh, dass sie einen Schicksalsschlag hatten.«

»Also, ich weiß auch nicht …«

»Du weißt doch, was man sagt: Wenn ein Fenster sich schließt, dann öffnen sich hundert andere.«

Antje brauchte einige Sekunden, um zu antworten. »Türen.«

»Was?«, fragte ich verwirrt.

»Ich glaube, es sind Türen, die sich öffnen.«

»Ach ja, genau. Glaubst du, da ist was dran?«

»Ja, ja. Ganz bestimmt, Lyn.« Sie redete mit mir, als sei ich nicht ganz dicht, und wahrscheinlich war ich in diesem Moment auch nicht ich selbst.

Antje sprach noch ein paar beruhigende Worte, und ich weinte leise vor mich hin.

In der Dusche vermischten sich meine Tränen mit dem Wasserstrahl. Meine Gedanken scherten sich nicht darum, dass ich einfach meine Ruhe wollte. Sie bahnten sich ihren Weg und droschen auf mich ein. Ich überlegte, wie es hatte geschehen können, dass ich noch am Morgen nichts ahnend aus dem Bett gekrochen war und abends bei meinen Eltern im Badezimmer stand. Seit etwa einem Jahr, vielleicht auch zwei oder drei, hatten wir uns nicht mehr so viel zu sagen gehabt. Nein, eigentlich hatte es viel früher angefangen.

Es gab so einige Begebenheiten, die für mich aufschlussreich hätten sein sollen, aber eine war es ganz besonders:

Wir sitzen auf der Couch und sehen einen Film an. Der Mann sagt zur Frau, wie sehr er ihre Großzügigkeit und Anteilnahme schätze und wie sehr er es liebe, wie sie ihn zum Lachen bringe. Ich drehe den Kopf und frage Christoph, was er an mir liebe und schätze. Er überlegt lange, viel zu lange. Dann sagt er, ich sei eine gute Köchin. Na toll, denke ich, warum fügt er nicht gleich hinzu, wie gut ich das Bad putzen kann?

»Aber das meine ich nicht«, erwidere ich, »sondern einen Charakterzug an mir, meine Persönlichkeit.«

Wieder überlegt er lange. In der Zwischenzeit hätte ich mir ein Sandwich machen und einen Drink mixen können.

»Na ja«, meint er schließlich, »du hattest diesen ganz bestimmten Charme, den ich toll fand. Diese Mischung aus Schüchternheit und wilder Originalität.« Er merkte gar nicht, dass er in der Vergangenheit gesprochen hatte. Aber mir war es aufgefallen, trotzdem sagte ich nichts. Ich tröstete mich damit, dass Männer verbale Trottel waren, wie Antje zu sagen pflegte.

Jemand klopfte an die Badezimmertür. Ich drehte das Wasser ab. »Ja?«

»Du verschwendest viel zu viel Wasser«, hörte ich meine Mutter nörgeln. »So dreckig kannst du doch gar nicht sein, arbeitest ja nicht in einem Bergwerk.«

»Ich bin gleich fertig.«

»Oder bei der Müllabfuhr.«

»Ja, ich hab's gleich.«
»Oder im Straßenbau.«
»Ich hab's kapiert!«
»Na, dann isses ja gut.«

Als ich später im Bett lag, fühlte ich mich gleichzeitig müde und überdreht. Eine Kombination, die ich verabscheute. Es hatte doch alles so gut gepasst. Manchmal überkam mich zwar das Gefühl, dass ich Christoph mehr unterstützte als umgekehrt, aber das hatte ich nicht als belastend empfunden. Wahrscheinlich war ich einfach nur pflegeleicht gewesen – oder geworden. Sogar bei seiner Entscheidung, seinen Job zu wechseln, hatte ich ihn unterstützt. Er hatte sich fürs Abendgymnasium in der Erwachsenenbildung entschieden, damit er tagsüber seinen Interessen nachgehen konnte. Ursprünglich waren das Sport und handwerkliches Basteln gewesen. Manchmal war ich zum Joggen oder Schwimmen mitgekommen oder ging ihm zur Hand, wenn er ein Schiff zusammenbaute. Aber irgendwann wurde er zu bequem für diese Hobbys, und seine Interessen wechselten zu Golf und Schach. Beides langweilte mich zu Tode, weshalb er das mit seinem alten Jugendfreund Clemens betrieb, der sich als Grafikdesigner seine Arbeitszeiten einteilen konnte und meistens erst am Nachmittag anfing.

Mein Vater hatte unrecht, wenn er Christoph als zu pfiffig für mich bezeichnete. Pfiffige Leute spielten weder Golf noch Schach. Aber vielleicht war ich ungerecht, denn ich hatte beides nur einmal ausprobiert.

Offenbar hatte sich unsere Beziehung Stück um Stück entzweit, war langsam in zwei Hälften zerfallen, wie die

Titanic – und wir standen wie zwei Ertrinkende daneben und sahen hilflos zu.

Vielleicht hatten wir zu jung geheiratet. Vielleicht hätten wir mehr an unserer Beziehung arbeiten sollen.

Wie wir uns damals geliebt hatten! Manchmal lagen wir uns abends verzweifelt in den Armen und waren vor Traurigkeit komplett fertig, weil wir uns am nächsten Tag erst abends sehen würden. »Wir bleiben für immer zusammen«, hatte ich gesagt.

»Ich will nie wieder jemand anderen als dich«, hatte Christoph gesagt.

Ja, sicher. Im Nachhinein klingt es immer furchtbar schwülstig, wenn man sich ins Gedächtnis ruft, was man mal gesagt hat, als man total verknallt war. Manches ist mir heute regelrecht peinlich, und ich kann nur hoffen, dass Christoph es vergessen hat, als ich einmal zu ihm sagte, er sei die Sonne in meinem Herzen und der Stern in meinem siebten Himmel. Grundgütiger! So viel Schmalz war kaum zu entschuldigen.

»Evelyn?« Diesmal war es mein Vater, der an die Tür klopfte.

»Jaaa?« Ich klang genervt, aber das war mir egal.

»Wenn du nachts aufs Klo musst, dann mach bitte leise, weil ich sonst davon aufwache.«

»Hab verstanden«, brüllte ich durch die geschlossene Tür.

Würde ich morgen früh aufwachen und das alles war nur ein furchtbarer Albtraum?

3

Die Stimme meiner Mutter weckte mich. Sie telefonierte mit meinem Bruder. Das merkte ich daran, dass sie so oft zustimmend: »Hmhm«, sagte. Ich wusste nicht, warum es so war, aber sie gab Markus unglaublich gern recht und widersprach nicht. Bei mir kompensierte sie anscheinend, was sie ihm gegenüber unterdrückte. Sie stellte grundsätzlich alles infrage, was ich tat oder sagte. Nach all den Jahren verletzte es mich nicht mehr so sehr, aber es erstaunte mich immer wieder. Weil ich nie das Gespräch zwischen ihr und Tante Margit vergessen würde.

Es war kurz vor meiner Heirat. Markus war noch an der Uni und studierte Chemie. Mein Bruder war der Stolz unserer ganzen Familie, weil er als Einziger »ein Studierter« war, wie mein Vater es nannte. Wir hatten uns aus einer armen Handwerkerfamilie zum Mittelstand hochgearbeitet; mehr erwartete niemand von sich selbst und vom anderen. Markus jedoch schloss sich stundenlang paukend in seinem Zimmer ein und brachte seine Jugend damit zu, Latein zu lernen und Referate zu perfektionieren, während draußen das Leben tobte.

Es war Samstag. Markus war unterwegs, und ich wollte mich mit Christoph treffen, um mein Brautkleid zu kaufen. Tante Margit, die Schwester meiner Mutter, war zu Besuch gekommen, und die beiden saßen in der Küche und tranken Kaffee. Ich verabschiedete mich und nahm den kürzeren Weg zum Balkon des Wohnzimmers, um nach draußen zu kommen. Nach ein paar Minuten fiel mir ein, dass ich meine Fahrkarte für die S-Bahn vergessen hatte, und ich machte auf dem Absatz kehrt. Als ich durch die Balkontür wieder ins Wohnzimmer trat, hörte ich, wie meine Mutter gerade meinen Namen sagte. Ich verhielt mich leise und lauschte. »… und eigentlich ist sie gescheiter und scharfsinniger als Markus.«

»Aber er war doch auf dem Gymnasium und studiert jetzt«, warf Tante Margit ein, »und Evelyn hat die Realschule gemacht.«

»Das hat nichts zu sagen. Sie hat kaum gelernt und trotzdem immer Einsen und Zweien gehabt. Markus hat gelernt und gelernt, jeden Tag stundenlang. Ich weiß ja, dass ich nicht besonders klug bin, aber eines weiß ich jetzt: Klugheit ist nicht alles. Ehrgeiz und Fleiß bringen dich im Leben viel weiter. Markus hat sich alles hart erarbeitet. Evelyn hätte alles in den Schoß fallen können, aber sie hat keinen Biss. Aus ihr hätte was Großes werden können. Weißt du, manchmal lachen Jürgen und ich darüber, wie wir so kluge Kinder kriegen konnten.«

Ich habe jedes Wort dieses Gesprächs zwischen meiner Mutter und ihrer Schwester gespeichert, vergesse es manchmal über Monate oder auch Jahre, aber es kommt immer wieder mal hoch und führt mir vor Augen, was meine Mutter wirklich über mich denkt – und die Frage, ob ich meine Chancen mit Füßen getreten habe, hat sich tief in mein Gewissen gebrannt. Sie hatte mich all die Jahre belogen. War es nicht eine Lüge, mich in dem Glauben zu lassen, ich sei mittelmäßig? Schließlich hatte sie nichts von mir gefordert und mich für meine Zensuren auch nie gelobt. Ich wuchs mit der unausgesprochenen Lüge auf, Mittelmaß zu sein, und blieb in dem Glauben, dass es keinen Sinn machte, mich ins Zeug zu legen.

»Ja, schrecklich, nicht wahr?«, hörte ich sie gerade in den Telefonhörer sagen. Jede Wette, dass sie über mich redeten.

»Ja, ja. Das meine ich auch. Ich weiß nicht, ob sie heute zur Arbeit geht, das habe ich sie noch gar nicht gefragt. Vielleicht sollte ich sie lieber zum Arzt schicken, gell. Ein paar Tage Krankschreibung sind sicher nicht verkehrt.«

War sie jetzt total übergeschnappt? Ich war doch keine fünf mehr. Zu Hause zu bleiben, hatte ich gar nicht vorgehabt, aber jetzt würde ich das erst recht nicht tun. Ich liebte meine Mutter, und sie war ein gutherziger Mensch, aber manchmal mussten Markus und ich sie daran erinnern, dass wir erwachsen waren. Ich warf einen Blick auf meine Armbanduhr, die ich gestern Abend auf den Nachttisch gelegt hatte. Fünf vor neun! Ich erschrak. Dann fiel mir ein, dass ich mich bis zum Morgengrauen hin und her gewälzt hatte und erst vor ein paar Stunden eingeschlafen war. Mein Kopf und meine Glieder fühlten sich schwer an. Mein Mund war trocken, und als mir meine Lage in ihrem vollen Ausmaß wieder bewusst wurde, versetzte es mir einen Dolchstoß ins Herz. Die Stimme meiner Mutter war nun nicht mehr zu hören. Stattdessen vernahm ich aus der Küche das Klappern von Geschirr. Ich quälte mich aus dem Bett, schlurfte ins Bad und putzte mir die Zähne. Sogar dabei musste ich an Christoph denken. Er hatte darüber immer den Kopf geschüttelt und gemeint, es sei idiotisch, sich die Zähne vor dem Frühstück zu putzen, weil man mit dem Frühstück sowieso wieder alles versaue. Christoph hatte das natürlich anders gesagt, nämlich *zunichtemachen.* Also mache es doch mehr Sinn, sich die Zähne danach zu putzen. Ich blieb bei meinem Ritual und er bei seinem.

Blöderweise konnte ich nicht verhindern, dass ich mir die sinnloseste aller Fragen stellte: *Was würden wir jetzt gerade machen, wenn wir uns gestern nicht getrennt hätten?* O Gott, erbärmlich. Ich ertappte mich dabei, dass ich langsam in einen Strudel von Selbstmitleid geriet. Das wollte ich nun doch nicht, weil es mich bloß lähmen würde.

Mein Platz auf dem Küchentisch war bereits perfekt gedeckt. Meine Mutter machte es so, wie man es nur aus Hotels kannte: weiße Damasttischdecke und eine umgedrehte Kaffeetasse.

Sie hatte noch eine Eigenart entwickelt: Seit sie und mein Vater in Rente waren, gab es Punkt zwölf Uhr Essen. Ein Spielraum von plus oder minus zwei Minuten war für sie gerade noch hinnehmbar.

»Guten Morgen«, sagte ich und setzte mich an den Tisch. Mein Vater blickte von seiner Zeitung auf und nahm die Brille ab. »Guten Morgen«, meinte er leicht vorwurfsvoll, mit einem Seitenblick auf die Wanduhr. »Du bist ganz schön spät dran. Fängst du nicht um zehn Uhr an?«

»Doch. Ich trinke nur schnell eine Tasse Kaffee.«

»Gut, wenn du dich unbedingt hetzen willst, bitte.«

Er setzte die Brille wieder auf und las weiter in seiner Zeitung. Déjà-vu: Diese Szene gab es früher so oder so ähnlich, wenn ich zur Schule musste.

Meine Mutter drehte die Tasse um und schenkte mir Kaffee ein. »Magst du wirklich nichts essen?«, bohrte sie nach.

Ich schüttelte den Kopf. Meine Augen füllten sich mit Tränen, diesmal allerdings nicht wegen Christoph, sondern wegen des scharfen Geruchs, der in der Küche hing. Mein Blick fiel auf den Berg gewürfelter Zwiebeln neben dem Herd. »Kochst du schon das Mittagessen?«

»Ja, es gibt heute Gulasch. Du, es braucht schon seine Zeit, bis das Fleisch gar ist. Dazu gibt's Semmelknödeln mit Speck.«

»Selbst gemacht?«, fragte ich, Interesse heuchelnd.

Sie sah mich an, als hätte ich ihr gerade den Tod gewünscht. »Selbstverständlich«, meinte sie pikiert, »oder habe ich schon jemals Knödel aus dem Kochbeutel gemacht?«

»Nein, nie. Tut mir leid.«

Wenn ich hier länger bliebe, würde ich bald zehn Kilo zunehmen. Die beiden ernährten sich immer noch wie zuzeiten des Wirtschaftswunders. Unnötig zu erwähnen, dass das Ganze vielleicht auch psychische Spuren zurücklassen würde. Es war nicht einfach, mit meinen Eltern unter einem Dach zu leben.

»Ich hab den Markus angerufen«, erzählte meine Mutter, während sie sich setzte. »Jürgen, jetzt leg halt mal die Zeitung weg. Und du, Evelyn, magst sicher nichts essen? Du bist ja so dünn um die Hüften. Soll ich dir Spiegeleier machen? Oder magst du vielleicht Weißwürste?«

»Nein, wirklich nicht, danke.«

»Der Markus ist ganz traurig wegen dir und Christoph.

Aber wenn du nichts isst, dann wirst du bis zum Abendessen halb verhungert sein. Es ist vielleicht besser, wenn du nicht zur Arbeit gehst. Ruh dich von dem Schock erst mal aus.«

»Natürlich werde ich zur Arbeit gehen, Mutter. Wir können bei Problemen nicht den Kopf in den Sand stecken. Ich muss schließlich weiterleben.«

Sie warf mir einen beleidigten Blick zu. »Ganz wie du meinst. Ich habe es nur gut gemeint.«

»Ich weiß, dass du es gut gemeint hast. Trotzdem.«

»Weißt du, dass Sieglinde sich auch scheiden lassen hat?«

»Hat scheiden lassen«, verbesserte ich sie. »Und wer ist überhaupt Sieglinde?«

»Sieglinde Behrens.«

»Noch nie gehört.«

»Die Tochter von Herrn und Frau Behrens.« Sie schob sich ein Stück Breze in den Mund.

»Sag mal, Mutter, willst du mich veralbern?«

Sie schüttelte ihre grauen Locken hin und her und warf meinem Vater einen Blick zu. Der lächelte nur kurz und widmete sich dann wieder seiner Zeitung.

»Als du ein Kind warst, hast du den Hund von Herrn und Frau Behrens Gassi geführt und hast damit dein Taschengeld aufgebessert. Weißt du nicht mehr?«

»Ach so, ja. Und die haben eine Tochter?« Mein Gott, was für Gespräche führte ich da eigentlich? Ich fühlte mich wie achtzig.

»Ja, die Sieglinde. Sie ist sechsundzwanzig, glaube ich. Stell dir vor, hat vor einem Jahr geheiratet, und jetzt steht die Scheidung ins Haus.«

»Nein?!« Ich tat erstaunt, und sie nickte, mit einem so schockierten Gesichtsausdruck, als hätte sie die schlimme Neuigkeit gerade erst erfahren.

»Aber das ist noch nicht das Schlimmste.«

»Lass mich raten. Sie bekommt ein Kind von einem anderen Mann, der ist der beste Freund von ihrem Ehemann, und sie haben sein Konto geplündert und sind auf dem Weg nach Brasilien.«

Sie sah mich besorgt an. Sogar mein Vater hielt kurz inne. »Als deine Mutter muss ich dir sagen, dass ich über deine lebhafte Fantasie bestürzt bin. Nein, nichts davon trifft zu. Sieglinde ist … Nun ja … Wie soll ich nur sagen?« Sie lachte leicht hysterisch auf. »Sie fühlt sich zum anderen Geschlecht hingezogen, wenn du verstehst, was ich meine. Du verstehst doch? Sie ist eine Lesbierin.«

»Na und?«

Meine Eltern sahen sich an. »Wahrscheinlich liegt's an den Nerven«, sagte sie zu meinem Vater, als sei ich gar nicht anwesend.

»Eine Lesbierin kann schließlich keine Kinder kriegen«, sagte mein Vater und schaute mich an, als hätte er mir gerade ein physikalisches Gesetz erklärt.

Ich beschloss, die Sache aufzuklären. »Natürlich kann eine homosexuelle Frau ein Kind bekommen.«

Meine Mutter sah mich grimmig an. »Das ist uns durchaus klar. Wir besitzen jedenfalls Grundkenntnisse, was den menschlichen Körper betrifft. Es ist nur so, dass eine Lesbierin nicht einfach so hingehen kann und ein Kind zeugen.«

Ich zuckte die Schultern und beschloss, sie ein bisschen

auf den Arm zu nehmen. »Na ja, sie kann einen Kerl für eine Nacht abschleppen oder sich für künstliche Befruchtung entscheiden.«

»So, so«, murmelte sie vor sich hin, »und wenn das Kind fragt, wer sein Vater ist, sagt sie entweder: *Ein Kerl, von dem ich nur den Vornamen kenne,* oder sie sagt: *einer aus'm Reagenzglas.*«

»Und im letzten Fall kennt sie nicht mal den Vornamen«, ergänzte ich.

Sie warf mir einen leicht amüsierten Seitenblick zu und meinte: »Genau.«

»Sag mal, kannst du mir hundert Euro leihen?«

Sie sah mich erstaunt an und sagte nichts.

»Ich habe gestern meinen Geldbeutel nicht mitgenommen.«

»Warum nicht?«

Ich zwinkerte genervt mit den Augen. »Na, weil ich nicht daran gedacht habe, ihn einzustecken.«

Sie stand auf, um sich wieder dem Mittagessen zuzuwenden. »Natürlich gebe ich dir hundert Euro. Wenn's sein muss sogar hundertundeinen.«

Mein Vater faltete die Zeitung zusammen und mischte sich ein: »Später muss ich sowieso in die Stadt fahren, da schau ich mal bei Christoph vorbei und hole deinen Geldbeutel.«

War das gut? Irgendwie hörte sich das leicht bedrohlich an. Aber von meinem Vater ging normalerweise keine Gefahr aus. Er war ein pflegeleichtes Lämmchen.

»Vielleicht sollte ich meinen Geldbeutel nach der Arbeit lieber selbst holen«, überlegte ich laut. »Das ist doch blöd, wenn ich meinen Vater vorschicke, so, als wäre ich zehn Jahre alt.«

»Wenn du meinst.« Mein Vater zuckte die Schultern. »Ich persönlich sehe das nicht so. Wenn ich für dich gehe, gibst du ihm damit zu verstehen, dass dir nichts daran liegt, ihn zu sehen. Es ist doch viel unreifer, sich jetzt ewig den Kopf darüber zu zerbrechen, ob das unreif ist.«

Nun war ich etwas durcheinander. Aber auf eine merkwürdige Art klang es schlüssig, deshalb sagte ich halbherzig: »Na gut.«

Eine knappe Stunde später betrat ich die Buchhandlung Stendhal. Frau Wenzel hatte ihren Laden so genannt, weil *Rot und Schwarz* das Lieblingsbuch ihres Vaters gewesen war und der erste Klassiker, den sie von ihm geschenkt bekommen hatte. Manche Kunden nannten sie Frau Stendhal, weil sie dachten, die Buchhandlung würde ihren Namen tragen.

Ein Kunde stöberte gerade in der Krimiabteilung herum, als ich eintrat. Frau Wenzel sortierte die bestellten Bücher in das Regal über der Kasse. Wir taten das alphabetisch, nach den Familiennamen der Kunden, die sie bestellt hatten. Einige davon blieben lange dort stehen, weil die Leute manchmal Bücher bestellten, die sie dann nicht abholten.

»Hallo.«

Sie wandte sich um. »Hallo, Frau Fritsch. Wäre ich eine zickige Chefin, würde ich sagen, dass du fünf Minuten zu spät bist.« Wir nannten uns beim Nachnamen, duzten uns aber. Das war einfach so entstanden, von Anfang an.

»Tut mir leid, aber ich bin heute mit der S-Bahn gekommen.«

»Mit der S-Bahn?«, meinte sie belustigt. »Du wohnst doch beinahe um die Ecke. Bist du übers Wochenende umgezogen?«

»Ja, gewissermaßen.« Ich ging an ihr vorbei und verschwand im Büro hinter den Reiseführern. Es dauerte nicht lange, bis ich ihre Schritte hinter mir hörte. »Du bist wirklich umgezogen? Hast du mir davon erzählt? Wahrscheinlich habe ich es vergessen. Seit ich sechzig bin, werde ich vergesslich.« Frau Wenzel war zweiundsechzig, sah aber zehn Jahre jünger aus. Das lag wohl auch daran, dass sie ein weitgehend sorgenfreies Leben gehabt hatte. Eine Kindheit in wohlhabendem Elternhaus, eine intakte Ehe und niemals finanzielle oder gesundheitliche Probleme. Der einzige große Schicksalsschlag war der Tod ihres Mannes vor acht Jahren gewesen. Sie hatte ein gutes Herz, aber manchmal den Drang, Küchenpsychologie zu betreiben.

Die Buchhandlung hatte sie aus reiner Leidenschaft aufgebaut, aus Liebe zur Literatur und weil sie nicht zu Hause herumsitzen wollte. Miete musste sie keine bezahlen, weil das Haus, in der sich die Buchhandlung befand, ihr gehörte.

»Nein, nein. Es ist nicht so – einfach. Ach, was soll's: Christoph und ich haben uns gestern getrennt, und ich wohne jetzt – bitte nicht lachen – wieder bei meinen Eltern.«

Sie sah mich ernst an. »Aber warum sollte ich darüber lachen, Liebchen? Das ist ja schrecklich. Ich wusste gar nicht, dass es so schlecht um eure Ehe steht.«

»Tja, ich auch nicht.«

»Das tut mir sehr leid, Frau Fritsch.«

Ich nickte und versuchte zu lächeln. »Es tut ganz schön weh.« Meine Stimme fing an zu zittern, aber ich wollte mich zusammennehmen und nicht vor meiner Chefin zu weinen anfangen. Deshalb lachte ich kurz auf, versuchte, dem peinlichen Moment den Schrecken zu nehmen. Es gelang mir nicht; plötzlich kam alles aus mir heraus, und ich schluchzte und schlug die Hände vors Gesicht. Ich spürte ihre Hand auf meiner Schulter. »Lass es raus. Du solltest die Wut nicht verdrängen«, redete sie beruhigend auf mich ein. »Diese Wunde in dir darf nicht noch tiefer werden, indem du den Schmerz nicht annimmst.«

»Hallooo?«, tönte es aus dem Verkaufsraum. Das musste der Mann vom Krimiregal sein. Ich wischte die Tränen weg und strich mein Haar glatt.

Frau Wenzel rollte mit den Augen. »Diese Kunden. Immer in den unpassendsten Momenten. Entschuldige mich.« Sie drehte sich um und verschwand aus dem Büro.

Ich ärgerte mich über mich selbst. Gleichzeitig brachte mich meine Reaktion durcheinander. In den letzten Jahren hatte ich unzählige psychologische Ratgeber in die Regale einsortiert, viele davon auch gelesen oder überflogen. Manche behaupteten, man solle die Gefühle rauslassen und Verletzungen nicht verdrängen. Andere meinten, wenn man sie ungehemmt zuließe, würden sie nur zunehmen, weil man sich dadurch nur hineinsteigerte. Wieder andere sagten, man solle einfach man selbst sein. Wenn das so einfach wäre. Wer war überhaupt *ich selbst*? Wer wäre ich, wenn ich in einer anderen Familie aufgewachsen wäre, in einem anderen Land, unter anderen Umständen? Was wäre aus den Serienkillern mit grauenhaften Kindheiten geworden, wenn sie normal aufgewachsen wären? Mir wurde bewusst, dass mich dieser irrationale Gedankenwirrwarr nicht weiterbrachte. Mittlerweile war ich sogar bei Serienkillern angelangt.

Ich goss mir einen Kaffee in meinen *Don't-worry-be-happy*-Becher und ging in den Verkaufsraum. Der Kunde hatte mittlerweile den Laden verlassen. »Sind die bestellten Bücher alle schon eingeräumt?«

»Ja, alles erledigt.«

Ich nahm einen Stapel Prospekte und Magazine und verteilte sie auf dem antiken Tisch neben dem Fenster.

»Bin ich eine schlechte Ehefrau gewesen?« Okay, noch plumper hätte ich nicht anfangen können. Außerdem konnte Frau Wenzel wohl kaum beurteilen, wie ich als Ehefrau war.

»Ich kann nicht beurteilen, wie du als Ehefrau warst.«

»Das Einzige, was ich dazu sagen kann, ist, dass du ein netter Mensch bist und nicht die erste Frau, die sich von ihrem Mann trennt.« Sie verzog den Mund. »Und ganz bestimmt auch nicht die letzte.«

»Findest du, dass Christoph zu pfiffig für mich war?« Sie kannte ihn nicht besonders gut, aber immerhin hatte sie ihn ein paar Mal gesehen.

»Zu was?« Sie legte die Stirn in Falten.

»Pfiffig.«

»Wie kommst du denn darauf?«

Ich zuckte mit den Schultern. »Hat mein Vater gesagt.«

»Nein.« Dann wurde sie nachdenklich. »Vielleicht habt ihr zu jung geheiratet.«

Ich sagte nichts.

»Aber das ist nur eine Vermutung.«

»Keine Ahnung. Jedenfalls hat er etwas gebraucht, was ich ihm nicht geben konnte.« Ich machte mich wieder an die Prospekte, als ein etwa sechzigjähriger Mann hereinkam und unser Gespräch unterbrach. Mitunter war es schwierig, im Laden ein längeres Gespräch zu führen, weil man es abrupt abbrechen musste.

»Grüß Gott«, rief der Mann.

»Hallo.«

Er ging geradewegs auf mich zu. »Haben Sie das Buch *Ich bin am Ufer gesessen und überlegte*? Autor unbekannt.«

»Äh … Ich kenne das Buch leider nicht, aber wir sehen mal im Computer …«

»Coelho«, kam es von meiner Chefin, ohne dass sie aufblickte. Sie hatte die Marotten, Eigenheiten und Titelverdrehungen der Kunden schon so intus, dass sie eine Art Code-Entschlüsselungs-Meisterin geworden war. Manchmal gelang das auch mir, aber ich war darin weniger begabt als sie.

»Oh«, rief ich erleichtert. »Sie meinen wahrscheinlich *Am Ufer des Rio Piedra saß ich und weinte?* Der Autor heißt Paulo Coelho.

Er zuckte die Schultern. »Wahrscheinlich, ja. Haben Sie's da?«

»Ich seh mal nach.« Ich ging zur Belletristik, er mir hinterher, nahm das Buch aus dem Regal und reichte es ihm.

»Ist das gut?«, wollte er wissen.

»Leider habe ich dieses Buch nicht gelesen.« Frau Wenzel bestand darauf, immer ehrlich zu sagen, wenn man ein

Buch nicht kannte, denn die bohrenden Fragen der Kunden konnten einen folglich in Teufels Küche bringen. »Ich habe aber *Der Alchimist* von ihm gelesen, und das hat mir gut gefallen. Wenn Sie …«

»Nee, ich will lieber das da.« Er besah es sich, als wolle er es auf Stabilität prüfen.

»Soll es ein Geschenk an eine Dame sein?«

»Ja, ist für meine Frau. Die hat jetzt, seit sie in Rente ist, das Lesen entdeckt.« Den letzten Teil des Satzes hatte er spöttisch gesagt, als handle es sich dabei um eine Anwandlung abgehobener Spiritualität.

»Verstehe.« Wir standen uns gegenüber. Er begutachtete das Buch erneut von allen Seiten, ich stand da und kam mir etwas dämlich vor. Also zog ich mich zurück. Als er schließlich zur Kasse kam, zahlte er ausschließlich mit Zwanzigcentstücken. »Ist aus meinem Sparkästchen. Seit sie den Euro eingeführt haben, spare ich Zwanzigcentstücke. Jetzt sind fast fünfhundert Euro zusammengekommen, und ich hab beschlossen, den ganzen Betrag für meine Frau auf'n Kopf zu hauen. Weil sie jetzt in Rente ist.«

Frau Wenzel nickte, während sie zählte.

»Sie hat's verdient, hat drei Kinder aufgezogen und viel Arbeit mit uns gehabt.«

Ich betrachtete ihn. Um seinen Mund war ein Zug, den nur liebende Menschen hatten. Zumindest kam es mir so vor. Vielleicht wurde man automatisch etwas pathetisch, wenn man gerade verlassen worden war. Ich fand es rührend, was er tat, schluckte den Schmerz hinunter und wischte um das Schaufenster herum Staub.

Als Frau Wenzel fertig gezählt hatte und erleichtert aufatmete, meinte er: »Ach, was soll's. Dann nehme ich auch gleich *Der Architekt* vom selben Autor.« Fröhlich knallte er einen neuen Haufen Zwanzigcentstücke auf den Verkaufstresen.

4

Für einen Montag ging es in der Buchhandlung sehr lebhaft zu. Vielleicht lag es am Vollmond, jedenfalls hatten wir es an diesem Tag nur mit schrägen Leuten zu tun. Einer wollte wissen, ob es einen Ratgeber über Schrankordnung und Kühlschrankhygiene gäbe, ein anderer glaubte, bei *Lolita* handle es sich um ein lustiges Kinderbuch, und eine junge Frau fragte, was für Bücher Anna Karenina denn so geschrieben hätte. Zu guter Letzt kam ein etwa Zwanzigjähriger herein, strich sich selbstbewusst die braunen Locken aus dem Gesicht und meinte: »Hey, hallo, brauche das Buch *Kocht wieder kein Schwein?*«

Ich dachte, es handelte sich wieder um einen Titelverdreher, aber meine Chefin meinte: »Ach, das ultimative WG-Kochbuch – das müsste ich bestellen.«

Als ich später den Laden abgeschlossen und Frau Wenzel die Kasse abgerechnet hatte, saßen wir noch bei einer Tasse Tee im Büro. Frau Wenzel rauchte einen Zigarillo bei gekipptem Fenster. Das machte sie manchmal, »nur zur Show«, wie sie sagte.

An ihr war wahrlich eine Psychologin verloren gegangen. Sie hörte interessiert zu, wie ich meinen Gefühlen freien Lauf ließ und darüber lamentierte, was ich während meiner Ehe falsch gemacht hatte. Eigentlich gehörte ich nicht zu den Frauen, die andere Leute mit ihrem Liebeskummer vollquatschten. Genau genommen war mir das immer schon zuwider gewesen. Jeder kennt diese Art von Freundinnen, die sich einbilden, sich ständig irgendetwas von der Seele reden zu müssen. Am allerschlimmsten waren solche, die sagten: »Ich muss mit dir reden«, aber im Grunde meinten sie: »Ich brauche jetzt einen seelischen Mülleimer.« Frau Wenzel wusste genau, dass ich mein Herz nicht auf der Zunge trug, deshalb hörte sie mir umso aufmerksamer zu. Na ja, ein bisschen neugierig war sie wahrscheinlich auch. In ihrem beigefarbenen Wollkostüm und mit dem wachen Blick sah sie wirklich wie eine Psychotherapeutin aus, zumindest stellte ich mir eine Therapeutin so vor. Hin und wieder nickte sie und stellte gewandte Zwischenfragen wie: »Und wie hast du dich dabei gefühlt, als er sagte, er würde sich mit dir langweilen?«

Meine Antworten fielen hingegen lapidarer und weniger gewandt aus: »Na, wie soll ich mich schon gefühlt haben? Beschissen natürlich.«

Vor vielen Jahren war ich an ihrer Buchhandlung vorbeigelaufen und hatte das Schild entdeckt, auf dem sie eine Vollzeitkraft suchte. Ich spazierte hinein und fragte, ob die Stelle noch frei wäre. Sie hatte bejaht, und wir kamen ins Gespräch. Frau Wenzel und ich waren uns auf Anhieb sympathisch, und ich arbeitete am nächsten Tag zur Probe, und sie gab mir die Stelle. Daraufhin kündigte ich bei der Buchhandlung Baumhauer, und vier Wochen später fing ich bei Frau Wenzel an.

Als Teenager hatte ich lange überlegt, was ich nach der Schule machen sollte. »Mach halt was mit Büchern«, war Tante Kathis Vorschlag gewesen, »du liest dich eh irgendwann deppert.« Das Witzige daran war, dass das tatsächlich mein Traumberuf war und sie es eigentlich nur als Erste ausgesprochen hatte.

Nach meiner Ausbildung hatte ich ein paar Jahre für diesen komischen Kauz gearbeitet, dessen Leben ausschließlich aus Büchern bestand und dessen Buchhandlung Baumhauer so gut wie immer leer war. Ich war zwar den ganzen Tag alleine in dem Laden und las viel seinerzeit, aber auf Dauer war ich etwas unterfordert. Mein Chef boykottierte hartnäckig die Bestsellerlisten, was zur Folge hatte, dass die Kunden wiederum seinen Laden boykottierten.

Nächstes Jahr würde ich die Buchhandlung Stendhal übernehmen. Frau Wenzel war über sechzig und wollte noch ihren Lebensabend genießen. Sie hatte mich gefragt, ob ich den Laden weiterführen wollte – und natürlich wollte ich. Allerdings bewegten sich meine Ersparnisse zwar in einem vernünftigen Rahmen, reichten aber nicht für eine Übernahme einer Buchhandlung.

Frau Wenzel und ich hatten viel darüber gesprochen, und schließlich schlug sie mir vor, ich solle ihr keine Ablöse zahlen, dafür würde sie stille Teilhaberin werden. Das schien mir für beide Seiten ein faires Angebot zu sein. Außerdem würde ich ihr nicht viel Miete bezahlen müssen, und das war in München Gold wert. Ich musste mir zwar noch Gedanken über eine Angestellte machen, die mir zur Seite stehen würde, aber das hatte noch Zeit bis nächstes Jahr.

Sie freute sich auf ihr Rentnerdasein, oder eben ihren Lebensabend, wie sie sich ausdrückte. Wenn wir darüber sprachen, dann zählte sie immer nüchtern auf: »Yoga und

Meditation, Reisen, Shoppen und vielleicht noch einmal einen Freund haben.« Fürs Reisen hatten Christoph und ich nie viel Geld ausgegeben, weil er nicht gern in den Urlaub fuhr. Das hatte ich nie wirklich verstanden. Wie kann man nicht gern verreisen? Einmal waren wir in der Toskana und einmal in Prag. Er hatte die ganze Zeit gejammert, dass es nirgends ein anständiges Brot gab. »Ich kann es kaum erwarten, wieder meinen geliebten Bauernlaib zur Brotzeit zu haben.« Ich dachte, ich spinne, als er das sagte. Aber später hatte ich mich daran gewöhnt, dass er am liebsten zu Hause blieb. Ich hätte mir gern die Welt angesehen, aber allein durch einen thailändischen Dschungel zu marschieren, schien mir auch nicht verlockend.

Der Tee war ausgetrunken und der Zigarillo ausgeraucht, als Frau Wenzel meinte: »Ich hätte wirklich gern wieder einen Freund.«

Das überraschte mich, hatte ich ihr doch gerade eine halbe Stunde darüber referiert, welche Nachteile eine Beziehung so mit sich brachte.

Die S-Bahn hatte mal wieder Verspätung, und ich fror mich beinahe zu Tode. Am Bahnsteig ging ständig ein Freak auf und ab, der uns darüber aufzuklären versuchte, dass Jesus in unseren Herzen sei. Als er zum zwanzigsten Mal an mir vorbeikam, sah er mich an und rief: »Nicht einmal über dich wird Jesus den Stab brechen!«

In solchen Momenten hätte ich gern Tante Kathis Mumm gehabt. Sie pflegte dann Sätze zu sagen wie: »Schau, dass'd weiterkimmst, du Depp, du damischer.«

Ich hingegen neigte zu Gutmütigkeit, die schon manchmal an Dummheit grenzte. Der arme Mann ist krank, dachte ich, da kann er doch nichts dafür. Also drehte ich mich um und ging auf größere Distanz zu ihm. Nach endlosem Warten kam endlich die S-Bahn, und ich quetschte mich rücksichtslos durch die Menge, um einen Sitzplatz zu bekommen. Das hatte ich zuvor noch nie gemacht. Würde ich als Nächstes bei den Nachbarn klingeln, um mich über die laute Musik zu beschweren – oder aufpassen, dass Hundehalter auch brav den Kot in die Tüten packten?

So langsam wurde es an der Zeit, wieder bei meinen Eltern auszuziehen und mir wieder ein eigenes Leben zuzulegen.

Wenn ich es recht bedachte, war meine Lage gar nicht so übel. Bald würde ich selbstständig sein, und das, ohne mich zu verschulden, ich konnte mir schöne Dinge leisten und hatte Menschen, die mich mochten. Aber im nächsten Augenblick dachte ich an Christoph und war wieder am Boden zerstört. Gefühle zwischen Himmel und Hölle.

Ich nahm das Handy aus meiner Tasche und warf einen Blick auf das Display, nicht zum ersten Mal an diesem Tag. Meine Angst war, dass es vielleicht geklingelt hatte und ich es nicht gehört haben könnte. Christoph, der mir sagte, er habe keine Ahnung, was gestern mit ihm los gewesen sei. Er sei ein Trottel und flehe mich an, sofort nach Hause zu kommen. Ich schämte mich wegen dieser Wunschgedanken. Schlimm genug, als Frau verlassen zu werden, aber dann auch noch diese Träume von Reue! Meistens sind es doch die Frauen, die die Männer verlassen und schnell ein neues Leben beginnen, während die Männer nach der Trennung allein gar nicht zurechtkommen. Ich habe schon manche Frauen sagen hören, dass sie glücklich geschieden seien, während Männer sofort Ersatz suchten. Zum Beispiel Clemens, Christophs langjähriger guter Freund. Als seine Frau Barbara ihn verlassen hatte, saß er bei uns im Wohnzimmer und flennte. Ich machte mir Sorgen um ihn und hoffte, dass er nicht suizidgefährdet war. Mir war so warm ums Herz, und ich strich ihm über den Kopf, während ich dachte: *Ach, wie sehr er sie doch geliebt haben muss.* Dann kamen die zwei Sätze, nach denen er bei mir unten durch war: »Was soll ich denn ganz allein? Ich brauche so schnell wie möglich eine Freundin.« Mir wurde klar, dass es gar nicht Barbara war, der er nachweinte. Es ging vielmehr darum, dass er alleine nicht zurechtkam und jemanden brauchte, der seine Leere ausfüllte.

Wenn ich so darüber nachdachte, war Christoph gar nicht schockiert gewesen.

In meinem Kinderzimmer überlegte ich, ob ich Christoph anrufen sollte. Ich hatte den Drang, ihn auf irgendeine Weise zu verletzen, aus Wut, weil er mich nicht anrief, um zu fragen, wie es mir ging. Dann siegte die Vernunft. Mir wurde bewusst, dass dabei nichts Gutes herauskommen konnte. Vielleicht würde ich sogar anfangen zu weinen, und er könnte es so verstehen, dass ich ihm hinterherheulte.

Dass mich die Trennung so mitnahm, machte mich schier verrückt.

Ich ließ mich erschöpft ins Bett fallen, ohne mich auszuziehen. Bilder von ihm tauchten auf, von früher.

Wir hatten uns auf dem Oktoberfest kennengelernt. Christoph saß am Tisch hinter mir. Er war mit seinen Kumpels dort und ich mit meinen Freundinnen. Wir beide waren die einzigen unter ihnen, die noch nicht völlig besoffen waren. Er drehte sich um und lächelte mich an. Ich dachte, *was für ein hübscher Kerl*, und sah verlegen weg. Dann beugte er sich nach hinten, um mir ins Ohr zu rufen: »Bist du auch wegen der Musik hier?«

Ich nahm gerade einen Schluck aus dem riesigen Maßkrug. Über diesen Spruch musste ich so lachen, dass ich das Bier prustend wieder ausspuckte. Zum Glück nicht in seine Richtung. Er sah mich belustigt an, dann lachten wir beide. »Nein, eher wegen der kultivierten Atmosphäre«, gab ich zur Antwort. Ein paar Meter weiter begossen sich gerade grölende Oktoberfestbesucher gegenseitig mit Bier und tanzten auf den Bänken.

»Ach so«, meinte er. »Das kommt bei mir gleich an zweiter Stelle.«

Am nächsten Tag trafen wir uns wieder. Wir wollten uns eigentlich im Kino einen Film mit Michael Douglas ansehen. Aber dann blieben wir in der Kneipe hängen. Wir teilten uns eine Schachtel Zigaretten und zählten unser Geld, wie viele Getränke wir uns leisten konnten.

Christoph erzählte, dass er studierte. Er wollte Lehrer werden. Zuerst war ich etwas erschrocken. Nicht, dass ich mit Lehrern unbedingt traumatische Erfahrungen gemacht hätte, aber damals hielten wir sie noch alle für bürgerliche Spießer, die ausgewaschene Jeans trugen, um den Schülern zu suggerieren, dass sie auf ihrer Seite stünden. Aber schon bald glaubte ich, dass er ein guter Lehrer war.

Allerdings wurde Christoph mit der Zeit immer gereizter wegen seiner Arbeit, hatte genug von den ungezogenen

Teenagern und wechselte aufs Abendgymnasium, wo Erwachsene ihren zweiten Bildungsweg durchliefen.

Als er mich nach unserer ersten Verabredung nach Hause begleitete, fanden wir heraus, dass wir die gleiche Musik liebten. Meine Favoriten waren Extrabreit, Bad Company, Rush und die Scorpions. Christoph sagte, die fände er auch super. Ich dachte, es müsse Schicksal sein, wenn sogar unser Musikgeschmack zusammenpasste. Ich war überzeugt davon, dass wir füreinander bestimmt waren. Wenn man auf dem besten Weg ist, sich zu verlieben, dann sieht man eben das, was man sehen will, und ist dankbar für jeden noch so trivialen Wink und erklärt ihn gleich zu einem weiteren Beweis für die große Liebe.

Später, als ich einmal Christophs Schallplatten durchsah, während er etwas aus dem Keller holte, wurde mir klar, dass er mich belogen hatte. Seine Sammlung bestand aus Billy Joel, Wham, Boney M. und – ich wage es kaum zu sagen – Karel Gott! Als er ins Wohnzimmer trat, fragte ich: »Du hörst Karel Gott? Also, ich meine, *Eine Biene namens Maja* habe ich als Kind auch gern gehört, aber gleich ein Album? Wow!«

Er schüttelte energisch den Kopf. »Nein, nein. Das ist doch ein Weihnachtsgeschenk meiner Oma.« Er winkte lachend ab. »Du weißt ja, wie alte Leute sind.« Ich wollte ja nichts sagen, aber dafür, dass er sie nicht anhörte, kam mir die Platte ziemlich abgegriffen vor.

Ein paar Jahre später – mittlerweile kannte ich seinen schrägen Musikgeschmack – hatte ich ihn gefragt, warum er mich anfangs belogen hatte.

»Am Anfang flunkert doch jeder ein bisschen, damit er gut landen kann.«

Ich hatte ihm das nicht so übel genommen und tröstete mich damit, dass er mich unbedingt haben wollte und es deshalb getan hatte.

Damals hatte ich den ganzen Tag Flugzeuge im Bauch und ein Dauergrinsen im Gesicht. Ich fand ihn sogar toll, wenn er einfach nur dastand. Er konnte machen, was er wollte, oder einfach nichts tun ... Ich fand alles einfach nur sexy. Ich wollte nie wieder jemand anderen.

Irgendetwas zwischen damals und heute muss verdammt schiefgelaufen sein. Gab es einen bestimmten Punkt, den ich einfach nicht wahrgenommen hatte? War es ein Moment gewesen? Ein falsches Wort? Ein bestimmter Tag? Oder war es ein langer Prozess von unzähligen kleinen schlechten Momenten und falschen Worten?

Was würde ich tun, wenn er mich tatsächlich anrief und sagte: »Bitte komm zurück. Ich war nicht ganz bei Trost. Weißt du, ich nehme zurzeit diese Medikamente gegen niedrigen Blutdruck, und ich wollte dir nichts davon erzählen, um dich nicht zu beunruhigen. Diese Medikamente sind sehr stark und haben die Nebenwirkung, dass man dummes Zeug redet. Du hast dein Sprachzentrum im Gehirn dann nicht mehr im Griff. Aber jetzt bin ich wieder klar im Kopf. Ich liege seit gestern weinend im Bett und habe nur einen Wunsch, nämlich dass du zurück ...« Was machte ich da eigentlich? War ich noch zu retten?

Ich musste eine Nacht über all das schlafen. Vielleicht würde es mir danach besser gehen.

In dieser Nacht machte ich kaum ein Auge zu. Ich wälzte mich hin und her und verstrickte mich immer wieder von Neuem in Gedanken. Schlaftrunken nippte ich am nächsten Morgen an meiner Tasse. Ich fand es ausgesprochen angenehm, wenn man aufstand und Semmeln und Kaffee schon auf dem Frühstückstisch bereitstanden. Es war sogar beängstigend bequem. Großer Gott, hoffentlich fing ich nicht an, Geschmack an *Hotel Mama* zu finden! Da konnte ich mich ja gleich bei einem Privatsender melden, um in eine dieser Schrottsendungen zu gehen. So konnte ich mir wenigstens noch etwas dazuverdienen. Galgenhumor.

Mein Geldbeutel lag auf dem Küchentisch. »Was hat Vater denn gesagt, wie es bei Christoph war?«, wollte ich wissen.

Sie drehte sich halb zu mir um. »Wie soll's denn gewesen sein? Was meinst du denn damit?«

»Hat er was gesagt, als er gestern so spät nach Hause kam?« Ich war schon im Bett gewesen und kurz vorm Einschlafen. Außerdem wollte ich nicht aus meinem Zimmer rennen und meinen Vater fragen, ob mein Mann auch ganz doll traurig war.

»Natürlich hat er was gesagt.«

»Und was?« Musste ich ihr denn jedes Wort aus der Nase ziehen?

»Er hat gesagt, Gisela, hat er gesagt, da ist der Evelyn ihr Geldbeutel.«

Ich schnaufte. Sollte sie doch sehen, dass mir das auf die Nerven ging.

»Geh, was soll er denn schon gesagt haben?«

Das Beste war wohl, das Thema zu wechseln, deshalb fragte ich: »Wo ist denn Vater überhaupt?«

»Der Papi ist im Baumarkt. Er will aus unserem Keller ein Sportstudio machen.«

»Ein Sportstudio?«

»Ja, da soll so ein Laufband rein und ein Fahrrad ohne Räder, das auf der Stelle bleibt, wenn man radelt.« Sie verzog den Mund. »Wozu das gut sein soll, will ich mal wissen. Am Ende möchte er auch noch eine Sauna da rein haben. Ich glaub, der hat Angst vorm Sterben oder so was.«

»Er tut etwas für eure Gesundheit. Das wird euch guttun.« Bei dem Versuch, ihr aufmunternd zuzunicken, verschüttete ich etwas Kaffee auf der blütendweißen Tischdecke. Meine Mutter sah es natürlich sofort.

»Pass doch auf, Kind! Ich hab schließlich kein Dienstmädchen; ich muss das auf meine alten Tage alles selber machen.«

»Nebenbei: Was du meinst, ist Fitnessstudio und nicht Sportstudio.«

Sie schüttelte kaum merklich ihre weißen Locken und murmelte verkniffen: »Du bist manchmal so eine Klugscheißerin.«

Das Telefon klingelte. Meine Mutter stand auf und ging erhobenen Hauptes an mir vorbei. Sie meldete sich mit ihrem Namen, und dann sagte sie nichts mehr. Ich drehte mich verwundert um und sah zu ihr hinaus in den Flur. Sie hielt den Hörer fest an ihr Ohr gepresst, die andere Hand hatte sie auf ihre Wange gelegt, so wie es Leute tun, wenn sie betroffen sind. Ihr Gesicht war weiß wie die Wand, vor der sie stand. »O lieber Gott«, murmelte sie.

War mein Vater etwa auf dem Weg zum Baumarkt verunglückt?

»Ja, ja. Danke, dass Sie mir gleich Bescheid gegeben haben.« Sie legte auf und kam in die Küche getaumelt.

»Ist was mit Vater?«

»Nein. Markus hat einen Unfall gehabt.«

»Was? Wann denn? Wie denn? Wie schlimm ist es?«

Sie hielt sich an der Küchenplatte fest. »Er ist, Gott sei Dank, nicht in Lebensgefahr. Es ist heute Morgen passiert, auf dem Weg zur Arbeit, sagt die Schwester. Auf der Treppe.«

»Auf der Treppe?«

»Ja, so hat sie's gesagt. Sie meint, er hat einen komplizierten Armbruch und einen weniger komplizierten Beinbruch, beides auf der rechten Seite.«

»Das ist ja furchtbar. In welchem Krankenhaus liegt er denn?«

Sie sah mich erschrocken an. »Sie hat's wohl am Anfang gesagt, aber das hab ich jetzt vergessen, vor lauter Schreck.«

»Was?«

»Und am Ende hat sie gesagt, die Unfallchirurgie ist im Erdgeschoss, und er liegt in Zimmer vierzehn.«

»Vergessen? Mensch, Mutter«, rief ich aufgebracht, »das ist ja jetzt richtig scheiße.«

»Ja, richtig scheiße«, wiederholte sie geistesabwesend. Sie setzte sich wieder an den Tisch und starrte vor sich hin.

Ich ging in den Flur und rief die Auskunft an, um mir von allen städtischen Krankenhäusern die Nummern geben zu lassen. Meine Eltern hatten zwar immerhin ein Telefon mit Tasten, aber sie waren von der Wählscheibenära nur einen kleinen Schritt entfernt. Ihr Telefon war braun und hatte noch eine Schnur. Man konnte natürlich nicht sehen, welche Nummer zuvor angerufen hatte, denn es besaß kein Display. Aber schließlich musste ich dann doch nicht den ganzen Vormittag am Telefon verbringen, meine nervöse Mutter im Nacken. Beim dritten Versuch landete ich den Treffer. Mein Bruder befand sich im Klinikum Rechts der Isar. Also legten wir meinem Vater einen Zettel hin – denn ein Handy besaß er nicht. Eigentlich war es kein Zettel, sondern ein Brief, denn meine Mutter hatte eine ganze Seite geschrieben, um ihm die Angst zu nehmen. Ich stand im Mantel da und rief Frau Wenzel an, um ihr zu sagen, was passiert war, und dass ich heute vielleicht etwas später kommen würde. Sie meinte: »Ach, Liebchen, was stürzt denn da gerade alles auf dich ein?« Es war, als ob eine tröstende Hand mir über den Kopf streichelte, und für eine Sekunde ging es mir sogar gut. Ich steckte das Handy wieder in die Tasche und wartete, bis meine Mutter den Brief beendet hatte. Sie las ihn durch, und dann zerknüllte sie ihn.

»Was machst du denn da?«, fragte ich entsetzt.

»Wir fahren jetzt nicht mit der S-Bahn, sondern warten auf den Papi.«

»Aber der kommt vielleicht erst in Stunden. Du weißt ja, wie das ist, wenn er im Baumarkt ist. Warum hat er auch kein Handy?!«

»Wir haben so ein Gerät aus Prinzip nicht.« Sie spitzte schmollend die Lippen.

»Welchem Prinzip denn?«

»Im Fernsehen haben sie gesagt, das macht abhängig.«

»Dafür seid ihr abhängig vom Fernsehen, aber okay. Was machen wir nun, Mutter?«

»Wir warten auf den Papi. Ich kann doch nicht ohne ihn fahren.« Dann fing sie an zu weinen. Mein Magen krampfte sich zusammen. Ich habe sie nicht oft weinen gesehen. In diesem Moment tat sie mir wahnsinnig leid. Ich ging zu ihr, tätschelte ihr die Schulter und sagte: »Ist ja gut. Du hast recht. Wir warten auf Vater. Markus liegt ja, Gott sei Dank, nicht im Koma oder so. Und auf eine Stunde früher oder später kommt es nicht groß an.«

Sie hob den Kopf und nickte erleichtert.

Gerade, als ich meinen Mantel wieder ausgezogen hatte und mich setzen wollte, klingelte mein Handy. Ich lief in den Flur und holte es aus meiner Tasche. Ein Blick auf das Display: Christoph!

5

Vor Aufregung wurde mein Mund ganz trocken, und meine Hände fingen an zu zittern. Innerhalb weniger Sekunden war ich wieder zu einem Schulmädchen geworden, dessen Schwarm gerade anrief. Ich ärgerte mich darüber, überlegte, ob ich mich melden oder besser abwarten sollte, was Christoph auf die Mailbox sprechen würde. Aber das war blöd, denn vielleicht würde er keine Nachricht hinterlassen. So würde ich nie erfahren, was er mir zu sagen hatte.

Ich ließ meine Mutter alleine in der Küche sitzen und schloss mich im Bad ein. »Hallo?« Ich versuchte, gleichgültig zu klingen, so, als hätte ich im Moment viel Interessanteres zu tun.

»Ich bin's.« Ach was, mein Handy hatte ein Display.

»Ja?« Ich war schrecklich aufgeregt. Rief er an, weil er meine Stimme hören wollte? Oder weil er mich vermisste? Rief er an, weil es ihn wirklich interessierte, wie es mir ging?

»Wie geht es dir?« Es ließ sich ein Fünkchen Traurigkeit aus seiner Stimme heraushören. Zumindest tat ich mein Bestes, um sie hineinzuinterpretieren.

»Na ja, nicht besonders.« Im nächsten Moment hätte ich mir die Zunge abbeißen können! Jetzt musste ich von Markus' Unfall erzählen, sonst würde Christoph glauben, dass ich vor Liebeskummer ganz krank war. Das war nicht meine

Absicht, denn ich wollte meine Würde wahren. »Markus ist gestürzt und hat mehrere Knochenbrüche. Wir besuchen ihn später im Krankenhaus.«

Christoph meinte, es täte ihm leid, das zu hören, und erkundigte sich sogar danach, wie es mir gehe. Ich wünschte, er würde endlich auf uns beide zu sprechen kommen! Das tat er leider nicht.

»Und wie geht es dir?«, fragte ich.

»Mir? Eigentlich ganz gut.«

»Na, das ist ja schön.« In Wirklichkeit fand ich das in keiner Weise schön, denn es zeigte mir, wie wenig ich ihm noch bedeutete.

Schweigen.

»Warum hast du angerufen?«

»Ich wollte nur mal hören, ob bei dir so weit alles in Ordnung ist.«

»Ist es, ja.«

»Dein Vater war gestern noch da. Er war ziemlich unfreundlich.« Mein Vater und unfreundlich? Das passte gar nicht zusammen.

»Was hat er denn gesagt?«

»Dass er eigentlich schon immer wusste, wir würden nicht zusammenpassen, und ich hätte ja keine Ahnung, was ich da aufgebe. Und er sagte, dass du zu pfiffig für mich seist.«

Erstaunt riss ich die Augen auf. Was? War das zurzeit sein Lieblingswort? Und hatte er nicht gesagt, dass Christoph zu pfiffig für mich sei?

»Ich mag deine Eltern, aber ich weiß nicht, was er damit gemeint hat.«

»Ich auch nicht«, sagte ich ehrlicherweise.

»Tja, na dann …«

Der Gedanke, das Gespräch jetzt zu beenden, machte mich panisch. Solange ich seine Stimme hörte, war es doch nicht ganz vorbei. Plötzlich hörte ich, wie mein Vater die Haustür aufsperrte.

»Hör zu, Lyn«, sagte Christoph gerade, als ich meine Mutter draußen laut jammern hörte. »Der arme Bub! Vielleicht verbringt er sein Leben im Rollstuhl!« Meine Mutter konnte theatralischer sein als jede Figur in einer griechischen Tragödie.

»Ja?«

»Ich wollte …«, setzte Christoph wieder an, »Was ist denn da bei euch los? Ist das deine Mutter?«

»Du kennst sie ja. Also? Was wolltest du sagen?«

»Ach, ich glaube, das ist ein ungünstiger Moment. Ich melde mich wieder.«

Verdammt!

»Ganz wie du willst«, sagte ich leichthin. Ganz so, als würde mir sein Anruf nichts bedeuten.

Seit über zwanzig Jahren war ich nicht mehr in dieser Situation gewesen: mit meinen Eltern im Auto und ich hinten mit dem Wackeldackel. Lieber hätten sie auf das Auto verzichtet als auf den Dackel. Er war nämlich ein Geschenk von Großtante Gundula, und die hatte ihnen am Sterbebett gesagt, wie leid es ihr täte, dass sie zeitlebens so ein Miststück gewesen sei. So hatte sie es natürlich nicht gesagt, aber ihre genauen Worte habe ich vergessen. Der Wackeldackel war das einzige Geschenk, das sie unserer Familie je zukommen ließ. Meine Mutter hatte »das hässliche Mistding«, wie sie es damals nannte, in eine Aldi-Tüte gepackt und in den Keller geworfen, für den Flohmarkt. Als Großtante Gundula starb, kam das Ding wieder zum Vorschein und zierte nun seit fast dreißig Jahren die hintere Ablage des mittlerweile vierten Autos meiner Eltern. »Einem Sterbenden nicht zu verzeihen, ist eine Sünde«, hatte meine Mutter gesagt. Ich glaubte allerdings zu wissen, dass sich Großtante Gundula ihre Hinterhältigkeit bis zum letzten Atemzug bewahrt hatte. Ihre Entschuldigung basierte einzig und allein auf egoistischen Motiven. Sie hatte sich das Gewissen rein gewaschen, um an der Himmelspforte, an die sie nun mal glaubte, eingelassen zu werden. Meine Eltern waren gutgläubig genug, das als Buße und Reue zu verstehen. Na gut, sie hatte ihnen auch zwanzigtausend Mark hinterlassen.

»Du, Jürgen, wir haben hier Vorfahrt.«

Wie es aussah, war meine Mutter noch immer eine sehr engagierte Beifahrerin.

»Ich weiß, Gisela, ich weiß.« Mein Vater hörte sich ziemlich gereizt an, aber sie hatte das Talent, dies zu ignorieren.

»Schau mal, Jürgen, da drüben ist ein Parkplatz.«

»Ich weiß!«

Früher hatte ich mir wenigstens die Kopfhörer meines Walkmans überstülpen und bei AC/DC oder Pink Floyd entspannen können. Ich sollte mir so etwas wieder kaufen. Aber die hießen heute irgendwie anders, nicht mehr Walkman, nur hatte ich vergessen, wie. Wenn ich in einen Media Markt gehen und nach einem Walkman fragen würde, wäre das wahrscheinlich bei den Verkäufern ein Schenkelklopfer, den sie sich später beim Kantinenessen erzählen konnten.

Ach, jetzt fiel es mir ein: MP3-Player. Bei Gelegenheit musste ich mir so ein Ding kaufen. Ich vermisste die Musik.

Meine Mutter ging eiligen Schrittes voran, dahinter schlurfte mein Vater, und als Letzte ich. Markus lag mit noch zwei anderen Männern in einem großen Zimmer. Sein Arm wurde mit einer riesigen Schiene gestützt, und sein Bein steckte in einem Gips, der bis zum Knie reichte. Als er uns sah, warf er unserer Mutter einen besorgten Blick zu. Sie war mit solchen Situationen völlig überfordert. Nicht selten war uns ihr dramatisches Verhalten äußerst peinlich. Markus befürchtete wahrscheinlich, sie könnte lauthals anfangen zu heulen und sich auf sein Bett werfen, die Arme in die Luft strecken und rufen: »Warum gerade du?!« Aber so weit kam es dann doch nicht. Sie holte ein Papiertaschentuch aus der Manteltasche, betupfte sich die Augen und warf Markus vor, dass sie ihm doch schon immer gesagt hätte, er solle nicht zwei Stufen auf einmal nehmen.

»Hab ich ja nicht!« Mein Bruder klang gereizt. »Auf der Treppe war ein Ölfleck, von diesem Scheißnachbarn, der immer einen tropfenden Müllsack hat.«

»Was sind denn das für Ausdrücke«, mahnte unsere Mutter.

»Und darauf bin ich ausgerutscht und dann die Treppe runtergefallen.«

Ich reichte Markus ein Päckchen Erdnüsse, das ich mitgebracht hatte, und er nahm sich eine Handvoll. Für Erdnüsse hatten wir beide schon immer eine Schwäche gehabt. »Aber das war noch nicht das Schlimmste«, fuhr er fort, während er die Nüsse kaute, »denn wer hat mich gefunden? Die neue Nachbarin!«

»Die große Blonde mit dem strammen Hintern?«, fragte ich.

Meine Eltern warfen sich erstaunte Blicke zu. Markus hatte mir nebenbei von ihr erzählt. Zumindest hatte er geglaubt, es nebenbei zu tun. Es war jedoch offensichtlich, dass er sie anziehend fand. Männer waren wirklich entsetzlich schlecht im Vertuschen. »Genau die«, fuhr Markus fort. »Sie kommt die Treppen hoch, und da liege ich. Zerrissene Hose, Brille verbogen und verdrehte Gliedmaßen.«

»Muss lustig ausgesehen haben«, warf ich ein und nahm mir eine Erdnuss aus der Tüte.

»Geh, Kind. Das ist doch nicht lustig.« Meine Mutter schüttelte den Kopf über mich, wie damals, als ich in der Kirche nicht stillsitzen konnte.

Markus räusperte sich und warf uns einen erschöpften Blick zu. »Jedenfalls hat sie angefangen zu schreien, und dann ist der Nasser-Müllsack-Nachbar rausgekommen und hat den Notarzt gerufen.«

»Das war doch sehr nett von ihm«, bemerkte unser Vater wohlwollend.

»Die Blonde wollte unbedingt bei mir bleiben und meine Hand halten, bis der Rettungswagen kommt.«

Ich hörte auf zu kauen. »Und was ist dann passiert?«

»Der Idiot hat gesagt, sie könne ruhig gehen. Er hat sie regelrecht weggescheucht. Er würde schon bei mir bleiben, hat er ihr versichert. Und dann …« Markus sah aus, als würde er jeden Augenblick anfangen zu weinen. Ungläubig starrten wir drei ihn an. »… dann hat er sich über mich gebeugt, mit seinem speckigen Morgenmantel und seinem ungepflegten Gesicht …«

»Hat er dich geküsst?«, fragte unser Vater.

Markus wandte ruckartig den Kopf in seine Richtung. »Was? Wie kommst du denn darauf? Er hat nur – mein Gesicht gestreichelt.«

»Na ja, das ist auch nicht viel besser«, stellte unsere Mutter fest.

»Wenn das nicht beschissen gelaufen ist«, warf ich ein, um auch etwas zu sagen.

Die Tür ging auf, und Markus bekam sein Mittagessen. Kohlrouladen und Kartoffelpüree. Unsere Mutter fühlte sich berufen, seine Kohlroulade klein zu schneiden und ihm ein Kissen hinter den Rücken zu stecken. Er warf mir einen hilflosen Seitenblick zu. »Jetzt iss was«, sagte sie zu Markus. »Aber das geht schlecht mit der linken Hand, gell? Komm, ich füttere dich.«

»Jetzt ist aber gut, Mutter«, zischte er.

Ein paar Minuten spielte sie die Beleidigte, dann meinte Markus, dass er müde sei und wir gehen sollten.

»Kann ich noch kurz bleiben und etwas mit dir besprechen?«, fragte ich.

Er nickte.

»Was denn?«, wollte unsere Mutter wissen.

»Nichts Besonderes.«

»So, so. Aber doch so besonders, dass man ein kleines Geheimnis daraus macht, gell?«

»Ach, Quatsch«, winkte ich ab.

Als unsere Eltern durch die Tür verschwunden waren, sah Markus mich an und sagte: »Die beiden können schon manchmal schwierig sein.«

Ich nickte und seufzte. »Dasselbe sagen sie vielleicht über uns.«

»Hör mal, das mit Christoph ist wirklich …« Er suchte nach den richtigen Worten. »Also das ist echt …«

»Schlecht?«

»Ja, genau.«

Wir grinsten uns an, dann nickte ich traurig. Es schnürte mir jedes Mal die Kehle zu, wenn ich unmittelbar mit dem konfrontiert wurde, was passiert war.

»Markus, ich muss dich etwas fragen. Der Zeitpunkt ist denkbar schlecht, und ich wollte eigentlich erst in den nächsten Tagen mit dir darüber sprechen.«

»Worum geht's?«

»Ich mach's kurz: Du liegst hilflos da, in einer schrecklichen Situation, und ich sitze hier und pumpe dich an.«

»Wie viel brauchst du denn?«

Ich zuckte mit den Schultern. »Tausend Euro. Ich muss unbedingt aus dem Kinderzimmer raus. Ich hab Geld, aber meine Papiere, Sparbuch und der ganze Krempel sind noch bei Christoph. Das muss ich alles erst noch holen.«

»Ist doch kein Problem. Dafür ist Familie doch da, oder?«

Ich runzelte die Stirn. »Um Geld zu verleihen?«

»Falsch formuliert. Um sich zu unterstützen und sich aufeinander verlassen zu können.«

Markus beugte sich auf die rechte Seite, aber sein gebrochener Arm war ihm im Weg. »Kannst du mal die Schublade aufmachen? Da ist mein Geldbeutel drin.«

»Du hast so viel Geld dabei?«

Er warf mir einen verwirrten Blick zu. »Natürlich nicht. Was denkst du, was ich bin? Profikiller?«

Ich nahm den Geldbeutel aus der Schublade und reichte ihn Markus. Umständlich zog er seine Bankkarte aus dem Schlitz, reichte sie mir und nannte mir seine PIN-Nummer.

Die nächsten Tage verbrachte ich in einer Art Trancezustand. Wahrscheinlich hatte ein Verdrängungsmechanismus eingesetzt. Zu verdrängen gab es einiges: dass ich wieder in meinem Kinderzimmer wohnte; dass ich mir von meiner Familie erst einmal Geld leihen musste, um von dort wegzukommen. Meine Mutter machte mir meine Lage nicht gerade erträglicher. Ihre gut gemeinten Ratschläge reichten von: »Iss doch was, Kind«, über: »Du kannst doch für immer hierbleiben«, bis zu: »In Afrika wären sie froh, wenn Sie deine Probleme hätten.«

»Warum erwähnst du eigentlich immer Afrika als negatives Beispiel?«, warf ich eines Abends ein, »du warst doch nie dort.«

Sie sah mich an. »Na, du hast ja recht, aber ich will euch manchmal nur vor Augen führen, wie gut ihr es habt.« Dann fügte sie hinzu: »Alles in allem.«

So oder ähnlich hatten sich die Szenen bereits vor dreißig Jahren tagtäglich abgespielt.

Samstagmorgen entdeckte ich zwei Wohnungsanzeigen in der Zeitung. Besser gesagt: Appartementanzeigen. Zimmer, kleine Küche, kleines Bad. Ich wäre mit allem zufrieden gewesen, solange ich nur die Tür hinter mir zumachen konnte und meine Ruhe hatte. Außerdem musste man alles positiv sehen: Weniger zu putzen war es auch.

Nach dem Frühstück rief ich bei den jeweiligen Vermietern an, und beide sagten zu. Herr Meyer-Kasteneder erwartete mich in Giesing. Herrn Schmidt würde ich später im Glockenbachviertel treffen.

Die freudige Nachricht meiner Mutter zu überbringen hätte ich mir natürlich sparen können. Sie spülte das Frühstücksgeschirr und drehte mir den Rücken zu, während ich bereits etwas unruhig am Küchentisch saß.

»Giesing? Da ist der Beckenbauer aufgewachsen, gell?«

Ich zuckte mit den Schultern. »Keine Ahnung. Schätze, da sind 'ne Menge Leute aufgewachsen.«

»Aber keiner von denen ist so berühmt wie der Beckenbauer Rudi.«

Ich stutzte. »Rudi? Heißt der nicht Franz?«

»Ach ja, der Franz«, meinte sie lachend, als ob sie ihn persönlich kennen würde. »Ich würde die Wohnung in Giesing nehmen.«

»Hä?«, rutschte es mir heraus. Es geschah manchmal, dass ich mich meiner Mutter gegenüber unfreiwillig wie eine Göre verhielt.

»Also, ich weiß nicht, das Glockenbachviertel ist doch ziemlich kaputt, wenn du mich fragst. Voll mit Homosexuellen, Irren und Drogenabhängigen.«

»Was?«

»Da gehörst du nicht hin.«

Ich sah sie ungläubig an. »Das ist doch gar nicht wahr. Die Zeiten ändern sich. Das Glockenbachviertel ist heute sogar ziemlich in.«

»Und wo sind dann jetzt diese Leute?«

»Was weiß denn ich«, rief ich genervt. »Vielleicht in Giesing.«

Wenn ich noch länger hierblieb, würde das irgendwann an meine Nerven gehen. Aber langsam musste ich mich sowieso nach einer anderen Bleibe umsehen. Markus kam in ein paar Tagen aus dem Krankenhaus und würde ebenfalls hier einziehen müssen. Er war erst einmal für ein paar Wochen krankgeschrieben und konnte sich kaum selbst versorgen.

Als Übergangslösung würde eine der beiden Wohnungen sicher ihren Zweck erfüllen.

»Bleibst du heute Abend zu Hause?«, unterbrach meine Mutter meine Gedanken.

»Ja, warum?«

»Dann können wir uns zusammen die Samstagabend-Show ansehen.«

Ich verschränkte die Arme auf dem Tisch und ließ seufzend meinen Oberkörper darauffallen.

»Ist dir nicht gut? Jürgen, ich glaub, der Evelyn geht's nicht gut. Wie oft hab ich dir schon gesagt, du sollst morgens nicht so viel Kaffee trinken.«

Ich hatte nicht die Wahl zwischen Giesing und Glockenbachviertel, sondern zwischen schnell und schneller.

6

Ich habe etwas für dich gefunden. In Pasing, stell dir vor. Ist das nicht toll?« Antje klang geradezu euphorisch.

»Was soll daran toll sein? Da wohnen meine Eltern.« Ich liebte Pasing. Es lag am westlichen Stadtrand von München, und dort war ich aufgewachsen, aber nach der Nähe der vergangenen Tage wollte ich nicht unmittelbar neben meinen Eltern wohnen.

Antje lachte. »Ja, aber die Wohnung ist ja nicht um die Ecke, sondern mindestens zwanzig Minuten zu Fuß von eurem Haus entfernt. So klein ist Pasing auch wieder nicht.«

Es fiel mir schwer, zuversichtlich zu sein. Nach dem gestrigen Desaster musste ich mein Optimismuspotenzial erst wieder aufbauen. Die Wohnung in Giesing war eine Bruchbude gewesen, und der Vermieter im Glockenbachviertel ein anzüglicher und ekliger Typ, dessen erste Frage war: »Sind Sie alleinstehend? So ein steiler Zahn wie Sie?« Er sah aus, als wäre er seit Jahrzehnten nicht mehr aus seiner Wohnung herausgekommen. Die langen Haare, der ausladende Hemdkragen – und nicht zuletzt der Ausdruck *steiler Zahn*, den ich zuletzt in einem Peter-Kraus-Film aus den Fünfzigern gehört hatte.

»Also, was ist? Können wir uns um acht Uhr am Bahnhof Pasing treffen«, hakte Antje nach. »Dann gehen wir zu dem Haus.«

»Haus? Ich kann mir doch kein Haus leisten. Bist du verrückt?«

»Da wird ein großes Zimmer vermietet, mit Bad. Küche wird gemeinsam benutzt. Es ist eine Frauen-WG.«

Ich schluckte. Nur Frauen? Hatten die sich absichtlich zu einer Einheit zusammengeschlossen? Vielleicht nach dem Motto: Wir brauchen keine Männer in unserem Leben? Aber wenn ich das so fragte, dann wäre ich genauso borniert wie meine Mutter. Grundsätzlich war mir das egal, aber ich hatte keine Lust, wie ein Schulmädchen nicht zur Gruppe zu gehören, weil ich aus irgendeinem Grund nicht zu ihnen passte.

»Die Inhaberin ist die Schwägerin der Bekannten von Egges Cousine.«

»Das ist mir zu kompliziert, aber egal. Wie viele Frauen sind es denn?«

»Ich glaub drei – hab's vergessen. Weißt du was? Ich beneide dich. Eine WG ist bestimmt lustig.«

»Ja, besonders in unserem Alter.«

Während ich mit einem Pappbecher Kakao im Bahnhof herumlungerte und auf Antje wartete, kreisten meine Gedanken um tausend Dinge. WG. Nur Frauen. Militante Emanzen? Opfer ehelicher Gewalt? Prostituierte? Kichernde Tussis? Vielleicht sollte ich das Ganze absagen. Aber Antje machte sich extra abends von ihrer Familie los, um mit mir dorthin zu gehen; das konnte ich nicht machen.

Es war acht Uhr abends. Ich fror und wärmte mir die Hände am Pappbecher. Der Buchladen hatte um halb sieben geschlossen, und nun stand ich hier, war müde und hungrig. Mein Handy meldete sich, und mein Herz machte einen Aussetzer. Christoph? Nein, das Display zeigte *Mutter*. Zu meiner Verteidigung: Ich hasste mich dafür, dass ich immer noch darauf hoffte, dass er mich anbettelte, zu ihm zurückzukommen.

»Hallo?«

»Wo bleibst du denn? Das Essen wird kalt.« Es fühlte sich an, als wäre ich wieder zehn Jahre alt.

»Ich sehe mir eine Wohnung an, weiß nicht, wann ich heimkomme.«

»Um diese Zeit?«, rief sie schrill durch den Hörer.

»Ja. Hat sich so ergeben.«

»Na, du hast es aber eilig, von uns wegzukommen. Jürgen, du hast auf den Boden getropft! Wisch das bitte auf, ja? Also, wann bist du ungefähr da?«

Langsam war ich genervt. »Ich hab doch gesagt, keine Ahnung. Ich kann mir das Essen doch auch selber warm machen.«

»Ja, aber das alleine ist es doch nicht. Dann muss ich den Tisch abräumen und abspülen und das Geschirr wegräumen. Ich mag das nicht erst um zehn Uhr abends machen.«

»Aber das kann ich doch genauso gut ma…«

»Nein!«, kam es mit großer Entschiedenheit zurück, »du stellst das Geschirr immer falsch in die Schränke, so etwas kann ich nicht leiden. Das macht mich verrückt.«

Für einen Augenblick rang ich nach Worten. Was verlangte sie jetzt von mir? »Und jetzt?«

»Wann bist du also zu Hause?«

Entweder sie spann oder ich. »Spätestens um zehn, schätze ich.«

»Na gut, solange das nicht zur Gewohnheit wird.«

Vielleicht konnte ich morgen schon in diese WG einziehen – oder am besten heute Abend noch.

Antje umarmte mich, dann trat sie einen Schritt zurück und sah mich mit ihren großen braunen Augen an. Antje war einen ganzen Kopf kleiner als ich, was bei meinen eins achtzig nicht ungewöhnlich war. Sie war korpulent, aber nicht dick. Ihr Körper war straff und sehnig. Ihr größter Komplex waren immer ihre leichten O-Beine, die aber nicht so sehr auffielen, wie sie sich einredete. Zurzeit trug sie ihre Haare in rötlichem Braun. Während sie die Farbe häufig wechselte, blieb ihre Frisur stets gleich, mittellang und fransig. Antje war insgesamt ein unscheinbarer Typ, aber sie hatte ein schönes Gesicht; fein geschnittene Züge, hohe Wangenknochen und ein geschwungener Mund, den sie mit einem apricotfarbenen Lippenstift betonte – das einzige Make-up, das sie trug. »Du siehst blass aus«, meinte sie.

»So fühle ich mich auch.«

»Kann man sich denn blass fühlen?« Sie lächelte.

»Offenbar schon.«

Sie strich mir übers Gesicht, dann gingen wir in Richtung des nördlichen Ausgangs. »Es sind nur zehn Minuten zu Fuß«, sagte sie, »in der entgegengesetzten Richtung deiner Eltern.« Sie grinste. Als wir in die Kälte traten und nebeneinander her gingen, sagte Antje: »Ich weiß auch nicht, Lyn, aber manchmal denke ich, man kann niemandem mehr trauen. Von Christoph hätte ich das wirklich nicht gedacht.«

»Hmhm.«

»Was hat er denn genau gesagt?«

Ich erzählte ihr das Ganze nun in der längeren Version. Sie hörte schweigend zu, warf mir hin und wieder einen Seitenblick zu oder schüttelte den Kopf.

»Bist du sicher, dass da keine andere Frau im Spiel ist? Versteh mich nicht falsch, du kennst ihn am besten, aber das alles kommt doch recht plötzlich. Vielleicht hat er jetzt eine Entscheidung getroffen und sich für die andere entschieden.«

»Nein, das glaube ich nicht.«

»Was mich ebenso stutzig macht, ist, dass du vor ein paar Wochen gesagt hast, dass er tagsüber öfter Termine hätte. Du hast das nur nebenbei erwähnt, aber ich habe mich heute wieder daran erinnert. Arzttermine, Baumarktbesuche, Sport … War es nicht so?«

»Doch, ja. Aber solche Phasen von alleinigen Unternehmungen sind früher auch schon vorgekommen.«

»Okay, wie du meinst. Ich will dich nicht beeinflussen.«

Ich zog meinen Mantelkragen hoch, wusste nicht, ob ich wegen der Kälte oder der Vorstellung fror, Christoph könnte mich betrogen haben.

»Löwe-Männer habe ich immer gemieden – die sind schwierig.« Antje hatte mit fünfzehn die Astrologie entdeckt. Früher beschäftigte sie sich geradezu fanatisch damit. Als sie anfing, Menschen nach ihrem Sternzeichen zu beurteilen, hatte ich sie schließlich darauf hingewiesen, dass ihr Interesse langsam üble Ausmaße annahm. Heute war es nur noch ein nettes Hobby für sie, aber hin und wieder wurde sie doch von ihren Vorurteilen überwältigt. Ihre

Söhne waren geplant gewesen und alle im Sternzeichen Zwillinge geboren, weil das am besten zu ihr als Waage passte, neben Wassermann, was ich war. »Deshalb verstehen wir uns auch so gut«, hatte sie einmal gesagt. Mir schrieb sie nur gute Eigenschaften zu: Ich war angeblich eine freiheitsliebende und unabhängige Frau, die die Menschen liebte. Ich sei originell und kreativ und hätte das Bedürfnis, eine Mission zu erfüllen.

»Egozentriker«, unterbrach Antje meine Gedanken.

»Wie bitte?«

»Löwe-Männer.«

»Ach so. Aber er konnte früher so schöne Komplimente machen, auch wenn ich manchmal daran gezweifelt habe, ob er es wirklich ernst meint. Aber wer will schon die Wahrheit hören, wenn es ums Aussehen geht?« Meine etwas abstehenden Ohren und den kleinen Huckel auf der Nase hatte Christoph nie erwähnt. Ich auch nicht. Weil ich vor vielen Jahren in einer Frauenzeitschrift gelesen hatte, man solle seinen Partner nicht auf Makel aufmerksam machen. Man wäre doch blöd, ihn auf etwas aufmerksam zu machen, was er vielleicht noch gar nicht bemerkt habe. Das ließ ich mir nicht zweimal sagen.

»Denken nur an sich«, fuhr Antje fort, »und wenn's drauf ankommt, können sie verdammt unsensibel werden – wie man ja sieht. Man muss es ihnen ständig recht machen und ihnen das Gefühl geben, dass sie die Größten sind.«

»Aber vielleicht war gerade das der Fehler. In seinen Augen zumindest. Vielleicht hätte ich mehr auf ihn eingehen sollen.«

»Das ist doch nicht dein Ernst!«, mahnte sie mich.

»Nein, eigentlich nicht.«

Sie blieb kurz stehen und sah mich an. »Du bist sehr stark, Lyn. Natürlich bist du traurig, aber alles in allem bewahrst du Würde. Das finde ich toll.«

Dafür liebte ich Antje. Sie schaffte es immer, das Positive aus mir herauszuholen. »Ich glaube, du stellst mich besser hin, als ich es verdiene. Ich bin wütend, aber ich will nicht, dass die Wut mich auffrisst.«

»Das siehst du ganz richtig.« Wir gingen weiter. »Lyn, falls das mit dieser WG nicht klappt …«

»Was dann?«

»Ich hätte eine Idee, wie du an eine schöne Wohnung kommen könntest.«

Ich war ganz Ohr. »Wie denn?«

»Du könntest Christoph vor ein Auto schubsen. Ich nehme an, du erbst, solange ihr nicht geschieden seid?«

»Wahnsinnig witzig.«

Antje blieb stehen. »Das muss es sein. Hausnummer vierundzwanzig.«

Von außen sah es schon einmal sehr einladend aus. Hohe Fenster, großzügige Balkone und eine frisch gestrichene weiße Fassade. »Kennst du denn die Cousine von deiner Bekannten deren Tante oder wer immer das ist?«

»Nein, nie gesehen. Hab nur heute mit ihr telefoniert, und sie hat mir den Weg beschrieben. Scheint nett zu sein.«

Antje drückte auf die Klingel mit dem Namen Viehbeck. In kleinen Lettern darunter stand auch noch Schwarz und Hofmann.

Die Tür ging auf, und eine dicke Blondine winkte uns näher. »Hallo! Kommt nur. Gute Güte, seid nicht so zaghaft.

Wir haben keine bissigen Hunde hier. Nur bissige Frauen, aber von denen könnt ihr nicht die Tollwut kriegen.« Sie lachte.

Alles klar. Zehn Minuten würde ich bleiben und mir am Wochenende eine Zeitung mit dem Wohnungsmarkt kaufen.

7

Die dicke Blondine war die Eigentümerin, Annett Viehbeck. »Annett ohne e am Ende«, meinte sie und hob lachend den Zeigefinger in die Luft. Ich hätte gerne gewusst, wie oft sie diese Bemerkung schon von sich gelassen hatte. Sie wechselte ein paar Worte mit Antje, über ihr Telefonat am Nachmittag und wie überaus witzig es doch sei, wie ich über drei Ecken zu ihnen gekommen sei.

»Wenn nicht gar fünf.« Annett kicherte wieder. Ich sah sie an und zwang mich, auch zu lachen. Sie hatte eine mollige Figur, ihre Kleidergröße schätzte ich auf etwa achtundvierzig. Aber selten hatte ich ein so makellos schönes Gesicht gesehen. Ihre Haut war wie die eines Kindes, sie hatte strahlend blaue Augen mit dichten Wimpern und makellose Zähne. Sie trug ihr hellblondes, glattes Haar mittellang.

»Kommt doch ins Wohnzimmer, dann stelle ich euch die anderen vor.« Antje und ich folgten Annett durch den Flur. Auf der Couch saßen die zwei anderen Frauen, eine dunkelhäutige in mittlerem Alter und eine blasse, die jünger war. Erstere sah erschöpft aus und die blasse genervt. Man hatte fast den Eindruck, dass Annett ihnen wie eine Mutter angeordnet hatte, brav die neue Mitbewohnerin zu begrüßen.

»Hallo«, sagte ich. »Ich bin Evelyn Fritsch, oder einfach Lyn.« Ich bemühte mich um ein Lächeln, um ein bisschen das Eis zu brechen, aber das schien die beiden überhaupt nicht zu interessieren.

»Ja«, rief Annett fröhlich, »und das ist die Antje Schwinger.«

»Singer«, verbesserte Antje.

»Aaach«, rief Annett und schlug lachend die Hände ineinander. »Und ich hab am Telefon Schwinger verstanden.«

»Ja, ja. Am Telefon ist das immer so eine Sache«, brabbelte Antje.

»Hahaha.«

»Tja …«

»Haaach, köstlich.« Sie wischte sich die Lachtränen aus dem Gesicht, und ich fragte mich, ob sie vielleicht manisch und die beiden anderen depressiv waren. »Also, die beiden ermüdeten Frauen hier sind meine Mitbewohnerinnen. Das« – sie deutete auf die Dunkelhäutige – »ist Louise Hofmann, und unser Dreikäsehoch, das ist die Olivia Schwarz.« Sie lachte wieder, und Antje und ich stimmten unsicher mit ein. »Na gut, ist die Prozedur jetzt zu Ende? Darf ich jetzt ins Bett gehen?« Louise erhob sich.

»Aber ich dachte, wie trinken ein Gläschen Sherry zusammen«, rief Annett enttäuscht. »Och, Mensch.«

»Sherry? Seh ich aus wie ein verdammter englischer Aristokrat?« Louise hatte eine tiefe Stimme. Ihr gesamtes Wesen wirkte lässig, aber nicht unweiblich. Sie würdigte mich keines Blickes. Offenbar war Authentizität für Louise eine wichtige Sache. Endlich sah sie mich an. »Sei mir nicht böse, Lyn, aber ich habe einen harten Job, und heute war's besonders schlimm. Brauche jetzt meinen Schlaf.«

»Ja, natürlich. Gute Nacht.«

»Tschüsschen.« Sie verschwand aus dem Zimmer. Ich wunderte mich noch über ihr: »Tschüsschen«, weil es so gar nicht zu ihr zu passen schien.

»Gute Güte, ich hab euch ja noch gar nichts zu trinken angeboten.«

»Das ist auch nicht nötig«, kam Antje mir zuvor. »Es ist ja schon spät. Ich glaube, Lyn wollte jetzt auch nur das Wichtigste besprechen.«

»Ja, genau.« Ich nickte.

»Na, dann geh ich auch mal.« Jetzt stand die Blasse auch auf.

»Du auch, Olivia?«, fragte Annett überrascht.

»Mein Gott, Annett«, murmelte Olivia, »so wie du das sagst, klingt es wie: Du auch, Brutus?«

Ich lachte kurz auf, und Olivia sah mich an. Wahrscheinlich war es nicht als Witz gemeint, und ich räusperte mich verlegen.

Olivia verschwand in das Souterrain, durch eine Tür, die vom Flur wegging. »Louise wohnt ganz oben, im zweiten Stock. Und du«, sie sah mich freundlich an, »wirst dir den ersten Stock mit mir teilen. Wenn du dich entschließt, hier einzuziehen.«

Ich entschied mich für ein möglichst neutrales Nicken.

Wir gingen die Treppe nach oben. Die Stofftapeten waren ziemlich edel, in Weinrot und mit dezentem Goldmuster. Das Badezimmer lag in der Mitte des Flurs, und links davon ging ein Zimmer ab, rechts zwei. Auf jeder Seite der Badezimmertür stand ein antiker Holztisch, beide mit frischen Blumen dekoriert. Auf den ersten Blick wirkte das antiquiert, aber es hatte ein eigenes Flair und vermittelte ein Stück Eleganz. Annett zeigte uns das Badezimmer. Es war riesig; mit zwei Waschbecken, einer Badewanne und einer Dusche. Außerdem einem großen, weißen Lamellenschrank und wunderschönen dunkelblauen Fliesen. Alles war in diesen beiden Farben gehalten und hatte somit etwas Mediterranes.

Als wir wieder im Flur standen, zeigte sie auf die beiden Türen. »Das ist mein Reich, und das hier …«, sie deutete auf die dritte Tür, »das wäre dann dein Zimmer. Ich zeige es dir.«

Der Raum waren eigentlich zwei Räume, weil er durch einen bogenförmigen Durchgang getrennt war. Im hinteren Teil konnte man sich das Schlafzimmer einrichten und im Eingangsbereich das Wohnzimmer. Parkettboden, frisch gestrichene Wände – der Schlafbereich in Zartrosa und das Wohnzimmer in dezentem Gelbton – und Bambusrollos. Das alles hätte mich erleichtert aufatmen lassen, wären da nicht diese seltsamen Frauen gewesen. Annett würde mit ihrer extremen Freundlichkeit bestimmt anstrengend sein, und die beiden anderen waren Griesgrame.

»Wie hoch ist denn die Miete?«, fragte ich.

»Dreihundertfünfzig. Das Bad musst du mit mir teilen und die Küche, das Esszimmer und das Wohnzimmer sind halt für alle da.«

»Und wann könnte ich einziehen?«

»Am Wochenende.« Sie zuckte die Schultern. »Also meinetwegen kannst du auch morgen einziehen, nur musst du wahrscheinlich arbeiten, oder?«

Ich nickte.

»Warte, ich schreib dir meine Nummer auf, dann kannst du mich anrufen und sagen, wie du dich entschieden hast.« Sie verschwand in einem ihrer Zimmer. Antje sah mich an und zog fragend die Brauen nach oben. »Und?«, flüsterte sie.

»Nicht jetzt«, flüsterte ich zurück.

Annett kam auch schon wieder, reichte mir einen Zettel und meinte: »Hier ist die Festnetznummer und meine Handynummer. Aber sei doch bitte so nett und gib mir spätestens übermorgen Bescheid. Wenn du nicht einziehst, muss ich mich nach jemand anderem umsehen.« Sie wand sich verlegen. »Ich brauch halt das Geld. Die Nebenkosten sind hoch und …«

»Ist doch klar«, meinte ich.

Sie tätschelte mich kurz an der Schulter und lachte. »Ich hab ein gutes Gefühl bei dir. Wir wären eine tolle Viererkette! Hahaha …«

Fünf Minuten später standen Antje und ich wieder in der Kälte. »Verdammt«, murrte ich, »warum hast du eigentlich nie einen Führerschein gemacht? Dann müssten wir jetzt nicht zu Fuß gehen.«

»Du hast einen – und bringt uns das weiter? Nein. Sag mir lieber, ob du dem Lachkissen da drin 'ne Zusage erteilst.«

Ich prustete los, dann stimmte Antje mit ein, und wir gackerten wie damals als Teenager. Wir mussten uns noch nie gegenseitig erklären, was wir weshalb witzig fanden. Mein erster fester Freund hieß Bertram, genannt Socke (weil er immer witzige Socken mit Disneyfiguren getragen hatte); wir waren beide fünfzehn, und als ich zwei Jahre später mit ihm Schluss machte, weil er meinen Humor nicht verstand, kapierte das niemand. Außer Antje. »Ja, ist echt scheiße, wenn du 'nen Witz erklären musst, weil der andere den nicht rafft«, hatte sie damals gesagt.

»Also, was ist?«, holte Antje mich in die Gegenwart zurück.

»Ich weiß nicht. Was meinst du?«

Sie ging mittlerweile in schnellerem Tempo. Wahrscheinlich wollte sie endlich nach Hause. »Das musst du entscheiden, Lyn. Aber wenn du meine Meinung unbedingt hören willst: »Annett scheint doch ein netter Mensch zu sein. Passt ja auch zu ihrem Namen. A-nett.«

»Manchmal siehst du Dinge, die anderen verborgen bleiben. Du bist wirklich weise.«

»Ich weiß, ich weiß.«

»Aber im Ernst«, hakte ich nach.

»Ich glaube, die ist in Ordnung, und letztendlich kommt es doch auf sie an, weil sie die Hauseigentümerin ist. Die beiden anderen sind …«

»Knalltüten.«

»Nein, das ist nicht das Wort, das ich suche …«

»Zicken?«

»Jaaa, trifft es eher, aber auch nicht so ganz.«

»Ist ja auch egal. Jedenfalls könnte das mit den beiden schwierig werden.«

Antje winkte ab. »Ach, komm schon. Sei etwas optimistischer. Du hast dein eigenes kleines Reich, in das du dich zurückziehen kannst. Du kannst ihnen aus dem Weg gehen.«

Ich seufzte. »Ich glaube, es wäre allemal besser, als weiter bei meinen Eltern zu wohnen.«

»Es muss ja keine Dauerlösung sein.«

Ich stand kaum im Flur, schon schoss meine Mutter aus dem Wohnzimmer. Sie hatte immer noch ihre Schürze an, wohl um mir zu zeigen, wie sehr ich sie heute forderte. »Na endlich«, seufzte sie müde, »ach, ich weiß ja nicht, ob das Essen noch genießbar ist, Kind.«

Mir war nicht im Geringsten nach einem Streit, also sagte ich einfach gar nichts, folgte ihr in die Küche und aß, was sie mir vorsetzte. Sie nahm mir gegenüber Platz und beobachtete mich. »Wie war denn die Wohnung?«

Ich erzählte ihr von der WG. Sie sah mich erschüttert an, als ob ich berichtet hätte, ich wolle mit Drogendealern unter einem Dach wohnen. Mein Vater kam in die Küche, um sich ein Bier aus dem Kühlschrank zu holen. »Jürgen«, rief sie in seine Richtung, »du, die Evelyn will mit drei Frauen zusammenziehen.«

Er öffnete die Flasche, sah sie an, sah dann mich an, nickte kurz und meinte: »Wenn du meinst.«

»Sag doch was, Jürgen.«

»Hab ich doch grad.«

»Du sollst ihr das ausreden. Du bist ihr Vater!«

»Aber vielleicht sind diese Frauen sehr nett.« Er nahm einen kräftigen Schluck, lächelte wieder in unsere Richtung und nickte mechanisch.

Mutter schnaufte hörbar aus. »Aber das ist doch kein Leben für eine Frau ihres Alters. Das kann dir doch nicht gleichgültig sein.«

Mein Vater stand etwas hilflos in der Küche rum. Er zuckte die Schultern und sagte: »Ich hab ja auch nicht gesagt, dass es mir gleichgültig ist. Aber die Evelyn wird schon wissen, was richtig ist. Nicht wahr, Evelyn?« Er sah mich lächelnd an.

»Genau.«

»Na, von mir aus. Sie ist erwachsen und muss selbst wissen, was sie tut«, meinte meine Mutter und stand auf. »Aber wenn das eine Sekte oder so eine Kommune ist, da kriegt man die Kinder schwer wieder raus, Jürgen.«

»Ja, Gisela.«

Als sie aus der Tür war, verdrehte mein Vater die Augen und atmete tief durch.

8

In meinem Kinderzimmer überlegte ich, ob ich Christoph anrufen sollte. Ich wollte ihm sagen, dass ich am Wochenende mein restliches Zeug holen würde. Lieber nicht. Ich war überhaupt nicht in Stimmung für ein sachliches Telefongespräch.

Was machte er wohl gerade? Sah er fern? Dachte er an mich? Oder tanzte er vor Freude, dass er mich los war? Vielleicht war es auch eine Mischung von alledem? Ich beobachtete mich dabei, wie ich mir insgeheim wünschte, dass es ihm schlecht ging. Das war eine Seite an mir, die ich bisher kaum gekannt hatte und die mir nicht gefiel. Ob andere Frauen in der gleichen Situation auch so fühlten?

Während ich auf meinem Bett saß, fiel mein Blick auf das Sideboard in der Ecke. Dort hatte ich früher meine Schulbücher und Hefte liegen. Dann sah ich den alten Kassettenrekorder. Ob der noch funktionierte? Ich stand auf und nahm das Ding in die Hand. Tränen traten mir in die Augen, als ich mich daran erinnerte, wie ich ihn gekauft hatte. Tante Kathi hatte mir fünfzig Mark zum Geburtstag gegeben, und ich kaufte diesen Rekorder und eine Kassette: Spider Murphy Gang. Ich vermisste Tante Kathi, und manchmal vermisste ich auch meine Jugend.

Erwartungsvoll öffnete ich die Tür des Sideboards, und tatsächlich, da stand meine Jugendzeit vor mir: Meine Schallplatten und Kassetten. Ich stürzte mich darauf und sah alles durch. Mein Gott, die Discovery-Platte von ELO. Antje und ich hatten sie tagein, tagaus rauf und runter gehört. Meine alten Kassetten: Guns 'n' Roses, Iron Maiden, Def Leppard … Ich hatte einmal eine intensive Hardrock-Phase gehabt, was meine Mutter schier zur Verzweiflung brachte. »Das ist keine Musik, sondern Körperverletzung«, hatte sie gesagt.

Ich nahm den Kassettenrekorder und testete an der Steckdose neben meinem Bett, ob er noch funktionierte. Behutsam legte ich die nächstbeste Kassette ein, und es ertönte *Holy Diver* von Dio. Noch hardrockiger ging es kaum, überlegte ich. Offenbar schien der Lautstärkeregler nicht mehr zu funktionieren, denn es gelang mir nicht, die Lautstärke herunterzudrehen. Plötzlich stand meine Mutter in der Tür und schrie gegen die Musik an: »Ja muss ich denn den ganzen Mist noch mal durchmachen?«

Der Duft von frisch gebrühtem Kaffee stieg mir in die Nase. Wegen des verheißungsvollen Geruchs wäre ich gerne aufgestanden, aber die Vorstellung, meiner Mutter in der Küche zu begegnen, dämpfte diesen Wunsch. Sie hatte mir die Idee, für ein Zimmer in einer Frauen-WG auszuziehen, anscheinend wirklich übelgenommen und hatte mich das am Vorabend auch spüren lassen. Auch meinen Vater, weil er mir wegen der WG nicht Vernunft beibringen wollte. Dann hatte ich auch noch die Musik aufgedreht wie eine pubertierende Rebellin. Nicht, dass sie es nicht gut meinte. Sie war Markus und mir immer eine gute Mutter gewesen, und ich wusste, dass sie für ihre Kinder ins Feuer springen würde, aber sie hatte auch immer die starke Tendenz zur Bevormundung gehabt. Deshalb war Markus auch so früh ausgezogen, weil auf alles, was er tat, ein Kommentar folgte. Er konnte seinen achtzehnten Geburtstag kaum erwarten, zog zu einem etwas älteren Kumpel, ging weiter zur Schule und besorgte sich einen Nebenjob als Barmann in einer Disco – weshalb er dann später keine Disco mehr von innen sehen konnte. Markus hatte seine Macken – Putzfimmel und Sturheit zum Beispiel, eindeutig ein Erbe unserer Mutter und mit ein Grund, weshalb es keine Frau länger als ein halbes Jahr mit ihm ausgehalten hatte –, aber er verfügte über eine ungeheure Menschenkenntnis. Ich hatte früher sogar ab und zu neue Freundinnen oder Freunde mit nach Hause gebracht, nur damit Markus sie unauffällig unter die Lupe nehmen und mir später seine Meinung sagen konnte. Und er hatte immer recht. Einmal wollte ich es nicht hören, nämlich bei Christoph. Markus meinte, mit dem käme ich nie auf eine Wellenlänge. Wir wären einfach zu verschieden. Das Verrückte war, dass er bei meinem ersten Freund Socke gesagt hatte: »Der ist es, Evelyn. Ihr passt zusammen wie Simon und Garfunkel.« Den Vergleich fand ich zwar etwas schräg, aber ich war im Himmel. Wenn sogar Markus uns seinen Segen gab, konnte nichts mehr schiefgehen. Aber dann war Socke doch zu ernst für mich gewesen und ich zu unreif für ihn.

Endlich quälte ich mich doch aus dem Bett und machte mich bereit für die Höhle des Löwen.

Meine Mutter verhielt sich wider Erwarten normal. Sie schien nicht mehr beleidigt zu sein, weil ich mit »drei Weibern unter einem Dach« leben wollte. So hatte sie es am Abend zuvor noch einmal in den Raum geworfen.

Wir tranken Kaffee zusammen. Sie hatte schon vor einer Stunde gefrühstückt, also aß ich mein Butterhörnchen allein. »Der Papi ist gerade wieder in den Baumarkt gefahren. Er will noch etwas im Keller reparieren.« Die beiden sagten immer noch Mami und Papi und ignorierten, dass Markus und ich schon vor langer Zeit auf Mutter und Vater umgestiegen waren. Meinem Bruder und mir war durchaus klar, dass das ein wenig abgehoben klang, aber es war uns ein Bedürfnis, einen klaren Kontrast zu Mami und Papi zu schaffen.

»Und was ist im Keller kaputt?«

Sie zuckte die Schultern. »Keine Ahnung. Seit er in Rente ist, findet er immer etwas, das er am Haus verbessern kann. Na ja, ich hab dir ja von seinem Sportstudio erzählt und …«

»Hör mal, das mit gestern. Ich will halt in meinem Alter nicht mehr bei den Eltern …«

Sie winkte ab. »Jetzt reite doch nicht so darauf herum. Es stinkt mir nur, dass der Papi am Ende immer der Gute ist und ich immer die Blöde. Dabei bin ich es doch, die sich Sorgen macht.«

Ich beschloss, keinen Mucks von mir zu geben. Jedes Wort in dieser gespannten Situation könnte mein Todesurteil sein.

»Ich finde das irgendwie ungerecht. Er schiebt mich immer vor, um die unangenehmen Dinge für ihn zu erledigen.

Nun ja, zugegeben: Auf der anderen Seite ist es so, dass er den ollen Papierkram macht, den ich so hasse, und die Reparaturarbeiten am Haus und so weiter.

Was soll's, auf jeden Fall haben wir dich und Markus enorm gern.«

»Weiß ich doch.«

»Sag mal …«, fing ich unbeholfen an und brach ein Stück vom Butterhörnchen ab, »wie war Vater eigentlich früher?«

Sie blinzelte verwirrt und dachte nach. »Wann früher?«

»Ich meine, ganz früher, als ihr jung wart.«

Auf einen Schlag änderte sich ihr Gesichtsausdruck, und ihr Blick wurde geradezu verträumt. »Der Papi war immer schon ein Ruhiger.« Sie hob die Hände und ergänzte: »Nicht, dass du denkst, ich hätte seinen Willen gebrochen oder so was.«

»Tu ich nicht«, bekräftigte ich.

»Er war so gut aussehend und ganz anders als die anderen jungen Männer«, fuhr sie fort. »Die meisten waren doch nur Halbstarke und wollten die Mädchen mit flotten Sprüchen erobern. Jürgen nicht, der war ein bisschen schüchtern, aber gleichzeitig auch selbstbewusst. Das hat mir gefallen. Irgendwann hab ich gemerkt, dass er mich beobachtet, und dann hat er mich angelächelt. Ich hätte mich gerne für ihn rausgeputzt, um ihm noch besser zu gefallen. Das ging leider nicht, weil wir arm waren und ich nur zwei Kleider hatte. Aber eigentlich machte es nichts, weil wir alle arm waren und es dem anderen auch nicht besser ging. Eines Tages hat Jürgen Schokolade besorgt. Die hat er in weißes Papier gepackt und eine Rose daran befestigt. Er hat mir das kleine Päckchen überreicht und gesagt, das sei für mich. Dann hat er sich umgedreht und ist schnellen Schrittes weggegangen. Ich war gerade draußen zum Wäschewaschen, also habe ich mich auf einen umgedrehten Blecheimer gesetzt, das Geschenk ausgewickelt und auf die Schokolade gestarrt. Als ich so dasaß und die Schokolade aß, wusste ich, dass ich ihn heiraten wollte. Nicht wegen der Schokolade oder der Rose, sondern weil er, obwohl er selbst nicht viel hatte, die Schokolade mir gegeben hat, anstatt sie selbst zu essen.«

Mit dem Butterhörnchen schluckte ich auch gleich die Tränen hinunter, weil mich die Geschichte irgendwie ergriff. Ich hörte sie zum ersten Mal. Meine Eltern sprachen selten über die Vergangenheit. Als Markus und ich jünger waren, wussten wir es zu schätzen, dass sie uns nicht mit den guten alten Zeiten nervten, so wie andere Eltern ihre Kinder. Aber später hätte ich gerne mehr über meine Eltern gewusst. Sie würgten das Thema stets ab. Ich kannte nur die groben Fakten, wusste, dass mein Vater mit neun Vollwaise war und vom ältesten Bruder aufgezogen wurde, der wegen seiner starken Sehschwäche nicht in den Krieg eingezogen worden war. Meine Mutter hatte schon früh für andere Leute Wäsche gewaschen, um ein bisschen Geld zu verdienen, und sie hatte, außer Tante Margit und Tante Kathi, noch eine sehr viel ältere Schwester gehabt. Deren Verlobter war kurz vor Kriegsende gefallen, und die Schwester hatte sich deshalb vor einen Zug geworfen. Selbst das alles erfuhr ich nur nebenbei und setzte die Bruchstücke so gut ich konnte zusammen.

»Warum erzählt ihr eigentlich nichts von früher?«

»Weil's weh tut«, antwortete sie trocken.

Ich schwieg eine Zeit lang, dann sagte ich: »Ich geh jetzt los. Markus wartet bestimmt schon auf mich.« Sie stand auf und stellte ihre Kaffeetasse in die Spüle. Bevor sie durch die Tür verschwand, drehte sie sich noch kurz zu mir um und warf mir einen Blick zu. In diesem Blick lag eine Mischung von Dankbarkeit und Traurigkeit.

9

Im Laufe der Woche besuchte ich zusammen mit Antje und Egge, die ein Auto besaßen, einige Möbelgeschäfte, um mir das Nötigste für den Umzug zu kaufen. Von Markus' Konto hob ich tausend Euro ab, und mein eigenes Konto überzog ich erst einmal, bis ich zu Christoph fahren und meine Sachen mitsamt dem Bankkram holen würde. Ich kaufte mir ein Bett, eine Matratze, einen Kleiderschrank, eine Couch und ein Tischchen. Die Couch und den Kleiderschrank ließ ich liefern, alles andere nahm ich gleich mit. Am Freitag rief ich meine zukünftige Mitbewohnerin Annett an und fragte, ob ich schon ein paar von den Kartons vorbeibringen könnte. »Gute Güte, aber natürlich. Ich bin zwar jetzt auf dem Weg zur Arbeit, aber Olivia ist da.« Olivia? Dann fiel es mir wieder ein. Das war die Blasse. »Sie hat gerade Urlaub und arbeitet vormittags an ihrem Buch.«

»Ich würde so gegen halb eins kommen. Heute muss ich nicht arbeiten, und wenn ich schon mittags da bin, kann ich noch einiges schaffen.«

»Ist recht, ist recht«, meinte sie lachend. Schön, dachte ich, wenn man jeden noch so banalen Anlass zum Lachen findet.

Als wir später vor dem Haus klingelten und nach einer endlosen Wartezeit die Tür geöffnet wurde, blickte uns eine verkniffen lächelnde Olivia entgegen.

»Hallo.« Ich versuchte, freundlich und fröhlich zu klingen. Aber wahrscheinlich war sie davon schon durch Annett übersättigt und kaum zu beeindrucken. »Ich habe mit Annett telefoniert.«

»Ja, das hat sie gesagt. Es ist nur so, dass ich am Arbeiten bin und ich dabei ungern gestört werde.« Sie kniff den Mund zusammen. »Ich möchte nicht unhöflich sein, aber nur weil ich zu Hause bin, heißt das nicht, dass man mich jederzeit vom Schreibtisch wegholen kann.«

»Entschuldige.«

Oliva warf einen Blick auf Egge, der keuchend mit dem verpackten Wohnzimmertisch dastand. »Wenn es Ihnen nichts ausmacht, dann würde ich gerne reinkommen und das Ding abstellen, ist nämlich ziemlich schwer.«

Sie öffnete die Tür und ließ uns eintreten. »Selbstverständlich.«

»Danke«, murmelte er ihr im Vorbeigehen zu, »wie überaus zauberhaft von Ihnen.« Wenn man Egge nicht kannte, konnte man seinen Sarkasmus als Böswilligkeit verstehen, aber es war bei ihm nicht mehr als seine Art von Humor. Er war einer der wenigen Menschen, die ich kannte, die genauso gut einstecken wie austeilen konnten.

Antje und ich brachten einen Koffer und einen Karton mit Handtüchern und Bettwäsche nach oben, die mir meine Mutter geschenkt hatte. Sie meinte, sie hätte ohnehin zu viel von dem Zeug. Egge baute meinen Tisch auf und betrachtete ihn anschließend von allen Seiten. Ich lobte ihn für seine Schnelligkeit und perfekte Arbeit. Antje hatte mir mal erzählt, dass nichts ihn so aufbauen konnte wie ein Kompliment über sein handwerkliches

Geschick. Als wir wieder nach unten kamen, war Olivia verschwunden. Die Tür zum Souterrain war offen, und wir hörten sie unten tippten. »Was schreibt sie denn?«, flüsterte Antje.

Ich zuckte die Schultern.

Egge lachte kurz auf. »Vielleicht einen Thriller, über Serienmörderinnen, die in Kellern wohnen.«

Als er in unsere gar nicht amüsierten Gesichter blickte, hörte er schlagartig auf zu lachen.

Ich war auf dem Weg von der S-Bahn zu dem Haus meiner Eltern, als mir einfiel, dass dies der letzte Abend bei ihnen sein würde. Kurz erfasste mich ein Anflug von Wehmut, aber alles in allem war ich doch froh, wieder die Aussicht auf ein eigenes Zuhause zu haben.

Gerade, als ich am Zaun war, rief jemand: »Evelyn?«

Ich drehte mich um. Da stand eine attraktive Mittzwanzigerin und nickte mir freundlich zu. »Sie müssen Evelyn sein.«

»Ja.« Ich hatte keine Ahnung, wer sie war.

»Ich bin Sieglinde Behrens.« Ich hatte immer noch keine Ahnung. »Meine Eltern haben mir erzählt, dass Sie früher ihren Hund Gassi geführt haben.«

»Ach so, ja.« Jetzt fiel es mir wieder ein: Meine Mutter hatte doch von ihr erzählt: Sieglinde stand kurz vor der Scheidung, weil sie lesbisch war.

»Meine Eltern müssen ganz vernarrt in Sie gewesen sein. Meine Mutter schwärmt von Ihrer offenen und freundlichen Art. Und der Hund konnte es immer kaum erwarten und wartete schon schwanzwedelnd vor der Tür.« Sieglinde seufzte. »Tja. Da sitzen wir beide also im selben Boot, nicht wahr?«

»Äh … Ich weiß jetzt nicht …«

»Trennung und so.« Sie lachte etwas verlegen und verschränkte nervös ihre Finger ineinander.

»Ach so, genau.« Ich wünschte, ich hätte auch nur die leiseste Ahnung, was sie von mir hören wollte. Ich stand da, und mir fiel einfach nicht ein, was ich sagen konnte, also nickte ich und zog die Lippen auseinander.

»Tja«, sie zuckte wieder die Schultern, »vielleicht können wir uns ja mal auf ein Käffchen treffen und über unsere Erfahrungen plaudern.«

Ich schluckte. Treffen? Käffchen? Und welche Erfahrungen meinte sie? »Ja, gern«, rief ich und öffnete die Pforte. Gott sei Dank war ich hier bald weg; langsam war ich wirklich froh, wieder meine Ruhe zu haben. Kaum war ich im Flur, kam meine Mutter aus dem Wohnzimmer gelaufen. »Ich habe euch durchs Fenster gesehen. Pass nur auf mit der Sieglinde – ich hab dir doch gesagt, dass sie eine Lesbierin ist.«

Müde rieb ich mir die Schläfen. »Okay, Mutter, jetzt hör mal gut zu. Erstens sagt kein Mensch mehr Lesbierin. Zweitens ist Homosexualität keine ansteckende Krankheit. Drittens wird niemand lesbisch durch Beeinflussung.«

»Das sagst du. Aber die Sieglinde ist ja auch lesbisch geworden.«

Ich streifte mir die Schuhe von den Füßen. »Sie ist es nicht geworden, sondern wahrscheinlich immer schon gewesen.«

»Sie war doch verheiratet.« Meine Mutter versuchte mir

händeringend Vernunft einzuhämmern. »Warum hat sie denn geheiratet, wenn sie es vorher schon war?«

»Ich bin müde.«

»Ich hab dir Heringshappen hingestellt.«

»Danke.«

Sie ging mir in die Küche nach. »Du, der Markus kommt in ungefähr einer Woche raus, hat der Arzt gesagt. Ich richte ihm dein Zimmer her, dann muss er nicht so weit laufen.«

Mein armer Bruder würde also ein paar Wochen hier bleiben müssen. Markus war Produktmanager in der amerikanischen Sportfirma Ultimo und hatte meistens einen Zehn- oder Elfstundentag. Der vorübergehende Umzug ins Haus unserer Eltern würde eine ganz schöne Umstellung werden.

Als ich Platz nahm und mich an die Heringshappen machen wollte, sagte meine Mutter plötzlich: »Ich hab mich schon ein bisschen an dich gewöhnt – wirst mir fehlen.«

Ich lächelte sie an und stocherte in den Heringshappen herum. »Markus löst mich ja bald ab. Hahaha.«

»Stimmt was mit dem Hering nicht?«

»Ist nicht gerade mein Leibgericht.«

»Früher mochtest du ihn aber.«

»Früher, ja. Aber der Geschmack eines Menschen ändert sich im Laufe der Jahre. Du mochtest früher Sauerkraut, heute eben nicht mehr.«

»Das hat nichts mit dem Geschmack zu tun. Ich ess kein Sauerkraut mehr, weil ich davon Sodbrennen kriege.«

Die Heringshappen schob ich endgültig zur Seite. »Ich hab irgendwie Lust auf Pizza.«

»Nee, also wirklich nicht. Ich stell mich doch jetzt nicht in die Küche und backe Pizza«, rief sie aufgebracht.

»Mutter, jetzt beruhige dich doch. Ich hab nicht gesagt, dass du sie selber backen sollst. Heutzutage kann man eine Pizza schließlich bestellen.«

Sie schüttelte angewidert den Kopf. »Ja, pfui Teufel! Wer weiß, was da alles drin ist. Vielleicht spucken die auch noch in den Teig.«

»Und warum sollten sie das tun?«

»Es gibt viele Sachen, für die es keine Erklärung gibt«, meinte sie altklug.

»Hast du vielleicht einen Prospekt von einem Pizzaservice?«

»An unserem Briefkasten steht, dass wir keine Werbung wollen, und dazu stehen wir.«

Ich stand auf und rief die Auskunft an, von der ich die Nummer von Best and fast Pizza in Pasing bekam. Ich bestellte eine Single-Pizza, aber der freundliche Mann am Telefon sagte, der Mindestbetrag liege bei zehn Euro. Die Single-Pizza kostete sieben Euro. »Möchte jemand von euch beiden auch etwas?«, brüllte ich vom Flur ins Wohnzimmer, da meine Eltern kein schnurloses Telefon hatten.

»Nein«, kam es im Chor. So wie ich die beiden kannte, bestellten sie beim Pizzalieferanten wohl *aus Prinzip* nichts.

Nachdem ich mir noch einen Salat ausgesucht hatte, verabschiedete ich mich.

»Alles klar, danke für Ihre Bestellung und *bon appetit*!«

Bon Appetit? War das nicht französisch – und eine Pizza italienisch? Na ja, was zählt, ist der gute Wille, hatte meine Oma immer gesagt.

Eine halbe Stunde später klingelte es. Ich sah mir mit meinen Eltern eine Gameshow an, und meine Mutter drückte der alten Dame, die im Finale stand, gerade die Daumen (im wahrsten Sinne des Wortes). Ich stand auf und lief zur Tür. Als ich sie aufmachte, zuckte ich zusammen. Vor mir stand der Pizzalieferant mit der flachen Pappschachtel in der Hand. Was mich aus dem Konzept brachte, war die Tatsache, dass er genau der Typ Mann war, der mir gefiel. Innerhalb von Sekunden schossen mir zwei Dinge durch den Kopf:

Erstens: War das Schicksal? Zweitens: Wenn ich noch vor einer Woche in der gleichen Situation gewesen wäre, hätte ich diesen Kerl gar nicht als meinen Typ wahrgenommen. Natürlich wurde ich während meiner Ehe manchmal auf attraktive Männer aufmerksam, aber ich wäre nie auf die Idee gekommen zu flirten.

»Ihre Pizza.« Es klang eher wie eine Frage als eine Aussage. Wahrscheinlich verunsicherte es ihn, dass ich ihn wie eine Bekloppte anstarrte.

»Äh, ja.« Ich nahm die Schachtel, und er bückte sich, um mir die Weinflasche zu geben. »Das ist ein Geschenk für die erste Bestellung.«

»Oh, wie nett.«

Er lächelte – mit seinen wunderschönen Lippen und großen, weißen Zähnen.

Mit zitternden Fingern nahm ich die Flasche entgegen.

»Macht elf Euro, bitte.« Er gab mir die Rechnung.

Dummerweise hatte ich meinen Geldbeutel nicht mitgenommen und musste zurück, durch den Hausgang in die Wohnung. Während ich das Geld holte, hörte ich, wie die Haustür ins Schloss fiel. O nein! Ich nahm das Geld an mich und eilte zurück, öffnete die Tür wieder und sah in das amüsierte Gesicht des Lieferanten.

»Entschuldigung«, meinte ich kleinlaut.

Er sagte nichts, sondern nickte nur. Wahrscheinlich hielt er mich für völlig verwirrt. Er stand lässig an die Wand gelehnt, als hätte er alle Zeit der Welt. »Nun werden wegen mir die anderen Pizzen kalt.« Warum sagte ich überhaupt Pizzen – das klang so spießig. Hätte ich nur Pizzas gesagt.

»Nein, Sie sind meine letzte Kundin. Ich hab jetzt Feierabend.« Er lächelte mich an, und ich überlegte, wie viel Trinkgeld ich ihm geben sollte. Ein Euro war lächerlich, aber ich konnte es mir im Moment nicht erlauben, mit Geld um mich zu werfen. Also holte ich dreizehn Euro aus meinem Geldbeutel und sagte: »Stimmt so.«

»Danke. Schönen Abend noch.«

»Ebenfalls.«

Er warf mir noch einen Blick zu, direkt in die Augen, und verschwand um die Ecke. Ich stand noch eine Weile so da, mit der Pizzaschachtel in der Hand, da kam er noch einmal zurück und sah mich so dastehen. Großer Gott! Womit hatte ich diese Blamage verdient?

»Die Pforte geht nicht auf. Können Sie mir aufmachen? Sonst muss ich über den Zaun springen.«

In diesem Moment kam meine Mutter an die Tür und sagte hinter mir: »Der Papi hat auf den Summer gedrückt; der Bub hat freie Fahrt, oder besser, freien Gang, gell? Hahaha.«

Ist es notwendig zu erwähnen, wie bescheuert ich mir vorkam?

Der Pizzalieferant sah mich an und grinste, bevor er

endgültig verschwand. Ich fühlte mich wie in der vierten Klasse, als mir Michi Gegenfurtner, der hübscheste Junge der Klasse, sein halbes Käsebrot geschenkt hatte und mir im selben Moment eine Rotzglocke aus der Nase hing.

Die Pizza schmeckte wundervoll. Aber irgendwie war mir der Appetit vergangen. Ich saß am Küchentisch, vor mir die aufgeklappte Schachtel, und aus dem Wohnzimmer war gerade der Freudenschrei meiner Mutter zu hören. Wahrscheinlich schlug sich die alte Dame wacker durch das Finale. Es war ein komisches Gefühl, dass ich nach so vielen Jahren zum ersten Mal wieder bewusst einen Mann wahrgenommen hatte. Und noch dazu einen jungen Pizzalieferanten. O mein Gott. Was war los mit mir? Aber er war einfach genau mein Typ, ob ich das nun wahrhaben wollte oder nicht. Und warum sollte ich es mir nicht eingestehen? Er war mittelgroß – was mir schon immer am besten gefallen hatte. Er hatte braunes Haar, fransig und nicht zu kurz geschnitten, und helle Augen. Außerdem war er sehr schlank, aber nicht zu dünn, und hatte schöne Hände.

Ich war ganz und gar kein oberflächlicher Mensch, der aufs Äußere fixiert war. Aber ich glaube, dass jeder eine ganz bestimmte Vorstellung vom perfekten Aussehen hat. Dafür konnte man schließlich nichts. Ich war auch keine makellose Schönheit, guter Durchschnitt vielleicht, aber mit meiner Huckelnase musste ich auch leben. Trotzdem war ich für Christoph damals perfekt. Er hatte gemeint, dass ich genau das verkörperte, was ihm gefiel. Es gab auch nichts an Christoph, das mich abstieß; alles an ihm war schön, für mich jedenfalls.

Meine Mutter kam jetzt freudestrahlend in die Küche gelaufen. Ich war noch ganz in Gedanken versunken. »Du, die Hannelore hat gewonnen.«

»Wer?«

»Die Hannelore, die aus dem Finale. Ich freu mich so für sie.«

»Oh ja, ich auch.« Ich verdrehte ein kleines bisschen die Augen.

»Das sagst du jetzt nur so.«

Ich lächelte, sagte aber nichts. Sie ging wieder hinaus.

Zehn Minuten später kamen meine Eltern gemeinsam in die Küche, und meine Mutter machte Irish Coffee, was sie schon Jahre nicht mehr getan hatte. Sie sagte, das sei schließlich unser letzter Abend. Irgendwie schwang ein kleines bisschen Traurigkeit mit, als sie das sagte.

Nachdem sie die eleganten Gläser auf den Tisch gestellt hatte, sagte mein Vater: »Jetzt gib ihr halt das Paket, Gisela.«

»Was denn für ein Paket?«, fragte ich neugierig.

Statt auf meine Frage einzugehen, kam sie mit einem großen Karton wieder und stellte ihn behutsam auf den Tisch. »Ich hab da ein paar Sachen von dir gefunden. Deinen ersten Schulranzen zum Beispiel und deine Schlittschuhe. Na ja, die passen dir natürlich nicht mehr, aber ich dachte, vielleicht willst du sie ja haben.«

Ich war gerührt. »Natürlich will ich das haben. Danke, Mutter.«

»Gern geschehen«, sagte sie und schob sich ein Löffelchen Schlagsahne in den Mund.

10

Am Samstagmorgen wurden meine Möbel geliefert, und Egge half mir beim Aufbau. Danach fuhr er noch mit mir zu Christoph.

Ich wollte meine Sachen in mein neues Heim bringen und konnte sie schließlich nicht mit den öffentlichen Verkehrsmitteln transportieren. Als Egge mir angeboten hatte, mir zu helfen, war ich sehr froh darüber gewesen.

Während der Fahrt pfiff er fast die ganze Zeit *Life is life*. Es störte mich ungemein, und ich wollte schon etwas sagen, aber dann fiel mir ein, dass ihn die ganze Situation vielleicht verlegen machte und er nicht so recht wusste, was er mit mir reden sollte. Aber musste es ausgerechnet dieser Song sein? Ich hatte ihn noch nie ausstehen können. Christoph hatte ihn natürlich gemocht. Er gehörte zu den Menschen, die unter der Dusche sangen, und ich hatte ihn Texte singen hören wie: »Er gehört zu mir, wie mein Name an der Tür«, und einmal auch: »Ein Bett im Kornfeld, zwischen Blumen und Stroh …« Aber was mich total faszinierte, war, dass er den Text von *Im Wagen vor mir*, seinem Lieblingsschlager aus den Siebzigern, auswendig kannte. Und ich konnte mich erinnern, dass ich auch verrückt nach dem Lied gewesen war. Schließlich bat ich ihn, es mir vorzusingen, weil ich mich nicht mehr an den Text erinnern konnte. Also stand Christoph, mit dem Handtuch um die Hüften, vor mir im Schlafzimmer, tropfnass, und sang:

Im Wagen vor mir fährt ein junges Mädchen.
Sie fährt allein und sie scheint hübsch zu sein.
Ich weiß nicht, wo sie hinfährt und ich kenne nicht ihr Ziel.
Ich merke nur, sie fährt mit viel Gefühl …

Bald stimmte ich in den Song von Henry Valentino mit ein, und dann standen wir da und sangen und lachten. Das war vor etwa zehn Jahren gewesen. Meine Lippen fingen an zu zittern. Was für eine schöne Erinnerung.

Egges Vollbremsung warf meinen Oberkörper ruckartig nach vorne und brachte mich unsanft in die Gegenwart zurück. Er zischte leise Flüche vor sich hin und drehte das Lenkrad wie ein Besessener nach rechts. Egge konnte nicht einparken. Antje meinte, dass er als Mann nicht darüber hinwegkam, dieses Talent nicht zu besitzen. Genauso hatte sie es gesagt. Jetzt steckten wir einigermaßen in der Parklücke, nur war die vordere Hälfte des Autos zu weit auf der Straße. »Glaubst du, wir können das so lassen?« Aus seinem Tonfall konnte ich heraushören, wie sehr er auf ein Ja von mir hoffte. Aber ich wollte nicht schuld daran sein, wenn nachher der Seitenspiegel fehlte und die Fahrertür Dellen hatte. »Ich glaub eher nicht, Egge.«

»Scheiße.« Nun ging das Ganze von vorne los. Er lenkte und fuhr gefühlt zentimeterweise vor und zurück.

»Zum Glück habt ihr eine Tiefgarage.« Diesen Kommentar musste ich einfach loswerden.

Im Mietshaus nebenan stand ein älterer Mann am Fenster und beobachtete uns. Er rauchte dabei genüsslich eine Zigarette und grinste.

Irgendwann hatte Egge es geschafft, und das Auto stand perfekt in der Parklücke. Erschöpft atmete er aus. »Willst du erst mal alleine gehen? Vielleicht wollt ihr etwas besprechen.«

»Lieber später, wenn wir fertig sind. Ich möchte erst mal abwarten, wie sich das Ganze entwickelt. Wenn er unbeteiligt dasitzt und Zeitung liest, dann hat es sich sowieso erledigt.«

Egge schüttelte den Kopf. »Das wird er nicht tun.«

Als wir an der Tür klingelten, machte Christoph gleich auf. Ich hatte gehofft, dass er blass und eingefallen wirken würde, sein Gesicht von Bartstoppeln und Spuren des Alkohols in Mitleidenschaft gezogen. Nichts dergleichen. Christoph sah frisch und gesund aus, begrüßte uns lächelnd.

Die beiden Männer wechselten Begrüßungsfloskeln, und ich trat in die Wohnung. Christoph hatte alles schon in Kartons verpackt, was mich maßlos ärgerte. »Eigentlich wollte ich meine Sachen lieber selbst einpacken.«

»Ach so.« Er tat verlegen. »Ich hab's nur gut gemeint, wollte dir die Arbeit abnehmen.« Als ich seinen Samariterblick sah, hätte ich ihm am liebsten ins Gesicht geschlagen. Er versuchte also, sich als Gutmenschen hinzustellen, dabei war es doch offensichtlich, dass es ihm gar nicht schnell genug gehen konnte. Außerdem hatte er einfach über meinen Kopf hinweg bestimmt, was ich mitnehmen sollte und was nicht. Er hatte sich das Recht genommen, zu selektieren, worauf ich angeblich keinen Anspruch hatte. Was mich immer wieder erschütterte, war, dass die Leute ihm den Samariter so kritiklos abnahmen und nie seine Motive infrage stellten. Das konnte ich in diesem Moment auch an Egge beobachten: Lächelnd und aufmunternd nickte er mir zu, als wollte er sagen, wie gutherzig Christoph doch war. Dieses Nicken war schließlich auch der Auslöser für meinen Zornausbruch: »Ich finde das nicht in Ordnung, Christoph. Du kannst doch nicht einfach hergehen und alleine entscheiden, was ich mitnehmen darf und was nicht. Vieles davon gehört uns beiden zusammen, und ich dachte, dass wir gemeinsam festlegen, wer was behalten soll.«

Sekundenlanges Schweigen, dann ein Räuspern von Egge.

»So hab ich das nicht gesehen, Lyn. Aber hier in dieser Kiste«, er zeigte auf einen abgewetzten, löchrigen Karton, auf dem der Aufdruck von einer Bananensorte war, »da sind deine Schuhe. In dem anderen deine Kleidung, hier deine Kosmetiksachen, dort deine Papiere, da die Fotoalben …«

»Fotoalben?«

»Ja, du kannst sie haben. Ich weiß ja, wie liebevoll du die Fotos immer sortiert hast, mit den witzigen Kommentaren darunter.« Ich fühlte mich, als ob mir jemand mit der Faust in den Magen geschlagen hätte. Mit voller Wucht. Es lag ihm nicht das Geringste daran, ein paar Erinnerungen auf Bildern zu behalten. Als er meinen bestürzten Gesichtsausdruck sah, kapierte er wohl, was in mir vorging, also setzte er nach: »Ein paar habe ich natürlich behalten.«

»Ach ja? Ein Hochzeitsfoto und ein Passbild von mir? Das ist ja schön.«

Egge machte sich daran, die Kartons zum Auto zu schleppen. Ich drückte ihm auch das Bügelbrett und die Kaffeemaschine in die Hände, aus Prinzip, wie meine Mutter gesagt hätte. Schließlich hatte ich die Sachen gekauft. Christoph schwieg darüber. Früher hatten wir über solche Paare den Kopf geschüttelt. Wir ließen uns darüber aus, wie armselig es war, wenn man sich trennte und dann über den letzten Kaffeelöffel stritt. Ich hatte nie verstanden, warum Menschen, die sich einmal geliebt hatten, plötzlich zu Monstern wurden. Aber wie bei allem musste man wohl die tieferen Ursachen ergründen und die Dinge in ihrer Gesamtheit sehen. Plötzlich kamen mir diese Leute überhaupt nicht mehr böse oder verrückt vor. Wie viele verletzte Ehefrauen liefen da draußen herum und erkannten sich selbst nicht mehr wieder? In diesem Moment wurde mir bewusst, dass es nie wieder möglich sein würde, plaudernd zusammenzusitzen, gemeinsam Kaffee zu trinken und unbefangen über wichtige Dinge zu sprechen. Nicht der große Knall des Verlassenwerdens war das Schlimmste, sondern die Entwicklung der Trennung, Worte und Handlungen, die mehr verletzten, als man wahrhaben wollte.

In der Küche nahm ich das Geschirr aus dem Hängeschrank und das Besteck aus der Schublade. Ich wickelte alles in Zeitungspapier und steckte es in eine große Plastiktüte. Das Geschirr war ein Geburtstagsgeschenk meiner Eltern, und das Besteck hatten mir Antje oder Markus zu Weihnachten geschenkt. Die Töpfe sollte er behalten. Vielleicht konnte mir meine Mutter etwas leihen.

Mir war schlecht. Ich fühlte tatsächlich Brechreiz in mir aufsteigen. Das Herz tat mir weh. Es schmerzte wirklich an der Stelle. Warum konnte man kaputte Gliedmaßen und Organe reparieren, aber kein kaputtes Herz?

Ich öffnete die anderen Hängeschränke, um zu überprüfen, ob es noch etwas gab, das mir gehörte, konnte aber nichts entdecken und klappte sie wieder zu.

Dann traf es mich wie ein Hammerschlag! Von einer Sekunde auf die andere.

Ich stand vor dem Schrank und hatte Angst, ihn wieder aufzumachen. Den Griff hielt ich so fest umklammert, dass meine Knöchel ganz weiß waren. Meine Hände wurden feucht, und ich atmete schwer, musste mich überwinden, einen erneuten Blick hineinzuwerfen. Langsam öffnete ich die Tür wieder. Da sah ich es: Zuckerfreies Müsli, Süßstoff, Vollkornkekse ... Christoph kaufte so etwas nicht. Er hatte noch nie in seinem Leben etwas mit Süßstoff gegessen, und Kekse aß er generell nicht, schon gar nicht aus Vollkorn. Es war eindeutig: Hier kam eine Frau nicht nur einfach zu Besuch. Ich wusste vorher nicht, dass man tiefsten Schmerz und innere Leere gleichzeitig verspüren konnte. Ich hatte ihn doch gefragt, ob es eine andere Frau gäbe, und er hatte es verneint. Lüge, nichts als Lüge. Er war ein verlogener, dreckiger Mistkerl.

»Ich warte dann unten im Auto auf dich«, unterbrach Egge meine Gedanken. »Oder gibt es noch etwas, das ich mitnehmen soll?«

Wortlos drückte ich ihm die Plastiktüte mit dem Geschirr und dem Besteck in die Hände.

Er sah mich lange an, wollte etwas sagen, dann machte er den Mund wieder zu.

»Nimm sie von unten – ist schwer«, stammelte ich.

Egge ging, und ich war mit Christoph alleine. Er kam in die Küche, wo ich an der Küchenzeile lehnte. Wir setzen uns an den Tisch. Wahrscheinlich sah ich grauenhaft aus, denn Christoph meinte: »Was ist denn los mit dir? Geht es dir nicht gut?«

»Warum hast du mich belogen?«

»Was?«

»Ich habe dich gefragt, ob es eine andere Frau gibt, und du hast Nein gesagt.«

Christoph stand da wie ein geprügelter Hund.

»Ich meine, du hast mir in die Augen gesehen dabei und mich die letzten Tage den Kopf zermartern lassen, was ich alles falsch gemacht haben könnte. Und ich hab dir auch noch geglaubt.«

»Ich wollte dich nicht verletzen«, sagte er kleinlaut.

Ich lachte verbittert auf.

Unbeholfen steckte er die Hände in die Hosentaschen, wie ein Schuljunge, der gerade einen Verweis erhalten hatte.

»Du widerst mich an.« Keine Ahnung, warum ich das sagte. Es stimmte eigentlich nicht. Eher hatte ich so eine Wut auf ihn, dass ich ihn am liebsten geschüttelt und dann seinen Kopf in kaltes Wasser getaucht hätte. »Wie lange kennst du sie schon?«

»Ein paar Monate.«

»Was?«, schrie ich. »Du beendest unsere Ehe für eine Frau, die du kaum kennst? Bist du verrückt geworden, Christoph? Nimmst du irgendwelche Drogen?«

»Wir haben uns einander ziemlich schnell angenähert.« Er wandte den Blick ab und starrte auf die Wandfliesen.

»Ist es eine Kollegin von dir?«

»Nein, sie ist Schülerin.«

»O Gott, mir wird schlecht.«

Christoph nahm die Hände aus den Hosentaschen und gestikulierte nervös. »Herrgott, Lyn! Ich unterrichte keine Fünfzehnjährigen. Thuy Me ist achtundzwanzig.«

»Wer?«, fragte ich verwirrt, dann kapierte ich. »Deine Freundin heißt – wie noch mal?«

»Thuy Me. Sie ist Chinesin.«

»Ich glaube, ich spinne.« Nun musste ich mich setzen. Mir wurde schwindlig, und meine Glieder fühlten sich schwer an. Achtundzwanzig? Also elf Jahre jünger als ich.

»Wie soll ich dir jemals wieder irgendetwas glauben? Die ganzen Lügen der letzten Zeit, darüber, warum du später kommst oder früher gehen musst.«

»Ich habe dich nicht gerne angelogen, wirklich.«

Müde hob ich den Kopf. »Danke, Christoph«, sagte ich ironisch.

Wir saßen eine Weile schweigend am Tisch. Egge im Auto hatte ich ganz vergessen.

»Keiner kann was dafür.« Christoph fasste über den Tisch, um meine Hand zu berühren, aber ich zog sie weg.

»Ach wirklich, ja? Du machst es dir ganz schön einfach. Du hast verdammten Mist gebaut, und keiner soll etwas dafür können? So funktioniert das nicht, Christoph. Wenn ich einen anderen Kerl hätte und du diese Frau nicht kennengelernt hättest, würdest du dann auch diese Einstellung haben? Ich glaube kaum. Also, verlang bitte nichts Unmögliches von mir.«

Er kratzte sich am Kopf und rutschte auf dem Stuhl

herum. Wahrscheinlich wartete er darauf, dass ich endlich aufstand und ging. Vielleicht erwartete er *sie* sogar.

»Ist sie auch verheiratet?«

»Ja, aber ihr Mann ist ein Idiot.«

»Na, da haben du und Thuy Me ja viel gemeinsam. Ihr habt beide Ehepartner, die ahnungslose Trottel sind. Aber ich bin sicher, ihr Mann ist kein größerer Idiot, als ich es bin.«

»Hör auf, dich zu bemitleiden, Lyn.« Christoph wurde lauter, dann schrie ich: »Du hast gut reden, du Arschloch!«, worauf er noch lauter schrie: »Was ist nur aus dir geworden?« Dann saßen wir uns gegenüber, schreiend, keiner verstand mehr, was der andere ihm an den Kopf warf. Irgendwann hörten wir erschöpft auf.

»Du weißt, dass wir uns schon seit einigen Jahren nicht mehr viel zu sagen haben«, unterbrach er die Stille.

Die Tränen kamen, und ich konnte nichts dagegen machen. Ich hatte einfach nicht die Kraft, sie zurückzuhalten. »Ich komme nicht dahinter, wann es angefangen hat.«

»Keine Ahnung, das kann wohl niemand sagen, aber ich glaube, dass wir von Anfang an Fehler gemacht haben. Wir hätten einfach mehr Interesse aneinander zeigen, uns nicht so gehen lassen sollen. Ich glaube, wenn man erst einmal damit anfängt, dann wird der Weg zurück immer länger und steiler, und dann lässt man irgendwann alles schleifen. Plötzlich merkt man, dass der Weg zurück so lang geworden ist, dass man sich fragt, ob sich das Ganze überhaupt noch lohnt. Und was passiert, wenn man diesen Weg zurück wirklich geht, und am Ziel erwartet einen niemand, nur gähnende Leere?«

Es gab nichts, was ich darauf erwidern konnte.

Egge war eingenickt, und als ich die Beifahrertür öffnete, fuhr er erschrocken hoch. »Na? Alles okay bei dir?«, murmelte er.

»Wie man's nimmt«, antwortete ich. »Tut mir leid, dass es so lange gedauert hat.«

»Ach, ist schon okay.« Er machte sich daran, aus der Parklücke zu manövrieren, was er besser zu beherrschen schien als das Einparken.

»Er hat eine Thuy Me«, sprudelte es plötzlich aus mir heraus.

»Bitte?«

»Bis heute dachte ich, dass er vielleicht doch irgendwann wieder normal wird, aber jetzt hat er diese Thuy Me.«

Egge warf mir einen verstörten Seitenblick zu. »Was ist das? Ein Virus oder so was?«

»Das ist ihr Name«, meinte ich verstört. »Sie ist Chinesin, und stell dir vor, sie ist seine Schülerin.«

»Oh.«

»Sie ist elf Jahre jünger als ich.«

»Ach, herrje.« Egge fühlte sich gerade sehr unwohl, das sah ich ihm an. Aber schließlich konnte er in so einer Situation kaum erwarten, dass ich über Automarken oder das Wetter sprach.

»Nachdem er mir diese Sache in all ihrer Schrecklichkeit erzählt hatte, sagt er, dass er keine Scheidung will, weil er nie wieder heiraten möchte. Stell dir vor, so traumatisch ist die Ehe für ihn also gewesen, dass er das nie wieder machen möchte.«

Egge nickte und sah geradeaus. Ob er insgeheim hoffte, mich und meine Probleme schnell loszuwerden? »Das ist sicher schwer für dich, Lyn«, meinte er, um Optimismus bemüht. »Natürlich wirft dich das um. Mir würde es genauso gehen. Aber was will man da schon machen? Das Leben kann manchmal hart sein, aber bis jetzt ist noch niemand an Liebeskummer gestorben.«

11

Wir brachten meine Sachen zu Annetts Haus, und als ich in meinem neuen Wohnzimmer anfing, die Kartons auszupacken, bekam ich einen Weinkrampf. Mit einem Mal wurde ich überwältigt von Verzweiflung, Traurigkeit und einer Wut, wie ich sie bis dahin nicht gekannt hatte. Ich konnte einfach nicht mehr aufhören zu schluchzen, legte mich auf den nackten Boden und ließ mich von meinen Gefühlen überwältigen. Im Hintergrund bekam ich mit, wie Egge mit Antje telefonierte und sie bat, sofort zu kommen. Meine neuen Mitbewohnerinnen redeten durcheinander, doch in meiner Verzweiflung achtete ich nicht auf sie. Mein Kopf war leer, und die Wut schien alles zu beherrschen. Irgendwann bekam ich mit, wie Annett sagte, sie würde Dr. Nix anrufen. Es war mir nicht möglich, mit dem Weinen und Schluchzen aufzuhören, nicht einmal, als ich das Wort Doktor hörte. Sollte einen das nicht zur Besinnung bringen? Mir war alles scheißegal, und als mir genau das bewusst wurde, machte mich das nur noch trauriger. Irgendwann hörte ich Antjes Stimme. Sie drehte mich auf den Rücken, strich mir über die Wange und sagte irgendetwas, das ich nicht verstand. Ich bilde mir ein, dass sie mir sogar eine kräftige Ohrfeige versetzte.

Dann kam der Arzt. Er beugte sich über mich, strich mir den Ärmel hoch und schob eine Nadel in meinem Arm. Er gab mir einen leichten Klaps ins Gesicht – glaubten denn alle, es würde mir besser gehen, wenn sie mich ohrfeigten – und meinte: »Hören Sie mich? Das Mittel, das ich Ihnen gegeben habe, wird Sie beruhigen. Sie sollten aufstehen und etwas frische Luft schnappen.«

»Nein, ich will nur hier liegen und mir schwören, dass ich nie wieder lieben werde«, flüsterte ich.

»Das wollen Sie nicht«, verneinte er entschieden.

»Ich bin der enttäuschteste Mensch, der …«

Auf einmal stand Louise neben mir, blickte auf mich herab und schrie: »Das alles wegen einem Macker, der dir 'ne Abfuhr erteilt hat? Jetzt hör endlich mit dem scheiß Gejammer auf, und krieg' dich wieder ein!«

Alle starrten sie an, dann sagte der Arzt, er würde mir zwei Beruhigungstabletten da lassen, die könnte ich notfalls nehmen. Er verabschiedete sich, und Annett brachte ihn zur Tür. Louise und Olivia gingen mit Egge hinaus, während mich Antje ins Bett brachte. »Schlaf mal ein paar Stunden darüber«, meinte sie und deckte mich mit meinem Mantel zu. Als sie aus dem Zimmer ging und die Tür leise hinter sich schloss, dachte ich: Mein Gott, wie armselig. Da lag ich, allein und wie eine Obdachlose im U-Bahn-Schacht, mit einem Mantel bedeckt.

Hatte Christoph womöglich recht, wenn er sagte, dass ich mich selbst bemitleiden würde? Er hatte gut reden. Er war nicht der Hintergangene, sondern ich.

Als ich aufwachte, war es im Zimmer dunkel, und ich konnte auf meiner Armbanduhr die Zeit nicht erkennen. Also stand ich auf und knipste das Licht an. Zehn nach sieben. Ich hatte wohl ein paar Stunden geschlafen. Die Spritze musste eine gewaltige Wirkung haben. Bei dem Gedanken, jetzt nach unten zu gehen, hätte ich mich am liebsten wieder ins Bett gelegt. Aber es half nichts, früher oder später würde ich meinen Mitbewohnerinnen sowieso begegnen.

Egge und Antje waren schon gegangen. Die drei Frauen saßen im Wohnzimmer und spielten Karten. »Hallo«, sagte ich verhalten.

Sie hoben die Köpfe, und Annett und Olivia lächelten mich an. Louise betrachtete mich nur.

»Lyn, gute Güte, hast du uns einen Schrecken eingejagt. Ich dachte, du hättest einen Nervenzusammenbruch, und wir müssten dich einweisen.«

»Annett, nicht doch«, ermahnte Olivia sie leise.

Ich schloss beschämt die Augen. »Das Ganze ist mir sehr peinlich. Mein erster Tag, und dann so was. Also, normalerweise bin ich ein umgänglicher Mensch und ticke nicht so leicht aus.«

Annett nickte lächelnd. »Antje hat uns versichert, dass du keine Verrückte bist. Aber steh doch da nicht so rum, setz dich zu uns, und nimm dir ein Marzipanherz.«

Ich setzte mich neben Olivia. Auf dem Tisch stand eine Schachtel gefüllter Schokoherzen der Marke Schwarz Konfekt. Die Schachtel war bereits halb leer. Ein paar Herzen waren in der Mitte aufgebrochen und lagen verloren auf dem Tisch herum. »Sie mag nur die mit Marzipanfüllung«, meinte Louise, als sie meinen fragenden Blick bemerkte.

»Wenn du Himbeer- oder Nugatfüllung magst, dann nimm sie dir«, forderte Annett mich schmatzend auf.

»Danke, aber ich habe richtig Hunger. Hab aber noch keine Lebensmittel eingekauft.«

»Wir geben dir etwas von uns, ist doch keine Frage. Geh einfach an den Kühlschrank, und nimm dir, was du willst.«

»Nein, nein, das will ich wirklich nicht.«

Louise sagte zu meiner Überraschung: »Es ist doch genug da – das ist kein Problem«, und Olivia nickte dazu. Nachdem sie mich aber an meinem ersten Tag schon als labile Persönlichkeit kennengelernt hatten, wollte ich nicht auch noch als Schnorrerin dastehen, und bestellte eine Pizza. Während ich darauf wartete, dass sie geliefert wurde, wollte Annett wissen, was denn genau bei meinem Mann vorgefallen sei. Diskretion war in diesem Haus wohl nicht gefragt. Auch Louise und Olivia sahen mich gespannt an und warteten. Es machte mir nichts aus, ich erzählte – und wunderte mich dabei über meine Offenheit.

Annett warf ab und zu ein: »Tss, tss«, ein, Olivia sah mich mitfühlend an, und Louise schnaubte und murmelte etwas von Tyrannen und Frauenausbeutern.

Schließlich warf sie sich eine halbe Herzpraline in den Mund und meinte: »In ein paar Monaten bist du darüber hinweg.«

»In ein paar Monaten schon? Ich weiß nicht.«

»Doch, doch.« Sie schien zu glauben, dass sie das besser wüsste als ich. Ich hatte keine Kraft zu widersprechen.

Es klingelte. Ich stand auf und nahm meinen Geldbeutel aus der Tasche. Als ich die Tür aufmachte, stand derselbe Pizzalieferant wie am Tag zuvor da. Er hob fragend die Augenbrauen. »Haben Sie gestern nicht woanders gewohnt?«

»Das war bei meinen Eltern, jetzt wohne ich hier.«

Er reichte mir die Pizzaschachtel, den Salat und die Weinflasche. »Das machen Sie doch nur, um den Wein umsonst zu kriegen.« Er sah mich belustigt an.

»Na klar.« Ich versuchte zu lächeln.

»Das macht elf fünfzig.«

Ich kramte in meinem Geldbeutel und gab ihm dreizehn Euro.

»Sie mögen die Stones?«

»Wie bitte?«

Er zeigte auf mein altes Rolling-Stones-Sweatshirt, das ich wegen des Umzugs angezogen hatte. Es war mindestens zwanzig Jahre alt. Ich wusste nicht mehr, warum ich es mir gekauft hatte, denn eigentlich gehörten die Rolling Stones nicht zu meinen Lieblingsbands. »Oh ja, doch, schon.«

»Gehen Sie auf das Konzert übernächsten Samstag?«

»Nein, ich habe leider keine Karten mehr bekommen.« Die Worte waren ganz automatisch aus meinem Mund gekommen. Wieso wollte ich mich bloß cooler machen, als ich war? »Und Sie?«

»Ich gehe mit einem Kumpel hin.«

»Sie Glücklicher.«

»Tja, dann guten Appetit.«

»Danke, tschüs.«

»Servus.« Er drehte sich um und ging weg. Für einen klitzekleinen Augenblick starrte ich auf seinen perfekten Hintern. Im nächsten Moment schämte ich mich dafür und knallte die Tür mit dem Fuß zu. Ich wollte Richtung Küche, wo bereits Annett stand, die gelauscht haben musste.

»Das hat sich aber schwer nach Flirt angehört.« Sie rannte zum Fenster, dort standen schon Olivia und Louise, wie ich sah. Sie drückten sich die Nasen am Fenster platt und glotzten hinaus. Von der Tür aus sah ich, wie der Pizzajunge in das kleine Auto stieg und davonfuhr. Offenbar hatte er nichts gemerkt, zum Glück. Meine Mitbewohnerinnen und ich kannten uns noch nicht gut, und sie waren vorhin so nett zu mir gewesen, dass ich es nicht übers Herz brachte, sie zurechtzuweisen.

»Sie verführt den Pizzaboten«, murmelte Louise vor sich hin, »wie in einem billigen Sexfilmchen.«

»Was ihr euch da zusammenreimt ...«, meinte ich nur. Von wegen Verführung! Ich war eher der Typ, der an die ewige Liebe glaubte und bis zum letzten Atemzug mit dem Mann meiner Träume zusammenbleiben wollte. Als Femme fatale sah ich mich nun wirklich nicht.

»Ziemlich süß, soweit man das auf die Entfernung beurteilen kann«, bemerkte Annett, während sie noch einmal zum Fenster hinausschaute.

»Vielleicht ein bisschen zu jung für Lyn«, meinte Olivia.

»Was hast du gegen junge Hengste?«, fragte Louise. »Nach ihrem Heulkrampf und dem Desaster mit ihrem Mann ist das Letzte, was sie braucht, ein lebenserfahrener, altkluger Mittfünfziger, der das Aufregendste schon hinter sich hat.«

»Leute, Leute!« Nun musste ich sie aber stoppen. »Das Letzte, das ich jetzt brauche, ist ein Mann. Und wenn ich einen haben wollte, wäre es sicher kein Pizzalieferant.«

»Du hast ja ganz schöne Vorurteile!« Louise stemmte die Hände in die Hüften und sah mich griesgrämig an. Was passte ihr jetzt wieder nicht? »Ich bin Zimmermädchen im Hilton. Gehöre ich jetzt für dich zur Unterschicht?«

»Was? Nein!«

»Gute Güte, wie das duftet!« Annett warf einen verstohlenen Blick auf die Pizzaschachtel. Das wunderte mich dann doch – nach dem ganzen Süßigkeitenberg.

Ich klappte die Pizzaschachtel auf und nahm mir ein Stück. »So war das nicht gemeint, Louise, aber ich habe wahrlich andere Probleme, als mich jetzt mit dem Thema neuer Partner auseinanderzusetzen.« Genüsslich biss ich ein Stück Pizza ab. »Nehmt euch auch was, wenn ihr wollt.« Louise schüttelte den Kopf, Olivia lehnte dankend ab, und Annett hatte schon ihre Finger in der Schachtel, kaum dass ich den Satz zu Ende gesprochen hatte. »Bei Pizzaduft kann ich einfach nicht widerstehen.«

Olivia meinte schließlich: »Ich wollte nur noch sagen, wenn er in dem Alter noch Pizza ausliefert …«

»Meintest du nicht eben, er sei zu jung?«, sagte Annett mampfend.

»Na ja, zu jung für Lyn, aber zu alt, um Pizza auszufahren. Also, besonders ehrgeizig kann er nicht sein.«

»Können wir bitte das Thema wechseln, ja?« Schließlich hatte ich nicht vor, jemals wieder ein Wort mit dem Pizzalieferanten zu wechseln. Und sie taten, als wollte ich ihn heiraten. »Wie habt ihr es übrigens geschafft, den Arzt an einem Samstag zu einem Hausbesuch zu überreden?«

Annetts Gesicht fing an zu strahlen. »Dr. Nix ist nicht irgendein Arzt, er ist einfach ein ganz Lieber.«

»Sie steht total auf ihn«, warf Louise ein.

»Ach, Unsinn.«

»Tust du doch.«

»Gar nicht wahr.«

»Deine Backen werden ganz rot, wenn du ihn siehst.«

»So ein Schmarrn, echt.«

Das Hin und Her der beiden beantwortete nicht meine Frage. »Und wie kommt es, dass er so nett ist und an einem Samstag einen Hausbesuch macht? Ist eine von euch privat versichert?«

Annett sah mich verletzt an. »Ich bin privat versichert, aber er würde das auch tun, wenn es nicht so wäre.«

Ich ließ mir Leitungswasser ins Glas, um die Pizza hinunterzuspülen. »Ich sollte mal in seiner Praxis vorbeischauen und ihm eine Schachtel Pralinen bringen.«

»Ich glaube, er hat gesagt, dass du ihm im Laufe der Woche deine Karte bringen sollst, für die Abrechnung.«

»Ja, gut. Wie heißt er noch mal?«

»Dr. Nix.«

»Witziger Name«, kicherte ich. »Das Raumschiff ist soeben gelandet. Dr. Nix wird sich der Sache annehmen. *Roger* und *over.*« Ich lachte. Als ich in ihre fragenden Gesichter blickte, war ich mir nicht sicher, ob sie mich nicht doch für ein bisschen verrückt hielten.

Den Sonntag verbrachte ich zuerst bei meinen Eltern. Meine Mutter war extrem gut drauf, weil sie am Vorabend Kegelmeister geworden waren. Sie machte gefüllte Pute mit Soße und Serviettenknödeln. Das waren genug Kalorien für den ganzen Tag, deshalb verzichtete ich später auf den Kuchen zum Kaffee. Irgendwann zwischen dem Essen und dem Kuchen – während meine Mutter den Tisch abräumte und mein Vater sich auf der Eckbank zurücklehnte – erzählte ich von Christoph und seiner Chinesin. Mein Vater schüttelte den Kopf, so, wie er es immer tat, wenn er ein Tennismatch im Fernsehen verfolgte. Meine Mutter bekam so etwas, was einem Asthmaanfall wohl am nächsten kam. Sie japste nach Luft, fasste sich ans Herz (versehentlich an die rechte Seite), dann stützte sie die Ellbogen auf dem Tisch ab und faltete die Hände wie zum Gebet. Sie sah so erschrocken aus, als hätte sie gerade vom Tod eines geliebten Menschen erfahren

»Mutter? Bitte reiß dich doch zusammen!« Ich hörte mich an wie eine Gouvernante, die ein verzogenes Gör zurechtweist, weil es immer noch nicht mit Messer und Gabel essen konnte.

»Eine Schande.«

»Schande? Ich betrachte es eher als Schock.« Was wollte sie mit Schande sagen? Das verstand ich überhaupt nicht. Es war keine Schande, ohne Mann zu sein. Als kleines Mädchen bin ich gut ohne Christoph klargekommen und als Teenager auch. Und in Zukunft würde ich auch ohne ihn gut weiterleben. Ich brauchte ihn nicht zum Existieren. Irgendwann eines Morgens würde ich aufwachen und denken: Heute wird ein wundervoller Tag, und ich freue mich darauf. Ich würde aus dem Bett springen, und mittags würde mir einfallen, dass ich noch gar keinen Gedanken an Christoph verschwendet hatte. Irgendwann würde das passieren. Vielleicht könnte ich meine Vergangenheit mit Christoph zu einer Art imaginärem Refugium machen, nicht vergessen, aber abgeschlossen und nicht sichtbar.

»Was genau ist passiert?«, fragte meine Mutter mit melodramatischer Stimme. Ich war mir sicher, dass sie nur darauf wartete, den Fehler bei mir zu finden. Es war schon immer so gewesen: Ich vertraute mich ihr an, dann knallte sie mir eine Belehrung entgegen und hielt mir mein Fehlverhalten vor. Das Schlimmste aber war, wenn sie etwas gegen mich verwendete, was überhaupt nicht Thema des Streits war.

»Sag schon«, drängte sie.

Außerdem hatte ich keine Lust und auch nicht die Kraft, den vorigen Tag und mein Gespräch mit Christoph in allen Einzelheiten zu schildern. »Ich kann nicht, es ist so erniedrigend und schmerzhaft.«

»Das tut mir so leid für dich, Kind.«

»Danke, Mutter.«

»Was ich dich noch fragen wollte: Was sollen wir den anderen sagen, wenn sie fragen?«

»Welchen anderen?«

»Na, den Nachbarn und der Familie?«

»Was? Jeder zweite in unserer Familie ist geschieden, wir haben einen ehemaligen Knacki und einen Junkie. Und was die Nachbarn angeht, starren wahrscheinlich gerade alle auf Heidelinde Behrens.«

»Sieglinde.«

»Meinetwegen.«

»Und wir haben keinen Knacki und Tschunki. Hans-Peter hat sich nur gewehrt und wurde gleich wegen Körperverletzung angeklagt, und der Konrad kam in schlechte Kreise, hat seinen Fehler bereut, und die Sache ist vergessen.« Sie sah mich so entsetzt an, als hätte ich die beiden zu ihren Karrieren angestiftet. »Dass du immer auf alten Sachen herumreiten musst!« Das war ihre Art, die Dinge zu sehen. Am besten kehrte man sie so schnell wie möglich unter den Teppich, wenn sich alles gelegt hatte. Aber solange sie aktuell waren, wurden sie zur Katastrophe erklärt.

Ganz nebenbei: Hans-Peter verbrachte seine Wochenenden in Inges Pilshütt'n, und ihm fehlte seit zwanzig Jahren ein Schneidezahn. Konrad lebte von Sozialhilfe, hatte auf seinen Unterarmen Drachen-Tattoos und trug wochenlang dieselbe Kleidung.

Markus meinte bei diesem Thema immer wohlwollend, wir sollten unsere beiden Verwandten nicht Proleten nennen, sondern lieber Außenseiter der Gesellschaft.

Später fuhren wir gemeinsam zu Markus. Kaum hatten wir uns auf die Stühle neben seinem Bett gesetzt, platzte meine Mutter heraus: »Stell dir vor, Markus, unsere arme Evelyn! Dieser Schuft von Christoph hat eine Neue. Chinesin. Schülerin. Zwölf Jahre jünger.« Sie hielt sich an die knallharten Fakten.

»Elf«, verbesserte ich.

»Jetzt nimmt sie ihn auch noch in Schutz«, meinte sie erbost.

Markus starrte mich an. »Ist das alles wahr?«

»Natürlich ist das wahr«, sagte meine Mutter eine Spur zu laut. »Glaubst du, ich hab mir das ausgedacht?«

Ich nickte. »Es stimmt, ja.«

»Wow«, meinte Markus. Das war's.

Meine Mutter hielt ihre Handtasche fest umklammert und versuchte demonstrativ, Stärke zu zeigen. »Dieser, dieser – unfaire, gemeine Mensch!«

»Och, Mutter«, sagte ich ironisch, »geh nicht zu hart mit ihm ins Gericht.«

Um Markus' Mund spielte ein leichtes Lächeln.

Sie drehte den Kopf in meine Richtung. »Hart? Nach allem, was er getan hat? Ich kann mich über deine Fassung nur wundern.« Sinn für Ironie hatte Mutter noch nie gehabt. Sie fand es lustig, wenn sie und ihre Freundin die gleichen Schuhe anhatten. Einmal waren wir zum Gartenfest einer alten Schulfreundin meiner Mutter eingeladen worden. Als die beiden entdeckten, dass sie die gleichen Schuhe trugen – am gleichen Tag im gleichen Geschäft gekauft –, amüsierten sie sich darüber so sehr, dass es für meine Mutter noch Jahre danach der Schenkelklopfer schlechthin war.

Meine Mutter seufzte plötzlich so laut, dass Markus' Bettnachbar den Kopf wandte. »Jetzt wird das bestimmt nichts mehr mit den Enkelkindern, Jürgen. Das kannst du vergessen.«

Mein Vater nickte und setzte einen Gesichtsausdruck auf, als sei er gerade zur Erkenntnis gelangt, dass seine Brut zu gar nichts nütze sei.

Markus und ich sahen uns an. Wir empörten uns nur noch selten über die Einmischungen in unserer Privatleben. »Ich bin nur froh, Markus, dass du bald heimkommst«, meinte sie leichthin, »dann kann ich mich um dich kümmern.« Sie streichelte ihm kurz über den Handrücken. »Dann wird's wieder ein bisschen so sein wie früher, weißt du noch? Ich mach dir Kaiserschmarren mit Puderzucker, wenn du magst, jeden Abend.«

Markus wandte in Zeitlupentempo den Kopf in meine Richtung. Ich wusste nicht, ob ich es mir einbildete, aber in seinem Blick lag pure Angst. Ich verkniff mir das Lachen und fixierte meinen Blick auf die Wand gegenüber.

»Na ja, Mutter«, hörte ich Markus sagen. »Wir müssen das Ganze doch nicht übertreiben, nicht wahr? Du hilfst mir schon genug, da musst du nicht jeden Tag mein Leibgericht kochen.«

»Wie du willst«, sagte sie freundlich.

12

Die nächsten drei Tage vergingen zu meiner eigenen Überraschung sehr schnell. Liebeskummer hatte ich so in Erinnerung, dass die Minuten sich wie Stunden hinzogen, während man traurige Musik hörte und endlos Schokolade in sich hineinstopfte. Zumindest auf die traurige Musik verzichtete ich. Morgens hatte ich das Haus für mich allein, weil Annett und Louise in der Arbeit waren. Annett hatte einen eigenen Imbissstand am Flughafen, und Louise arbeitete im Hilton Hotel als Zimmermädchen. Olivia war Teilzeitkraft in einem Hundesalon und arbeitete vorwiegend vormittags. Nachmittags und abends hörte man sie unten tippen.

»Was ist das für ein Buch, an dem sie schreibt?«, hatte ich Annett gefragt.

Sie zuckte die Schultern. »Keine Ahnung.« Dann verdrehte sie die Augen. »Sie will nicht drüber reden«, ergänzte sie etwas sarkastisch.

Meine Tage begannen, indem ich mir erst einmal in Ruhe mein Frühstück zubereitete. Danach machte ich es mir mit einem großen Becher Kaffee auf der Couch im Wohnzimmer bequem und las die Zeitung, die Annett abonniert hatte. Manchmal saß ich auch nur so da, trank meinen Morgenkaffee und dachte nach. Ich versuchte, jeden Tag etwas positiver in die Zukunft zu sehen.

Kein Kochen mehr und haufenweise Wäsche, die gewaschen und gebügelt werden sollte. Christoph zog täglich frische Kleidung an, und manchmal wechselte er sogar tagsüber noch Socken, Hemd oder T-Shirt. Warum war ich eigentlich so blöd gewesen und hatte ihn das nicht selbst erledigen lassen? Vielleicht wäre er dann nicht so überpflegt gewesen, sondern hätte sich zweimal überlegt, ob die Umzieherei nötig wäre. Das musste man sich einmal überlegen: Ich putzte Christoph für eine andere Frau heraus, sie trieben es miteinander, und ich sorgte auch noch dafür, dass er gut gekleidet war und gepflegt aussah. Aber im Nachhinein war man bekanntlich immer klüger.

Was ich an meinem neuen Leben wirklich schön fand, war, dass wir uns abends im Wohnzimmer versammelten und erzählten, wie unser Tag war. So vergingen meine ersten Tage bei den Mädels, wie Annett uns nannte. Eigentlich konnte ich dieses Wort nicht ausstehen. Warum sollte man erwachsene Frauen als Mädels bezeichnen? Markus nannte früher seine Arbeitskolleginnen so, bis ich ihm sagte, dass das genauso blöd war wie Fräulein. Annett gegenüber hatte ich das auch gesagt, aber sie meinte, das sei doch nur in unserem kleinen Kreis. Na gut, ich sprang über meinen Schatten und akzeptierte es.

Jedenfalls war ich froh, dass ich diese erste Zeit ruhig angegangen war, denn der Donnerstag sollte turbulent werden. Dieser Tag sollte mein Leben noch einmal gründlich durcheinanderrütteln.

Am Morgen kam Olivia aus ihrem Kellerzimmer. Sie trat zu mir ins Bad, während ich mir die Zähne putzte. Olivia konnte noch nicht wissen, dass ich es ganz und gar nicht schätzte, mich vor meinem Morgenkaffee mit jemandem unterhalten zu müssen. »Kann ich dir eine Frage stellen? Aber sei bitte ganz ehrlich.« O Gott, wenn jemand schon so anfing. Niemand macht so eine Einleitung und sagt dann: »Hättest du gerne meine Diamantohrringe?«, oder: »Hast du überhaupt eine Ahnung, welche Wirkung du auf Männer hast?« Nein, aus Erfahrung folgte darauf einfach immer eine blöde Frage. Ich hielt mit dem Putzen inne. »Okaaay …«

»Du hast ja viel mit Büchern zu tun, liest viel und so …«

Jetzt kommt's, dachte ich. Sie wollte, dass ich ihr Manuskript las.

»Würdest du vielleicht mein Manuskript lesen?« Um Zeit zu gewinnen, spülte ich fünfmal meinen Mund aus. »Weißt du, Olivia, ich lese zwar viel und hab mit Büchern zu tun. Das befähigt mich aber noch nicht, Manuskripte zu beurteilen. Ich kenne die Bücher ja immer nur in ihrer endgültigen Fassung.« Als ich ihr enttäuschtes Gesicht sah, fragte ich dennoch: »Ist es ein Roman?«

»Nein, ein Sachbuch.«

»Zu welchem Thema?«

»Also, das Thema ist etwas kompliziert …« Das war schon mal schlecht. Frau Wenzel sagte immer, ein Sachbuch müsse man dem Kunden in einem Satz erklären können.

»Also, der Titel lautet: *Die Reaktionen der urbanen Gesellschaft und ihre Wirkung auf das Individuum.* Es geht darum, dass ich mit fremden Leuten Spielchen spiele, in eine fiktive Rolle schlüpfe und dann ihre Reaktion darauf teste.«

»Äh ... Was?«

»Ein Beispiel: Als ich letzte Woche Annett am Flughafen besucht habe, kam mir eine Idee.« Olivia war atemlos vor Aufregung. »Ich ging zu dem Wartebereich, weil dort immer Leute herumsitzen. Also, ich setzte mich hin und versuchte, ganz aufgeregt zu wirken, habe ganz laut mit einem Nachbarn geredet und ihn gefragt, ob er auch nach London fliegen würde. Er sagte Ja, und ich meinte, ich wäre ja so nervös, weil mein Mann der Pilot sei und das sein erster Flug.«

Ich sah sie ein paar Sekunden an und versuchte zu ergründen, ob sie es ernst meinte, aber da fuhr sie auch schon fort: »Interessant sind für mich die Reaktionen der Menschen auf ungewöhnliche Situationen. Na ja, das war jetzt vielleicht ein schlechtes Beispiel, weil die Leute ausgeflippt sind und es einen ziemlichen Tumult ...«

»Und worauf läuft das Ganze hinaus?«

»Worauf es – hinausläuft?«

»Nun ja, das klingt ja eher so, als wären diese Reaktionen vermutlich vor allem witzig, wenn man sie visuell erlebt. Wie in der *Versteckten Kamera* und solchen Sendungen. Kann man über so etwas denn auch witzig schreiben?«

»Das denke ich aber doch.« Dieser Satz hatte einen klitzekleinen pikierten Unterton. »Das ist sowieso nur die eine Thematik.«

»Es gibt noch eine andere?«

»Das Heilsame daran, verstehst du?«

Das Ganze klang langsam so absurd, dass ich beschlossen hatte, nicht mehr weiter nachzufragen.

»Ich bin nämlich ein relativ schüchterner Mensch«,

meinte sie, »und indem ich mich in solche Situationen stürze und diese Rolle spiele, gibt mir das Mut und Selbstbewusstsein. Das Buch ist also eine gesellschaftliche Satire und ein psychologischer Ratgeber in einem.«

Hatte sie eigentlich eine Ahnung, wie seltsam sich das alles anhörte? Trotzdem versuchte ich, sachlich zu bleiben. »Hör zu, Olivia. Das Buch braucht auf jeden Fall einen Untertitel. Mit dem jetzigen Titel wird nicht richtig deutlich, was du meinst.«

»Ach so, ja. Da überlege ich mir noch was. Also, was ist? Willst du es lesen?«

»Ist es schon fertig?«

»Die erste Fassung, ja. Überarbeitet habe ich es noch nicht.«

»Okay, leg es mir in mein Zimmer. Ich lese es in den nächsten Tagen.«

»Danke, Lyn. Du bist lieb.«

Ich ging in die Küche und machte mir einen extra starken Kaffee. Während ich darauf wartete, dass er fertig war, verdrückte ich zwei von den Schokoherzen, die immer irgendwo herumlagen. Ich erwischte Erdbeere und Marzipan. Annett hatte recht. Die Marzipanherzen schmeckten wirklich am besten. Warum hatten Süßigkeiten nur eine so tröstende Wirkung? Warum nicht Salat oder ein Glas Wasser; wäre besser für die Figur.

Zehn Minuten später – ich hatte gerade die Tasse an die Lippen gesetzt – klingelte mein Handy. Es lag auf dem Holztisch in der Diele. Mein Display zeigte: Mutter.

»Ja?«

»Wir sind zu Hause.«

Ich überlegte fieberhaft, was sie mir damit sagen wollte. Nach Sekunden des Schweigens rief sie: »Evelyn? Hallo?«

»Ich bin noch da.«

»Ich sagte, wir sind zu Hause.«

»Jaaa?«

»Du hast es vergessen.«

In mir stieg eine dumpfe Ahnung empor. Es musste irgendetwas geben, das sie mir erzählt hatte und das in Verbindung damit stand, dass sie zu Hause war. Dann fiel es mir plötzlich ein. Sie hatten Markus vom Krankenhaus abgeholt. Richtig, Donnerstag! Ich fühlte mich furchtbar; was war ich bloß für eine Schwester? »Nein, Mutter. Ich habe es nicht vergessen«, gab ich zurück. »Aber du hast das so komisch gesagt.« Nicht genug damit, dass ich Markus' Entlassung vergessen hatte, ich log auch noch meine Mutter an.

»Du hast es vergessen.« Manchmal unterschätzte ich sie.

»Nein!« Dieses Mal wollte ich nicht als eine schlechte Schwester dastehen.

»Na gut.« Sie gab nach, und das fand ich auch irgendwie blöd. Es ließ sie als Siegerin dastehen.

Jedenfalls hatte Markus alles gut überstanden, und meine Mutter schien mit der Situation, ihren Sohn bei sich zu haben, nicht unglücklich zu sein.

Zehn Minuten später rief Antje an und erzählte mir, dass sie am Abend zuvor Socke gesehen hätte.

»Ach ja?« Deshalb rief sie mich um diese Zeit an? Es war gefühlte zweihundertfünfzig Jahre her, dass ich mit ihm zusammen war, und das Telefonat hielt mich weiter von meinem Kaffee ab. Nicht mal mehr an seine Augenfarbe konnte ich mich erinnern. Gut, das war übertrieben, seine Augen hatten die Farbe von Bernstein gehabt, mit langen, dichten Wimpern. Verdammt, ich wollte endlich in Ruhe frühstücken.

»Schlimme Geschichte.« Antjes Stimme klang traurig. Jetzt war ich doch an der Geschichte interessiert. »Und warum?«

»Er stand im Supermarkt vor mir an der Kasse, und ich hab gedacht, der kommt dir doch bekannt vor. Aber es hat eine ganze Weile gedauert, bis ich ihn wirklich erkannte, weil er sich so verändert hat.«

»Inwiefern?«

»Er ist einfach älter geworden, na ja, wie wir alle. Aber wenn man jemanden so lange nicht gesehen hat, fällt es halt stark auf.«

»Sieht er immer noch gut aus?«

»Ja, doch. Ich hab ihn angesprochen, und er hat sich sogar gefreut, mich zu sehen. Dann hat er mir erzählt, dass seine fünfjährige Tochter überfahren wurde. Seine Frau ist damit nicht fertiggeworden und hat ihn verlassen.«

Ich spürte einen Kloß im Hals.

»Er hätte jahrelang getrunken, sagt er, aber jetzt sei er seit drei Jahren trocken.«

»Oje. Er war so ein netter Kerl.«

»Er hat nach dir gefragt.«

»Was hast du gesagt?«

»Dass du zwar gerade deinen Mann verlassen hättest, es dir aber ansonsten gut gehe.«

»Hmmm.«

Antje seufzte. »Ich habe die halbe Nacht nicht geschlafen, musste dauernd an den armen Socke denken. Vielleicht hätte ich es dir wirklich nicht erzählen sollen.«

»Ach, Unsinn«, sagte ich leichthin, »so ist das Leben. Ich bin doch kein Kind. Ich kann mit solchen Geschichten umgehen.« In Wahrheit fühlte ich mich elend.

»Aber jetzt geht es ihm ja gut«, sagte Antje, um mich und sich selbst zu beruhigen.

Auf dem ganzen Weg zur Arbeit musste ich an Socke denken. Meine Erinnerung an ihn verschwamm mit dem Bild, das ich mir in der Gegenwart von ihm machte. Wir alle hatten uns im Laufe der Jahre verändert. Christoph, Antje, Markus – und ich. Manches änderte sich zum Guten, manches zum Schlechten. Aber das mit Socke war einfach nur traurig. Es hatte eine Zeit gegeben, da dachte ich, wir würden immer zusammenbleiben. Aber irgendwann machte ich Schluss mit ihm. Das Verrückte dabei war, dass ich mich an den wahren Grund nicht mehr erinnern konnte. Allein wegen des Humors konnte es doch nicht gewesen sein. Damals hatte ich das geglaubt, aber heute zweifelte ich stark daran. Eine Beziehung scheitert doch nicht, weil der andere nicht über meine Witze lacht. Konnte ich wirklich so oberflächlich gewesen sein? Wenn ich nicht Schluss gemacht hätte, wären wir vielleicht zusammengeblieben und ein glückliches Paar geworden. Ich wäre jetzt keine hintergangene Ehefrau und er kein ehemaliger Alkoholiker. Aber war es wirklich so einfach? Vielleicht wäre es ganz anders gekommen. Vielleicht hatte ich damals auch die richtige Entscheidung getroffen, und wir wären sonst vor zehn

Jahren gemeinsam verunglückt. Auf eine abnorme Art fand ich diesen Gedanken geradezu beruhigend.

Christoph hatte immer wieder mal an meinem Geschmack herumgenörgelt. Er fand, ich würde zu oft Jeans und flache Schuhe tragen. Dabei hatte ich einen guten Geschmack in Sachen Kleidung. Meine Schuhe waren zwar flach, aber modern und pfiffig, wie mein Vater sich in letzter Zeit so gern ausdrückte. Schließlich war ich eins achtzig, und mit Stöckelschuhen hätte ich mich nicht wohlgefühlt. Das kapierte er nicht und sagte, die Models wären auch alle riesig und würden hohe Schuhe tragen. Aber ich war nun mal kein Model. Christoph gefiel auch mein Filmgeschmack nicht, und die Bücher, die ich las, mochte er auch nicht. Es war in seinen Augen eben Frauenkram. Da half es auch nichts, dass ich hin und wieder zu Thomas Mann, Alfred Döblin oder Emily Dickinson griff.

Socke war ganz anders gewesen. Wir mochten die gleiche Musik und die gleichen Filme, und auch die Art, wie ich mich kleidete, fand er lässig. Mit der Literatur war das bei ihm so eine Sache, denn er las nicht. Es hatte mich ein bisschen gestört, dass ich mit ihm nicht über Bücher reden konnte. Aber ich hatte mich daran gewöhnt, spätestens als ich merkte, dass sein Mangel an Leseerlebnissen nichts mit seiner Intelligenz zu tun hatte. Für sein Alter sagte er damals eine Menge kluger Sachen.

Während ich aus dem Fenster starrte und die S-Bahn an eintönigen Häuserblocks vorbeibretterte, versuchte ich, die Erinnerungen an Socke beiseitezuschieben. Doch so richtig wollte es mir nicht gelingen. Armer Socke. Er hatte mich geliebt, so wie ich war. Dann tauchte ein letztes Bild vor mir auf: Ich sage ihm, dass es vorbei ist, er sieht mich traurig an und dreht sich um, wortlos. Das Letzte, woran ich mich erinnerte, war seine Jeansjacke. Auf seinem Rücken war das Anarchie-Zeichen, ein eingekreistes A. Während er mit gesenktem Kopf davonging, wurde das A immer kleiner.

Als ich in der Buchhandlung angekommen war, fragte ich Frau Wenzel, ob ich eine halbe Stunde früher gehen könnte. Unterwegs hatte ich eine Flasche Rotwein besorgt und feine Pralinen, die ich Dr. Nix vorbeibringen wollte, als Dankeschön. Von Annett wusste ich, dass er donnerstags bis 19 Uhr in der Praxis war. »In letzter Zeit hast du nur Ärger mit mir, ständig stelle ich Forderungen.«

Frau Wenzel sah mich grinsend an. »Das ist kein Problem. Ich habe schließlich eine langjährige Vergleichsmöglichkeit und weiß, dass das nicht die Regel ist.« Sie dekorierte das Schaufenster gerade mit der neuen Reiseführerreihe eines großen Verlags. Mich hatte sie beauftragt, das Kinderbuchregal zu sortieren. Die Kunden beachteten beim Zurückstellen nicht, dass die Bücher nach Lesealter sortiert waren. So passierte es schon mal, dass ein Jugendbuch über den ersten Sex unter »ab acht Jahren« stand. Schon so manche Mutter hatte mich entrüstet darauf angesprochen.

Die Tür ging auf, und ein Mann mittleren Alters kam herein. Er ging geradewegs auf mich zu. »Grüß Gott.« Er roch nach teurem Aftershave, wirkte gepflegt und war geschmackvoll gekleidet.

»Hallo.«

»Haben Sie *Der perfekte Liebhaber. Sextechniken, die sie verrückt machen?*«

Die Unterschiedlichkeit der Menschen faszinierte mich immer wieder. Manchen war es peinlich, nach Ratgebern über Beziehungsprobleme oder Krankheiten zu fragen, und sie flüsterten mir den Titel mit vorgehaltener Hand zu. Und dann gab es Menschen wie diesen. Ihm war es keineswegs peinlich, mir dafür umso mehr. Mit rotem Kopf tippte ich den Titel in den Computer ein und sagte: »Das haben wir gerade nicht vorrätig.«

»Können Sie's mir besorgen?«

Dieser Satz in Kombination mit dem gewünschten Titel verfehlte bei meiner Chefin nicht seine Wirkung. Sie drehte sich Richtung Bücherregal, und ich sah ihre Schultern vor Lachen zucken.

»Äh, ja, gerne«, sagte ich blöderweise.

»Ist es bis morgen da? Es ist nämlich dringend.«

»Ja, Sie können es ab morgen Mittag abholen.«

»Danke. Wiedersehen.«

Als er wieder draußen war, sagte ich zu Frau Wenzel: »So ein Selbstbewusstsein ist beneidenswert, oder?«

Sie lachte nur.

Später ließ sich eine Frau in allen Einzelheiten über feministische Literatur beraten. Ich brachte eine Stunde damit zu, ihr Bücher zu empfehlen, aber Alice Schwarzer war ihr zu »rabiat«, Simone de Beauvoir zu »antiquiert«, und von den amerikanischen Autorinnen hielt sie nichts, weil die ihr zu »hetzerisch« waren. Als ich mit meinem Latein am Ende war, ging sie, ohne etwas zu kaufen oder sich zu bedanken. Allerdings bedachte sie mich noch mit dem Satz: »Kann man wohl nichts machen.« Was immer das heißen sollte.

Kurz bevor ich ging, mussten Frau Wenzel und ich noch einen Kunden-Code knacken. Ein Herr suchte nach dem Kinderbuch *Mimi*. Er wunderte sich über uns, sah uns abfällig an und meinte, das sei aber merkwürdig, dass wir ein so bekanntes Kinderbuch nicht kennen würden. Am Ende stellte sich heraus, dass er *Momo* von Michael Ende meinte.

Nach solchen Tagen brauchte ich eine kleine Verschnaufpause, die meistens aus einem Becher Kaffee bestand. So gern ich unsere Kunden auch mochte – manchmal konnten sie auch anstrengend sein.

Erschöpft machte ich mich schließlich auf den Weg zu Dr. Nix.

13

Die Praxis überwältigte mich. Dr. Nix war nicht einfach nur Hausarzt, wie ich dem Schild an der Tür hatte entnehmen können. Er war Internist, der Akupunktur und Naturheilverfahren anbot. Ich trat in einen Raum, der an die Lobby eines Hotels erinnerte. Die Sprechstundenhilfe hob den Kopf und lächelte mich mechanisch an. »Grüß Gott. Sie sind bestimmt Frau Hagedorn, unsere letzte Patientin für heute?«

»Nein, ich möchte Herrn Nix nur mal Hallo sagen.« Als mir bewusst wurde, wie komisch das klang, setzte ich hinzu: »Er hat am Wochenende einen Hausbesuch bei mir gemacht, und ich möchte mich nur kurz dafür bedanken.« Wie zum Beweis hob ich mein Präsent in die Höhe.

Es war nicht zu übersehen, dass sie nicht wusste, was sie mit mir anfangen sollte. »Sie kommen fünfzehn Minuten vor Ende der Sprechstunde«, meinte sie vorwurfsvoll.

»Tut mir leid, aber ich komme direkt von der Arbeit. Früher ging es nicht.«

»Nun gut, warten Sie bitte einen Moment«, meinte sie gnädig.

Die Tür des Sprechzimmers öffnete sich, und eine Frau kam heraus, hinter ihr Dr. Nix. Er war groß, bestimmt einen Meter neunzig. Vom Alter her schätzte ich ihn auf um die fünfzig. Er sah gut aus – kein Wunder, dass ihn Annett unwiderstehlich fand.

»Hallo, Herr Dr. Nix«, begann ich umständlich, »ich wollte eigentlich nur …« Ich musste die Geschenktüte wohl mit allzu großem Schwung in seine Richtung geschwenkt haben, und so passierte es: Die Flasche, die zu schwer für die Tüte war, fiel zu Boden – und ich stand vor Schreck mit offenem Mund da und hielt noch sekundenlang die baumelnde Tüte, mit dem Loch im Boden, in meiner Hand. Nicht nur Menschen mit Todeserfahrung sehen ihr Leben als Film ablaufen. Ich schwöre, genau das passierte mir in diesem Moment.

Es gab einen lauten Krach, dann ein zischendes Geräusch. Kurz darauf roch es in dem schicken Vorzimmer wie in einer billigen Spelunke. Dr. Nix blickte erst zu mir, dann auf das Malheur auf den Boden, dann wieder zu mir.

Ich stand in Schockstarre da, während die Sprechstundenhilfe mit gereiztem Gesichtsausdruck anfing, den Boden zu wischen.

Endlich sagte Dr. Nix. »Ach, schade um den guten Wein, aber das ist nicht so schlimm.«

Wie eine Idiotin reichte ich ihm die Geschenktüte mit dem Loch im Boden, weil ich nicht wusste, was ich sonst hätte tun sollen.

Er warf einen Blick hinein. Die Pralinen waren aufgrund ihrer breiten Verpackung noch in der Tüte geblieben. »Oh, Pralinen. Die mag ich. Sogar zartbitter, meine Lieblingssorte. Aber kommen Sie doch kurz in mein Sprechzimmer, bitte.«

Als ich ihm eine Minute später gegenübersaß, wünschte ich mich nach diesem schmerzhaft peinlichen Vorfall auf einen anderen Planeten.

»Nun sagen Sie mir erst einmal, wie geht es Ihnen jetzt?«

Ich wagte kaum, ihn anzusehen. Der erste Eindruck, den ich bei ihm hinterlassen hatte, war der einer Hysterikerin. Der zweite der eines Trampels. Als ich meine Unsicherheit schließlich doch überwand und ihn anblickte, sah ich, dass ich mir umsonst Sorgen gemacht hatte. Er blickte mir freundlich entgegen. Die Züge seines leicht kantigen Gesichts deuteten auf eine Mischung aus Lebenserfahrung und Gutmütigkeit hin. »Es geht mir gut, danke. Samstag, das war ein schrecklicher Tag. Mein Mann ... Also ...«

»Ja, Frau Viehbeck hat es mir bereits erzählt. Tut mir leid für Sie.«

»Nein, es ist keine Katastrophe.« Würde er mich jetzt für gefühlskalt halten? »Der erste Schock ist jetzt vorüber, und ich habe mich gefasst, wirklich.«

»Gehen Sie zur Arbeit?« Er wirkte selbstbewusst und männlich, während er sich auf seinem Stuhl leicht hin und her drehte.

»Ja, natürlich.«

Er nickte. »Brauchen Sie vielleicht ein paar Stunden professionelle Beratung? Ich könnte Ihnen einige gute Adressen nennen.«

»Äh, Psychiater?«

»Nein, ich dachte eher an einen Therapeuten, mit dem Sie sprechen könnten.« Als er mein verdutztes Gesicht sah, sprach er weiter: »Was Sie erlebt haben, ist ein unschönes Erlebnis und ...«

»Ich fange langsam an, das anders zu sehen«, unterbrach ich ihn.

»Wie meinen Sie das?«

»Vielleicht ist es besser, dass wir nicht mehr zusammen sind.« Noch während ich sprach, merkte ich, dass ich das nicht nur sagte, um mich besser zu fühlen. So langsam fing ich tatsächlich an, mich zu wundern, dass wir uns nicht schon viel früher getrennt hatten.

»Gut, prima, wenn Sie das so sehen können.« Er nickte lächelnd. »Aber Sie können sich trotzdem jederzeit eine Überweisung zum Therapeuten holen.«

»Vielen Dank. Das mit der Flasche tut mir übrigens furchtbar leid. Ihre Sprechstundenhilfe wird mich dafür hassen.«

»Martina? Ach was.«

Er gab mir zum Abschied die Hand. »Vielen Dank für die Pralinen. Natürlich auch für die Flasche. Wie sagt man? Es ist der gute Wille, der zählt.« Er lachte, und daraufhin musste auch ich ein wenig schmunzeln.

Als ich an der Sprechstundenhilfe Martina vorbeiging, vermied ich es, sie anzusehen. Erst als ich draußen war, fiel mir ein, dass ich ganz vergessen hatte, ihr meine Versichertenkarte zum Einlesen zu geben. Nach diesem Desaster wollte ich bestimmt nicht mehr zurück.

Annett und Louise waren im Esszimmer und saßen über einem Teller dampfender Spaghetti, als ich nach Hause kam. Ich hörte Olivia unten tippen, wahrscheinlich fügte sie ihrem Manuskript noch etwas hinzu, oder sie war bei der Überarbeitung.

»Willst du auch etwas?«, fragte Annett. »Ist noch genug da.«

»Nein, danke.«

Wir rechneten die Lebensmittel nicht auf Heller und Pfennig auf. Im Kühlschrank gab es vier Ablagen, eine für jede von uns. Das Gemüse- und Eisfach wurde geteilt. In den Schränken war nichts beschriftet. Wenn man etwas von der anderen wollte, fragten wir, aber bisher hatte noch nie jemand Nein gesagt.

»Gute Güte, du siehst ja gar nicht gut aus. Alles in Ordnung?«

»Ich hatte einen schrecklichen Tag.«

Louise wischte sich die Tomatensoße vom Kinn. »Den hab ich tagtäglich.«

»Ach«, winkte Annett ab, »du bist einfach nur pessimistisch. Immer siehst du in allem das Schlimmste.« Sie betrachtete mich. »Was ist denn passiert?«

Also erzählte ich ihnen von meinen Erlebnissen. Den Teil mit Olivias Manuskript schwächte ich allerdings etwas ab. Als ich das mit der Flasche bei Dr. Nix erzählte, machte Annett eine Grimasse. Sie biss sich auf die Unterlippe, als würde ihr jemand eine Spritze in eine unangenehme Stelle geben.

Louise zuckte die Schultern. »Na und, kann doch jedem passieren. Aber diese Martina kann ich auch nicht leiden. Warum nimmt er sich keine nette Sprechstundenhilfe?«

Annett grinste sie an und legte die Stirn in Falten. »Und das aus deinem Mund? Hast du jemals ein Lebewesen angelächelt? Wärst du an ihrer Stelle, wärst du noch schlimmer.«

»Ach, red doch keinen Unsinn.«

»Ja, ja, altes Muffelweib«, warf Annett ihr noch an den Kopf, bevor sie mit dem Geschirr in die Küche ging. Kurz darauf brachte sie uns zwei Gläser Weißwein. Sie selbst ging wieder aus dem Esszimmer, um abzuspülen.

Ich blieb mit Louise sitzen, dann fragte ich sie, was mir schon seit Längerem auf der Zunge brannte: »Ist eigentlich einer deiner Eltern Afrikaner, oder beide?«

Sie mustert mich kurz, dann sagte sie: »Mein Vater ist Afroamerikaner, meine Mutter ist Deutsche.«

»Ach, Amerikaner.«

»Meine Eltern leben in New York, da kommt mein Vater her.«

»Wirklich? Und warum lebst du nicht dort? New York ist doch sehr interessant.«

»Mit interessant kommt man aber nicht weit.« Sie zuckte die Schultern. »Na ja, dort wäre ich auch nur Zimmermädchen, weil ich dämlich genug war, mich früher nicht um eine gute Ausbildung zu kümmern. Und glaub mir, hier lebt es sich immerhin erträglich als Zimmermädchen, drüben bräuchte ich noch einen Job, um wie ein Mensch leben zu können. Besonders, weil ich keinen Mann habe.«

»Warst du denn mal verheiratet?«

»Nee. Und jetzt bin ich einundvierzig, da ist der Zug abgefahren.«

»Oh, du bist wirklich eine Pessimistin. Bei dir klingt einundvierzig wie einundachtzig.«

»Gut, es ist nicht nur das Alter. Sieh dir Annett an, mit ihren dreiundvierzig, die sieht doch glatt zehn Jahre jünger aus.« Ich war etwas enttäuscht, dass sie nicht mich als positives Beispiel nahm. »Ich hingegen bin nicht gerade Naomi Campbell.« Ich verstand gar nicht, warum sie so negativ über sich selbst sprach, denn ich fand sie nicht unattraktiv.

»Außerdem bin ich wohl auch solo, weil ich etwas schwierig bin.«

Ich lächelte sie beruhigend an. »Das sind wir doch alle irgendwie. Wahrscheinlich brauchst du einen Kerl, der dir zeigt, wo's langgeht; der so dominant ist wie du.«

Sie sah mich bestürzt an. »Was? Nein! Im Gegenteil! Ich wünsche mir einen Mann, der nett und lieb zu mir ist.«

»Ach so?«

»Natürlich!«

»Natürlich.« Ich kam mir nun ziemlich blöd vor, dass ich ihr unterstellt hatte, sie hätte einen Macho verdient. Da kam mir die Unterbrechung durch Annett ganz recht. »Da sind Susi und Stefan«, rief sie aus der Küche.

»Wer?«

Louise stand auf. »Unsere Nachbarn.« Sie lief in die Küche, ich hinterher. Sofort klebten die beiden am Fenster und starrten durch die Rollos nach draußen.

»Was macht ihr da?« Ich gebe zu, ich war etwas erschüttert.

»Die beiden sind«, murmelte Annett, ihren Blick hoch konzentriert zur Straße gerichtet, »nach außen hin das absolute Traumpaar.«

»Turteltäubchen«, ergänzte Louise.

»Aber sie betrügt ihn, wenn er in der Arbeit ist. Im letzten Jahr bestimmt mit drei oder vier Männern.«

Ich ging etwas näher zum Fenster, weil mich interessierte,

wie die fiese Frau und der wohl dämliche Mann aussahen. Die Straße war gut beleuchtet, und man konnte erkennen, dass sie Einkaufstüten aus dem Auto luden. Auf den ersten Blick sahen sie furchtbar langweilig aus. Er war einen halben Kopf größer und etwa fünf Jahre älter als sie. Die Frau hatte einen blonden Pferdeschwanz und einen grellgrünen Mantel an. Die beiden waren etwa in den Dreißigern. Jetzt nahmen sie die Einkaufstüten und gingen in das Haus gegenüber.

Annett schüttelte den Kopf. »Er ist der Typ tickende Zeitbombe. Immer freundlich, immer nett.«

»So wie du«, warf Louise ihr vor.

»Aber ich bin so, wie ich bin. Und ich bin auch nicht immer so, sondern kann auch sauer werden.« Sie sagte das, als wäre es eine Tugend. »Entschuldige bitte, dass ich nicht alles zum Kotzen finde, so wie du.« Annett machte sich wieder ans Abwaschen. Sie sah nicht verärgert aus, hatte wieder ihr unschlagbares Lächeln im Gesicht.

Louise verdrehte die Augen und ging aus der Küche.

»Ich gehe ins Bett«, sagte ich.

Annett blickte auf. »Es ist noch nicht mal neun Uhr.«

»Ja, aber ich bin total geschafft. Je früher ich diesen grässlichen Tag vergesse, umso besser.«

Das Badezimmer war ein Ort, der mich beruhigte und in den ich am liebsten eingezogen wäre. Früher hatte ich Körperpflege immer nur als etwas Notwendiges betrachtet, das ich eben hinter mich bringen musste. Jetzt ließ ich mir Zeit, genoss es regelrecht. Annett hatte eine Aromalampe auf dem Beistelltisch aufgestellt, mit verschiedenen Ölen.

Ich tröpfelte ein paar Tropfen Lavendel – zur Beruhigung – hinein, goss Wasser auf und zündete das Teelicht an. Nachdem ich gebadet und mich abgeschminkt hatte, hörte ich es klingeln. Ich war gerade am Zähneputzen und dachte, dass eine von meinen Mitbewohnerinnen wohl noch Besuch erwartete. Ziemlich spät für einen Besuch, aber es ging mich ja nichts an.

»Lyn«, brüllte Louise von unten, »kommst du mal nach unten? Besuch für dich.«

Waaas? Niemand, den ich kannte, würde hier um halb zehn aufkreuzen und mich besuchen wollen. Das musste ein Missverständnis sein. Schnell spuckte ich die Zahnpasta aus und spülte aus. Ein Blick in den Spiegel ließ mich zusammenzucken. Trotz der Entspannungsmaßnahmen sah ich grauenhaft aus, und um dem Ganzen die Krone aufzusetzen, hatte ich mich auch schon abgeschminkt. Schnell riss ich mir das Haarband vom Kopf, aber das half nicht viel, um mein Erscheinungsbild angenehmer zu machen. In meinem Pyjama mit Bärchenmotiv – ein Weihnachtsgeschenk meiner Eltern – lief ich nach unten. Meine drei Mitbewohnerinnen standen in der Küche, nahe an der Tür und taten so, als würden sie über etwas Wichtiges reden. Aber ich hatte sie durchschaut. Ihre Position, nahe zur Diele, ließ darauf schließen, dass sie mithören würden. Ich tat einfach so, als hätte ich das nicht bemerkt, lief an ihnen vorbei zur Haustür und wäre beinahe zur Salzsäule erstarrt. Da stand ich, verwundert und sprachlos, mit meinem Bärchenpyjama – und kuckte in das Gesicht des Pizzaboys.

Er lächelte und zeigte seine perfekten Zähne.

Ich glotzte.

Er nickte mir zu und sagte: »Hallo.«

Ich gab einen Laut von mir, der sich eher nach: »Äähööh«, anhörte. Dann meinte ich: »Ich habe keine Pizza bestellt.«

»Ich habe auch keine dabei.« Er lachte und hob zum Beweis die Handflächen nach oben.

Na gut, und weiter? Ich hatte Angst vor dem, was jetzt kommen würde. Vielleicht war er hier, um mich zu fragen, ob wir uns mal auf einen Kaffee verabreden könnten. Und ich stand da, mit dem bescheuerten Pyjama. Noch vor fünf Minuten hatte ich gedacht, dass dieser schreckliche Tag ein Ende gefunden hatte.

»Die Stones, wissen Sie noch?«

»Die Stones?« Wollte er mir mein altes Sweatshirt abkaufen?

Er nickte. »Ich gehe doch übernächstes Wochenende zu dem Konzert. Eigentlich wollte ein Freund von mir mitgehen, aber der hat sich ein Bein gebrochen. Ein anderer Kumpel zieht um, und wieder ein anderer ist übers Wochenende weg. Meine Schwester mag die Stones nicht, und meine Arbeitskollegen … Na ja. Hätten Sie Lust, mit mir auf das Konzert zu gehen?«

Ich umklammerte den Türgriff so fest, dass es schmerzte. O mein Gott. Wie sollte ich darauf am besten reagieren? Gerade noch rechtzeitig fiel es mir ein: »Da ist aber mein Geburtstag.«

»Na, das ist doch großartig«, rief er übereifrig.

»Ja, ich … Also … Warum eigentlich nicht? Ich hab sie noch nie live gesehen, und ich – kenne sie, seit ich zehn bin.« Im nächsten Moment überlegte ich auch schon, ob es für ihn nicht armselig klang, dass ich an meinem Geburtstagsabend überhaupt nichts vorhatte. Mich würde so jemand stutzig machen. Ich würde denken: entweder Exzentriker oder Axtmörder.

Der Pizzalieferant nicht. Er schien sich zu freuen. »Schön. Ich würde Sie ja gerne mit dem Auto abholen, aber ich glaube, das ist keine gute Idee – man findet so schlecht Parkplätze. Wenn Sie einverstanden sind, treffen wir uns vor der Olympiahalle, östlicher Eingang. Zurück können wir dann mit dem Taxi fahren. Ich wohne auch hier in Pasing.«

»Gut, okay.«

»Sagen wir, um sieben?«

»Ähä.« Ich nahm all meine Kraft zusammen, lächelte und versuchte, locker zu wirken.

»Wie alt werden Sie denn?«

Scheißfrage. Bis jetzt hatte ich Frauen, die mit ihrem Alter nicht lässig umgingen, nicht ausstehen können. Aber es schien einen Unterschied zu machen, ob man knapp vierzig war und sich gerade getrennt hatte; oder ob man diese Meinung mit dreißig vertrat und längst unter der Haube mit dem vermeintlichen Traummann war. Jetzt stand mir dieser jüngere Kerl gegenüber, und ich war vor allen Dingen: knapp vierzig und ungeschminkt. Trotzdem würde ich nicht wegen meines Alters lügen, das war einfach erbärmlich.

»Ich werde vierzig.«

Er nickte freundlich, sagte aber nichts. Hätte er nicht vor Überraschung die Augen aufreißen können, vor lauter Verwunderung einen Schritt nach hinten gehen und mich verdattert betrachten können? Das wäre sehr nett gewesen, und zu guter Letzt hätte er ausrufen können: »Wahnsinn! Ich hätte Sie keinen Tag älter als vierunddreißig geschätzt.« Aber er nickte nur freundlich.

Zum Abschied hob er die Hand und sagte: »Bis dann.«

In Zeitlupentempo schloss ich die Tür und atmete hörbar aus. Annett, Louise und Olivia traten innerhalb von einer Sekunde aus der Küchentür.

»Sieh mal an«, kicherte Annett. »Gute Güte, du hast also ein Date.«

»Was? Keine Spur!«

»Na, sonst wäre er kaum hier aufgekreuzt mit einem Haufen fauler Ausreden. Ich bitte dich! Alle, die er kennt, haben entweder einen Beinbruch oder sind nicht in der Stadt. Pah!« Dann hielt sie sich den Bauch vor Lachen.

»Schade«, sagte Louise. Olivia sah sie an und nickte bestätigend.

»Was ist schade?«, wollte ich wissen.

»Ach, wir wollten dich schick zum Essen ausführen, an deinem Geburtstag.«

Das rührte mich. »Wirklich? Ihr seid süß.«

»Nicht wir, dein neuer Freund ist süß.« Olivia grinste.

»Also, von neuem Freund kann hier nicht die Rede sein. Es geht um das Konzert.«

Annett nickte. »Klar, sozusagen um einen guten Zweck.«

»Ich gehe ins Bett. Gute Nacht.« Mit gesenktem Kopf lief ich an ihnen vorbei.

Louise musste noch etwas loswerden und rief mir hinterher: »Kannst du mir bei Gelegenheit mal diesen saugeilen Pyjama leihen?«

Nach diesem ereignisreichen und verrückten Tag bestand keine Chance, einzuschlafen. Ich wälzte mich hin und her, schloss die Augen und stellte mir eine schöne Blumenwiese vor. Als Kind hatte ich das manchmal gemacht, und früher hatte das immer geklappt. Diesmal half es nichts. Immer wieder sprangen meine Gedanken hin und her, und am Ende landete ich immer wieder beim Pizzaboy. Dabei ertappte ich mich jedes Mal zufrieden grinsend. Peinlich war es schon gewesen, mit dem Kindergarten-Pyjama und dem übermüdeten Gesicht. Trotzdem war es nach vielen Jahren wieder ganz neu für mich, mich mit dieser Flirtsache auseinanderzusetzen. Konnte man so etwas verlernen? War es eher so etwas wie Schönschreiben oder eher wie Fahrradfahren?

Hoffentlich hatte er keinen Knall. Es gab immerhin Leute, die nett wirkten, aber erst nach einem längeren Gespräch merkte man, dass man da einen Übergeschnappten vor sich hatte. Tante Kathi hatte sich mit einer supernetten Frau aus dem Strickkurs angefreundet. Nach einem Besuch bei ihr mied sie den Kurs wie der Teufel das Weihwasser. Die supernette Frau hatte siebzehn Katzen in der Wohnung und eine Art Altar, mit dunkelrotem Samt überzogen. Als Tante Kathi bei ihr war, wollte sie zusammen mit ihr vor dem Altar beten. Die Arme hatte fluchtartig die Wohnung verlassen.

Ich überlegte, ob der Pizzaboy vielleicht auch gestört war. Was kam da infrage? Er konnte auf reifere Frauen stehen, weil er einen Mutterkomplex hatte. Das hieß, ich würde ihm die Socken rauslegen und ihn daran erinnern müssen, er solle seine Mütze aufsetzen. Er konnte aber auch verzweifelt auf der Suche nach einer Frau sein, weil er ein Siebzehn-Katzen-Typ war und alle immer wegliefen. Das war mein letzter Gedanke, bevor ich nach stundenlangem Grübeln endlich einschlief.

14

Markus lag in seiner rosa Damastbettwäsche, auf vielen Rüschenkissen, neben ihm Süßigkeiten und eine ausgetrunkene Kaffeetasse (Mutters bestes Porzellan, das sie nur zu besonderen Gelegenheiten aus der Vitrine holte).

»Hallo, Diva«, begrüßte ich ihn.

»Ich kann nichts dafür.« Er breitete die Arme aus und zeigte auf das Bett. »Sie will es so.«

»Ich weiß.«

Wir saßen in meinem ehemaligen Kinderzimmer. »Der Arzt sagt, ich soll langsam anfangen aufzustehen und mit den Krücken laufen. Jeden Tag ein bisschen mehr.«

»Und wie fühlst du dich?«

»Eigentlich ganz gut.«

Unsere Mutter kam herein und brachte mir einen Kaffee. »Hast du gefrühstückt?«, fragte sie mich.

»Ja.«

»Du hast ein bisschen abgenommen, gell?«

»Danke.«

Sie blickte verständnislos auf mich herab, die Hände in die Hüften gestützt. »Das war nicht als Kompliment gemeint.«

»Hätte mich auch irgendwie gewundert.«

Meine Mutter ließ ihren Blick über meinen Körper wandern. »Du bist dünn geworden. Na ja, verständlich. Die

Sache mit der Chinesin und das alles.« Sie seufzte theatralisch, dann ging sie, um das Mittagessen zu machen.

»Wie geht es dir in dieser Frauen-WG?«

»Warum grinst du so komisch, wenn du das sagst?«, fragte ich.

Markus tat überrascht. »Was? Das tue ich doch gar nicht. Nun sag schon. Ist es lustig? Lästert ihr über die verdammten Scheißkerle? Backt ihr Kuchen? Häkelt ihr Tischläufer?«

Ich blinzelte und antwortete scherzhaft. »Woher weißt du das alles, du Schelm?«

»Ein Vögelchen hat's mir gezwitschert«, antwortete er und tat feminin.

Wir lachten. Ich erzählte Markus von dem Pizzaboy. Als ich mit der Geschichte fertig war, merkte ich, dass er sich das Lachen verkniff. »Was ist? Warum grinst du denn jetzt schon wieder?«

»Es ist nicht wegen der Geschichte.«

»Sondern?«

Er verzog den Mund. »Ich stelle mir gerade das Gesicht unserer Mutter vor, wenn du einen Freund hättest, der viel jünger ist als du und Pizzafahrer. Weißt du was? Im Grunde kannst du ihr gleich mit einer Schaufel das Kreuz brechen.«

Ich winkte ab. »Ist mir doch egal, was sie denkt.«

»Du machst ihr Schande.« Er zwinkerte mir zu.

Ich versetzte ihm einen leichten Hieb auf den linken Arm. Es war zumindest der Arm, der nicht gebrochen war. In diesem Moment kam unsere Mutter zurück. »Was tust du denn da, Evelyn?«, rief sie entrüstet. »Der Bub hat alle Knochen gebrochen – und du haust ihn?«

»Geschieht ihm ganz recht«, murmelte ich.

Markus lachte.

Sie stand kopfschüttelnd da und blickte auf uns herunter. »Manchmal verstehe ich euch nicht.«

Gedankenverloren ging ich von der U-Bahn in Richtung Buchhandlung. Die Menschen um mich herum nahm ich gar nicht richtig wahr. Ich dachte an Markus und Mutter, an den Pizzalieferanten und die Rolling Stones – und da passierte es. Als ich so vor mich hin grübelte, sah ich Christoph. Er kam geradewegs auf mich zu. Noch hatte er mich nicht entdeckt. Meine Gedanken überschlugen sich. Sollte ich die Straßenseite wechseln? Aber die nächste Ampel war zu weit entfernt und die Straße zu verkehrsreich. Es war sowieso nur eine Frage der Zeit gewesen, bis wir uns über den Weg liefen oder er an der Buchhandlung vorbeikam. Seine Wohnung, in der auch ich mein halbes Leben verbracht hatte, war um die Ecke. Warum sollte ich überhaupt vor ihm davonlaufen? Ich hatte doch nichts getan.

Er kam immer näher auf mich zu. Komischerweise hatte er seinen Aktenkoffer dabei, für die Schule. Dabei ging er eigentlich erst nachmittags von zu Hause los. Nun sah er mich! Er zuckte zusammen, als er mich entdeckte, und das bildete ich mir nicht ein. Er verlangsamte seinen Schritt, und auch das bildete ich mir nicht ein. Der Ausdruck in seinem Gesicht ließ darauf schließen, dass er unangenehm überrascht war. Mir blieb das nicht verborgen, weil ich ihn zu gut kannte. Er hätte sich am liebsten in Luft aufgelöst. Als er nur noch ein paar Meter von mir entfernt war, zwang er sich zu einem Lächeln. »Hallo, Lyn.« Er blieb vor mir stehen und schwenkte verlegen seinen Aktenkoffer, was ihm gar nicht bewusst zu sein schien.

»Hallo. Na, wie geht's?« Ich versuchte, unbeschwert zu klingen, und wusste nicht einmal, warum ich das tat.

»Ganz gut. Und dir?«

Ich nickte bloß.

»Tja, auf dem Weg in die Arbeit, wie?«

»Hmhm. Und du? Bist aber früh dran heute. Ach, du triffst dich wahrscheinlich vorher noch mit deiner Freundin.« Hätte ich das nur nicht gesagt. Es klang so armselig, eifersüchtig und verbittert. Und ich entblößte meine Unbeschwertheit als Farce.

Christoph sah mir ins Gesicht, dann nickte er.

Ich dachte: Schön für dich, du blöder Mistkerl. Wenigstens genießt einer von uns sein Leben. Aber ich nickte lächelnd, weil ich mir noch das letzte Stückchen Würde bewahren wollte, das übrig war.

»Na, dann«, sagte er und machte einen Schritt, um endlich dieser grässlichen Situation zu entfliehen.

»Wir sollten mal telefonieren oder uns treffen.« Damit er das nicht falsch verstand, fügte ich schnell hinzu: »Wir sollten darüber reden, ob wir uns scheiden lassen wollen oder …«

Weiter kam ich nicht. Es war, als hätte ihm gerade jemand eine Aufwachspritze in den Hintern gestochen. »Scheidung? Wozu denn? Wir müssen uns doch nicht gleich scheiden lassen. Ich meine … Na ja, es ist doch so viel Bürokratie, und man weiß nicht, was das Leben so bringt. Vielleicht … Ach, nichts.«

Christoph wirkte beinahe etwas geknickt. Vielleicht hatte er Streit mit seiner Freundin, aber darüber konnte ich mir keine Gedanken machen. »Es geht auch um meine Steuer, Christoph. Ich bin da finanziell einfach schlechter dran.«

»Nein, nein.« Er schüttelte den Kopf. »Wir machen einen Termin mit Heiko, der soll uns das gründlich erklären. Ich habe einfach keine Lust auf das ganze Prozedere.« Heiko war unser langjähriger Steuerberater. Auf ihn war Verlass, und sogar ich, als Zahlenphobikerin, kapierte alles, was er sagte. Aber dass Christoph die Scheidung ablehnte, weil er keine Lust auf das Prozedere hatte, machte mich sauer.

»Du bist ja überhaupt nicht egoistisch, Christoph. Ich meine, du machst diese ganze Scheiße und lässt mich hängen, dann sagst du, dass du schlicht keine Lust auf Scheidung hast. Interessiert es dich überhaupt, wie ich dazu stehe?« Eine ältere Frau ging an uns vorbei und musterte uns. Ich war mittlerweile etwas lauter geworden, und sie hatte jedes Wort verstehen können. »Was, wenn ich noch mal heiraten möchte? Könnte doch sein, oder?«

Christoph verdrehte die Augen und sah weg.

»Ja, verdreh du nur deine Augen. Tut mir ja leid, wenn ich dich damit belästige, aber so funktioniert das nicht. Du kannst nicht mein Leben auf den Kopf stellen und dann bestimmen, wie es weitergeht.« Ich war so wütend, dass ich total scharf auf Scheidung war. Hätte mir jetzt jemand die Papiere unter die Nase gehalten, ich hätte sie ohne Wenn und Aber unterschrieben. Nur um ihm eins auszuwischen und um genau das Gegenteil dessen zu tun, was er wollte.

»Ich ruf dich an«, murmelte er und ging schnellen Schrittes davon. Ich sah ihm nach. Am liebsten wäre ich ihm hinterhergelaufen und hätte ihm einen Tritt verpasst, dass er die Treppe zur U-Bahn hinunterfiel.

Den restlichen Weg zur Buchhandlung wurde mir klar, dass in mir, was Christoph betraf, nichts mehr war, nur blanke Wut und Aggression. Wie hatte es nur so weit kommen können?

Kaum hatte ich mir den Mantel ausgezogen und war in den Verkaufsraum getreten, ging die Tür auf, und eine Frau mit Pelzmantel kam herein. Sie war mir von der ersten Sekunde an unsympathisch, und das lag nicht nur am Pelzmantel. Es war ihre überhebliche Art, und wenn mir etwas zutiefst verhasst war, dann war es Überheblichkeit und Arroganz, über alles andere konnte ich irgendwie hinwegsehen. Meine Laune war nicht die beste, das Zusammentreffen mit Christoph war gerade einmal zehn Minuten her. Ich spürte immer noch die Wut in mir. Normalerweise behandelte ich alle Kunden freundlich, egal wie unsympathisch sie mir waren. Aber in diesem Augenblick war ich zu zornig, um über den Dingen zu stehen. »Ich suche ein Buch«, sagte die Frau und sah mich aus ihrem stark geschminkten Gesicht an. Diesen Satz nahm ich nicht übel; es passierte oft, dass die Kunden das als eine Art Einleitung betrachteten. »Auf dem Umschlag sind Füße.« O Gott, wenn ich das schon hörte. Der Umschlag ist schwarz mit 'nem Frauenkopf drauf oder der Umschlag ist weiß, und die Buchstaben sind grün … Ich war einfach nicht in der Stimmung für solche Spielchen. »Den Namen des Autors wissen Sie nicht?« Ich klang etwas schroff, konnte aber nicht anders.

»Nein, aber es ist eine Frau.«

»Wissen Sie ungefähr den Titel?«

»Nein, aber er ist kurz.«

»Ist es denn ein zeitgenössischer Roman oder ein Sachbuch? So ungefähr vielleicht?« Ich musste mich sehr genervt anhören, weil Frau Wenzel mir einen überraschten Seitenblick zuwarf.

»Ein Roman.« Nun hörte sich die Kundin auch etwas schnippisch an.

Ich zuckte die Schultern und schüttelte den Kopf, um meine Hilflosigkeit zu demonstrieren.

»Ach«, rief Frau Wenzel, »das wird *Mondscheintarif* sein, von Ildiko von Kürthy.«

Die Kundin schüttelte den Kopf. »So heißt sie nicht, nein. Sie hat einen normalen Namen, und es sind Füße mit roten Ballerinas drauf.«

Frau Wenzel überlegte. »Eine Autorin mit einem normalen Namen, und auf dem Cover sind Füße. Da fällt mir, ehrlich gesagt, nichts ein. Vielleicht könnten Sie einfach noch mal in Erfahrung bringen, wie die Autorin heißt oder ungefähr den Titel.«

»Aber so viele Romane mit Füßen drauf wird es doch nicht geben.«

Meine Chefin nickte nachsichtig. »Das stimmt, nur fällt mir jetzt so spontan kein weiterer ein, außer *Mondscheintarif.*«

»Das ist aber nicht das Buch, was ich meine. Und ich kaufe doch nicht das Buch, nur weil Füße drauf sind.«

»Ist aber ein witziges Buch, sehr amüsant und kurzweilig. Vorausgesetzt, man mag witzige Frauenromane.«

Die Kunden verlagerte ihr Gewicht aufs andere Bein, blinzelte irritiert und gab uns das Gefühl, völlig nutzlos zu sein. »Romane, die witzig sind, mag ich eigentlich gar nicht.«

Warum überrascht mich das bei dir nicht, dachte ich.

Die Kundin ging grußlos. Frau Wenzel betrachtete mich eine Weile, dann fragte sie: »Schlechte Laune heute?«

»Tut mir leid. Soll nicht wieder vorkommen. Christoph ist mir vorhin über den Weg gelaufen, und es war ein kurzes und grässliches Gespräch.«

»Verstehe. Irgendwann wirst du ihm vergeben müssen. Das wäre gut für dich.«

»Bin mir nicht sicher.«

»Jetzt weiß ich, welches Buch sie wollte.«

»Was?«

»Charlotte Link. *Der Verehrer.*«

»Ach so.«

Auf dem Heimweg dachte ich an meinen Geburtstag. Ich schloss, dass es eine ziemlich blöde Idee gewesen war, dem Pizzalieferanten zuzusagen. Was hatte ich mir nur dabei gedacht? Hinzu kam, dass ich vergessen hatte, vor welchem Eingang wir uns treffen wollten.

Als ich zu Hause war, rief ich bei Best and fast Pizza an.

»Best and fast Pizza, guten Abend.«

»Hallo. Ich … Ich hätte gerne Ihren Pizzalieferanten gesprochen. Könnten Sie mir vielleicht seine Handynummer geben?«

Schweigen am anderen Ende.

»Ich weiß, wie bescheuert sich das anhört, aber ich kenne ihn. Vielleicht könnten Sie mir seine Nummer geben.«

»Mir ham drei Lieferanten. Welchen meinen' S denn?«

»Ich, also … Ich weiß nicht, wie er heißt.«

»Sie haben doch g'rad g'sagt, dass Sie ihn kennen.«

»Ja, schon, aber …«

»Außerdem kann ich Ihnen nicht einfach die Nummer weitergeben, verstehn'S?«

Ich wünschte, ich hätte nicht angerufen. Der Mann hatte ja recht; Telefonnummern an Fremde weiterzugeben, gehörte sich nun mal nicht.

Einfach auflegen war jetzt allerdings auch blöd. Der Pizzaboy würde es irgendwann erfahren, und dann würde ich noch dämlicher dastehen.

»Um was geht's denn überhaupt?«, fragte er, so wie man ein kleines Kind fragt, warum es weint. Aber ich konnte ihm kaum die Geschichte mit der Einladung zum Konzert erzählen.

»Das will ich lieber nicht sagen. Aber danke für Ihr …«

»Wollen Sie sich beschweren?«

»Nein«, rief ich, »ganz und gar nicht! Wir haben uns nur kurz über etwas unterhalten, und da wollte ich ihm eine gewisse Info zukommen lassen. Aber, wie gesagt, vielen Dank und …«

»Wo wohnen'S denn, welche Straß?« Ausreden lassen und ein Gespräch beenden gehörte nicht zu den Stärken dieses Mannes. Sollte ich vielleicht doch einfach auflegen? »Weil, dann kann ich nämlich nachschau'n, welcher Fahrer des is.«

Ich nannte ihm meine Adresse. »Ich gebe zu, dass mein Anliegen etwas ausgefallen ist.« Ich lachte kurz auf und setzte hinzu: »Sie können mir glauben, dass ich so etwas noch nicht gemacht habe und es mich Überwindung gekostet hat, Sie anzurufen.«

»Ja, Sie hören sich an wia a nette Frau.« Pause. »So, jetzt passen'S auf, des is der Sascha. Ich geb Ihnen jetzt ausnahmsweise mal d' Nummer.« Er gab mir endlich die Nummer, und ich bedankte mich artig.

Ich saß im Esszimmer, die Mädels waren im Wohnzimmer. Es blieb mir nicht verborgen, dass der Fernseher leiser gestellt worden war, damit sie lauschen konnten. Ich wählte die Handynummer von Sascha. Als er sich meldete, klang er etwas abgehetzt. »Hallo, hier ist Evelyn Fritsch. Ich wollte nur sagen, dass ich …«

»Wer?«

»Äh, ich bin die, die Sie eingeladen haben.«

»Was? Wer …?«

»Zum Konzert. Rolling Stones. Zwei Mal in zwei Tagen umgezogen.«

»Ah, okay. Aber woher haben Sie meine Nummer?«

»Das ist eine lange Geschichte. Jedenfalls muss ich für übernächsten Samstag leider absagen. Ich wollte Ihnen zeitig Bescheid geben, vielleicht kommt ja doch noch ein Freund mit oder so.«

»Sie sagen ab? Warum?«

»Nun ja, irgendwie ist das keine so gute Idee, finde ich.«

»Wirklich?«

»Ja.«

»Weil ich ein bisschen jünger bin als Sie?«

Ich wusste wirklich nicht, was ich darauf hätte sagen können. Das war nun wirklich nicht der Grund.

»Wissen Sie, ich habe am Samstag Geburtstag und möchte doch lieber mit Menschen feiern, die ich kenne.«

»Klar, das verstehe ich.«

»Und ich mache gerade eine schwierige Zeit durch.«

»Haben Sie sich von jemandem getrennt?« Wow, der nannte die Dinge aber beim Namen. Alle Achtung.

»Ja, genau.«

»Da kann Ihnen Ablenkung doch nur guttun. Aber ich will Sie nicht überreden. Wenn Sie keine Lust haben, ist das okay.«

Als er das so sagte, hörte es sich so endgültig an, und das wollte ich auch wieder nicht. Entwickelte ich gerade so etwas wie eine Entscheidungsneurose? Ich wollte nicht, dass es dabei blieb und er auflegte, verdammt.

»Wenn Sie Lust haben, dann können wir uns vielleicht ein andermal treffen.«

»Wie wär's mit morgen?« Morgen schon? Der Kerl hatte keine Zeit zu verlieren. Hatte ihm der Arzt nur noch ein Jahre gegeben? Oder musste er seine Freizeit sorgfältig planen, weil er bis zur Erschöpfung arbeitete?

»Ja, gut, morgen.«

»Wie wäre es mit Essen? Aber bitte nicht Pizza.« Er lachte.

Ich lachte auch kurz auf.

»Auf der anderen Seite von Pasing ist ein toller Inder. Falls Sie Indisch mögen.«

»Ich liebe Indisch.«

»Bis morgen dann. Ich hole Sie um acht Uhr ab.«

Ich wollte gerade den Mund aufmachen, um meine Zustimmung zu geben, da hörte ich, dass die Verbindung unterbrochen wurde. Er hatte einfach aufgelegt. Ich starrte den Hörer an, dann presste ich ihn wieder ans Ohr, weil ich glaubte, mich vielleicht doch verhört zu haben. Aber die Leitung blieb tot. Keine Widerrede, kein Gruß, einfach zack bumm.

Ich ging ins Wohnzimmer, um noch einen Wein mit den Mädels zu trinken.

»Warum hast du abgesagt?«, fragte Louise.

»Ach, keine Ahnung. Erstens habe ich vergessen, vor welchem Eingang er gesagt hat. Zweitens, na ja, ist es vielleicht noch etwas zu früh für eine Verabredung. Aber das ist jetzt gehüpft wie gesprungen, denn irgendwie hat es sich während des Gesprächs ergeben, dass wir uns morgen sehen.«

»Zu früh?« Louise sah mich abschätzig an. »Du spinnst doch komplett. Dein Mann hat noch mitten in der Beziehung gesteckt und fand es nicht zu früh. Und du liebes, nettes Weibchen findest es zu früh, nach der Trennung rumzumachen. Mit wie vielen Männern hast du bis jetzt geschlafen? Ich meine, im ganzen Leben.«

»Bitte, was?« Hätte ich nicht gesessen, wäre ich wahrscheinlich vor Schreck der Länge nach vornübergekippt.

»Also?«

»Du erwartest doch nicht allen Ernstes eine Antwort darauf?«

»So viele?«

»Was? Nein!«

»Also einer.«

»Nein!«

»Zwei, drei?«

»Louise, ich möchte wirklich nicht mit dir darüber sprechen.«

»Aber uns kannst du es doch sagen«, fing jetzt auch Olivia an. Annett nickte bestätigend. »Bleibt doch unter uns.«

»Das ist meine Privatangelegenheit!«, rief ich entrüstet.

Louise winkte ab. »Privatangelegenheit, was für ein blödes Scheißwort. Du musst es ja nicht sagen, wenn du nicht willst.«

»Danke.«

»Aber interessieren würde es mich schon.«

»Na gut, in Gottes Namen, damit ihr mich in Ruhe lasst: mit drei.«

»Das ist für vierzig Jahre aber herzlich wenig«, bemerkte Louise.

»Wieso, wie viele waren es denn bei dir?«, fragte ich zurück.

»Vielleicht zwölf oder dreizehn.«

»Ich finde, Sex wird in unserer Gesellschaft total überbewertet«, meldete Olivia sich zu Wort. »Liebe ist doch viel wichtiger als dieser blöde Sex.« Wir starrten sie an, keine sagte etwas. Ich wusste nicht, wie ich das, was sie gesagt hatte, deuten sollte. Den beiden anderen ging es wahrscheinlich ähnlich. »Ich habe jedenfalls noch nie mit einem Mann geschlafen.«

Plötzlich herrschte im Wohnzimmer eine Stille, wie ich es noch nie erlebt hatte. Annett war gerade dabei gewesen, sich einen Erdnussflip in den Mund zu schieben, hielt aber in der Bewegung inne. Wir alle sahen Olivia an, als hätte sie uns gerade offenbart, sie wäre die Geliebte des Dalai-Lama.

»Ist nicht dein Ernst«, raunte Louise.

»Doch, es ist wahr.«

»Du wartest auf die Hochzeitsnacht?«, wollte Annett wissen und schob sich den Erdnussflip in den Mund.

»Ich warte auf gar nichts.«

Keine von uns wollte noch etwas dazu sagen.

»So, Annett«, forderte Louise sie auf. »Du glaubst doch nicht, dass du als Einzige verschont bleibst, oder?«

Annett kicherte. »Gute Güte, ich habe noch nie nachgezählt.«

»Okay«, meinte Louise souverän, »wie viele Männer pro Jahr?«

»Pro Jahr? Na ja, nicht viele. Zwei oder drei vielleicht.«

»Wann hast du angefangen?«

»Angefangen? Als ob ich drogensüchtig wäre«, kicherte sie. »Mit sechzehn.«

»Siebenundzwanzig mal drei macht einundachtzig. Du hast mit über achtzig Kerlen geschlafen?«

»Was? Das kann nicht sein.«

»Rechne nach, Baby.«

»Ich sagte zwei oder drei. Es waren also auch manchmal zwei. Und mit manchen war ich auch länger mal zusammen.«

»Na gut, runden wir's ab auf siebzig.«

Annett nahm einen sehr großen Schluck Wein.

15

Ausnahmsweise musste ich an diesem Samstag arbeiten, weil Frau Wenzel zu einer Hochzeit eingeladen war. Samstags hatte die Buchhandlung eigentlich nur bis dreizehn Uhr geöffnet, aber wegen eines großen Münchner Events wollte Frau Wenzel den Laden länger öffnen. Es kamen einige Leute am Geschäft vorbei, und hin und wieder verschlug es einen hinein.

Ich war nicht ganz bei der Sache. Nicht genug damit, dass ich mich zweimal an der Kasse vertippte, ich verwechselte kurzerhand Stephen King mit John Grisham. Als ich der Kundin sagte, dass die besten Bücher von John Grisham *Sie* und *Es* seien, sah sie mich verwirrt an und meinte: »Die kenne ich gar nicht. Bis jetzt habe ich nur die Anwaltskrimis von ihm gelesen.«

Das war mir mehr als peinlich. Wahrscheinlich wurde ich knallrot. Die Kundin mir gegenüber dachte bestimmt, dass ich eine unterbezahlte Kulturbanausin war, die man hier reingestellt hatte, um eine zeitliche Lücke zu füllen. Grisham und King zu verwechseln war für einen Buchhändler in etwa so, wie als Metzger Blutwurst und Wiener Würstchen durcheinanderzubringen. Für wie kompetent würde man den Metzger halten? Ich stammelte eine Entschuldigung, und sie lächelte unsicher.

Danach widmete ich mich den Reiseführern und sortierte die Bücher, die die Kunden einfach wieder zurückstellten und dabei nicht merkten, dass die Provence nicht in die Sparte Kalifornien passte. Meine Hände zitterten, gleichzeitig hatte ich ständig dieses dämliche Grinsen im Gesicht, das ich nicht abstellen konnte.

Kurz und gut: Ich war wegen der Verabredung mit dem Pizzaboy am Rande eines Nervenzusammenbruchs. Aber wie hieß er bloß? Mir fiel der Name nicht mehr ein, den mir sein Kollege am Telefon genannt hatte. Sören? Nein. Sebastian? Auch nicht. Der Name war viel kürzer. Aber irgendetwas mit S war es doch? Siegfried? Nein, er war moderner.

»Hallo?«, unterbrach ein Kunde meine Gedanken.

»Äh, ja?« Ich schreckte aus meinen Überlegungen auf und sah den etwa dreißigjährigen Anzugträger an. »Bitte sehr.«

»Es gibt doch so viele Dummie-Bücher.«

Sollte das eine Frage sein? »Welches suchen Sie denn?«

»Ich wollte fragen, ob es auch Flirten für Dummies gibt.«

»Nein.« Ich konnte nicht anders, ich musste einfach grinsen. Wahrscheinlich lag es an den Glücksgefühlen, die der Pizzaboy in mir hervorrief. Jünger als ich, gut aussehend – und in ein paar Stunden meine Verabredung. Um kurzfristig mein Selbstbewusstsein zu pushen, war es eine ideale Episode. Vielleicht würde ich mich tatsächlich zu einer kleinen Affäre hinreißen lassen …

»Woher wissen Sie das so genau? Kennen Sie die ganze Reihe auswendig?« Er sagte es nicht unfreundlich, aber es blieb mir nicht verborgen, dass er den Laden nicht ohne Flirt-Hilfsmittel verlassen wollte.

»Weil es schon mal verlangt wurde und ich im Computer nachgesehen habe.«

Er nickte enttäuscht. »Ich bin ganz neu in München.«

Ich hatte keine Ahnung, welche Reaktion er darauf erwartete, deshalb sagte ich einfach: »Ah ja.« Wir standen uns nickend wie zwei Trottel gegenüber.

»Können Sie mir ein Buch empfehlen, das einem hilft, Kontakte zu knüpfen?«

»Also, ich weiß nicht recht. Lassen Sie uns mal nachsehen.« Ich ging zum Computer, gab ein paar Stichworte ein, dann bestellte er vier von diesen Anmach-Flirt-Büchern. Die Tür ging auf, der Kunde von neulich kam mit seinem unerschütterlichen Selbstbewusstsein auf mich zu und sagte laut und deutlich: »Ich hole mein bestelltes Buch ab. *Der perfekte Liebhaber. Sextechniken, die sie verrückt machen.*«

Ich holte das Buch über der Kasse hervor und kassierte. Als er wieder draußen war, meinte Mister Neu-in-München: »Bestellen Sie mir das auch gleich mit, ja?«

Die S-Bahn hatte mal wieder Verspätung. Nervös rutschte ich auf meinem Platz hin und her und sah alle zwei Minuten auf die Uhr. In einer Stunde sollte mich der Pizzaboy abholen. Wie sollte ich es in so kurzer Zeit bloß schaffen, mich neu zu schminken, umzuziehen, Haare zu waschen, sie zu föhnen … Ich schwankte ständig zwischen großer Vorfreude und tiefer Reue, wenn ich an das Date dachte. Gedanken wie: »Was machst du da eigentlich?«, fingen mich für ein paar Sekunden ein, dann ließen sie mich wieder los, und ich war total nervös, in positiver Hinsicht. Nach einer Weile kam die Traurigkeit zurück und berührte mich mit kalter Hand am Herzen. Ich dachte etwa tausend Mal am Tag an Christoph, verdrängte aber die Gedanken an ihn. Es ging nicht mehr um die Person Christoph, dafür war ich menschlich von ihm zu enttäuscht. Aber jedes Mal, wenn ich an unsere Trennung dachte, fühlte ich den Schmerz von Neuem. Ich hatte immer mehr das Gefühl, dass es um mein Selbstwertgefühl ging und die angeknackste Würde. Ich versuchte, nach vorn zu blicken und mich nicht länger als verlassene Ehefrau zu fühlen. Aber in der Theorie war es oftmals unkomplizierter, als solche Dinge in die Praxis umzusetzen. Es wäre alles einfacher gewesen, wenn er unsere Ehe wegen »gegenseitiger Differenzen« aufgelöst hätte oder »weil wir uns auseinandergelebt haben«. Diese Plattitüden wären mir allemal lieber gewesen, als wegen einer jüngeren Frau verlassen zu werden. Nun verstand ich, wie der Mann von Effie Briest sich gefühlt haben musste. Die Geschichte basierte schließlich auf einer wahren Begebenheit. Nur konnte ich Thuy Me nicht zum Duell fordern. Schade eigentlich. Wahrscheinlich wurden jeden Tag Tausende Menschen von ihrem Partner verlassen, aber warum musste ich eine von ihnen sein? Warum konnte ich nicht einfach mit Christoph alt werden und meine Ruhe haben? Jammern half nichts, also riss ich mich wieder zusammen. Ich musste das Beste aus meiner jetzigen Situation machen. Und heute stand die Verabredung mit einem gut aussehenden Jüngling an.

Kaum hatte ich, zu Hause angekommen, die Tür aufgesperrt, warf ich meine Tasche in die Ecke, rief laut Hallo und rannte nach oben ins Bad. Das neue Lavendel-Duschgel entpuppte sich als Stinkbombe, die mich an die Mottenkissen meiner Oma erinnerte. Also sprühte ich mich großzügig mit Jil Sander No. 4 ein, um den Omageruch loszuwerden. Ich schminkte mich etwas stärker als sonst, damit ich nicht müde aussah, steckte mir die Haare hoch und schlüpfte in mein schwarzes Kleid. Zu guter Letzt zog ich meine schwarzen Pumps an und ging nach unten, um auf S. zu warten. Es war fünf Minuten vor acht. Die Mädels saßen um den Esstisch und sahen mich an.

»Was ist?«, fragte ich zutiefst verunsichert. Ich hatte mich schon lange nicht mehr so herausgeputzt. Außerdem waren ihre Blicke weniger anerkennend als skeptisch.

Louise runzelte die Stirn. »Du bist ziemlich verzweifelt, was?«

Ich starrte sie an.

»Louise«, flüsterte Olivia mahnend in ihre Richtung.

»Wieso … Ich …«, stammelte ich vor mich hin.

Louise zuckte lässig die Schultern. »Häng dir doch gleich ein Schild um, auf dem steht: Nimm mich!«

»Ach, Quatsch«, winkte Annett ab, »ich finde, du siehst einfach …« Sie hielt plötzlich inne, betrachtete mich eingehender und meinte: »Na ja, das Kleid ist wirklich etwas jugendlich; und der Lippenstift verdammt grell.«

»Und sie riecht wie eine französische Nutte«, ergänzte Louise.

Das genügte. Ich rannte nach oben, zog das Kleid über den Kopf, schlüpfte in meine Jeans, den schwarzen Pullover und lief ins Bad, um mir den Lippenstift wegzuwischen. Die Frisur wollte nun nicht mehr richtig dazu passen, also zog ich die Spange heraus, und das Haar fiel mir wieder locker auf die Schultern. Ein Blick in den Spiegel brachte mich zu dem Schluss, dass ich jetzt wieder aussah wie vorhin, als ich nach Hause gekommen war.

Es klingelte. Ich wollte am liebsten schreien! Hätte ich doch nur ein bisschen mehr Zeit gehabt, dann wäre das Resultat etwas besser …

»Lyn«, schrie Louise von unten, »der Pizzajunge ist da!«

Ich war froh, dass ich ihm nicht in dem schwarzen Kleid und Pumps gegenüberstand. S. hatte Jeans und eine schwarze Lederjacke angezogen. An den Füßen trug er schwarze Stiefel, die vorn sogar ein bisschen schmutzig waren. Vor Dankbarkeit wäre ich Louise jetzt am liebsten in die Arme gefallen. Wäre sie nicht gewesen, hätte ich mich mit meinem Outfit komplett zum Trottel gemacht.

S. lächelte mich mit seinen tollen weißen Zähnen und den hübschen Lippen an. »Hallo«, meinte er, »können wir?«

»Klar.«

Mir wurde abwechselnd heiß und kalt, als ich sah, dass er mit seinem Firmenauto vorgefahren war. Bevor ich einstieg, sah ich die Mädels am Küchenfenster stehen, die sich die Nasen platt drückten.

Die Fahrt dauerte nicht lange, aber diese neue Situation (in der ich seit Jahren nicht mehr gewesen war) fühlte sich komisch an. Wir sahen uns zweimal an und lächelten vor lauter Unsicherheit wie zwei Bekloppte. Ich musste endlich herausfinden, wie er mit Vornamen hieß. Wieso hatte er sich nicht einfach vorgestellt? Oder hatte er? Ich wusste es nicht mehr.

Schließlich fasste ich mir ein Herz: »Ich habe ein Problem«, sagte ich einfach, weil mir das Gegrübel wegen seines Namens langsam auf die Nerven ging. »Wie ist dein Name?«

»Mein Name? Hab ich mich nicht vorgestellt? Tut mir leid.«

»Ist ja nicht so schlimm.« Ich lächelte, damit er nicht dachte, ich würde ihn für einen ungezogenen Lümmel halten – was mich noch älter machen würde.

»Ich bin Sascha, Sascha Albrecht.«

Nun übertrieb er es aber, nannte gleich seinen Familiennamen dazu.

»Durch deine Bestellungen weiß ich nur, dass du mit Nachnamen Fritsch heißt. Aber deine Mitbewohnerin hat dich Lyn genannt, oder? Ist das eine Abkürzung?«

Ich nickte. »Steht für Evelyn.«

Die Ampel schaltete auf Grün, und er gab Gas. »Finde ich total schön. Evelyn. Ich verstehe gar nicht, warum bestimmte Namen nicht mehr vergeben werden, obwohl sie schön sind. Heute heißen alle irgendwie Lena, Lina, Lea, Lara und Lia.«

»Wirklich?«

»Scheiße, ich glaub, ich bin gerade vorbeigefahren.« Er legte eine Vollbremsung ein, und ich wirkte wohl gar nicht elegant, als ich mit meiner Stirn beinahe das Armaturenbrett polierte. Und dann war da noch die Sache mit dem Auto: In einem gewissen Alter war es vielleicht lustig, mit einem winzigen Auto durch die Gegend zu fahren, auf dem oben das riesige Logo *Best and fast Pizza* aufgeschraubt war. In meinem Alter nicht mehr. Ich kam mir vor wie in einer Welt aus Playmobil. Wie würde das überhaupt aussehen, wenn wir mit einem Pizzaauto beim Inder vorfuhren? Warum hatte ich mich bloß darauf eingelassen?

Aus dem winzigen Radio ertönte gerade *Marmor, Stein und Eisen bricht …* Was hatte er da für einen Rentnersender eingestellt? Er musste meine Gedanken erraten haben. »Mein Kollege hat den Sender verstellt. Nicht, dass du denkst, ich ziehe mir Schlager rein.« Er wandte kurz den Kopf und lachte.

»Selbst wenn es so wäre, hätte ich kein Problem damit.« Ich fragte mich, warum man bei ersten Verabredungen immer log, dass sich die Balken bogen. Und ob ich ein Problem damit hätte! Ich stellte mir vor, wie mich die Mädels über ihn ausfragten und ich sagte: »Er ist ein ganz Sensibler, hört Drafi Deutscher, Michael Holm und Bernd Clüver.« Olivia war sowieso zu jung, um diese Namen überhaupt zu kennen.

Sascha parkte den Wagen vor dem Lokal. Gerade, als ich ausstieg, sah ich Dr. Nix aus dem Lokal kommen. O mein Gott! Das wollte ich mir einfach nicht antun. Bei ihm hatte ich mich, bis zum Rest meines Lebens, schon genug blamiert. Da stand ich neben dem Pizzaauto, das dreimal kleiner war als ich, und schämte mich zu Tode. Außerdem hatte ich ihm erzählt, wie gerade erst meine Ehe gescheitert war. Er war extra an einem Samstag gekommen, um mich deshalb zu behandeln, und nun stand ich da mit einem jungen Kerl. Bevor er mich entdeckte, bückte ich mich und stieg wieder halb ins Auto zurück. Was machte ich hier eigentlich gerade? Ich tat so, als suchte ich etwas. Sascha bückte sich auf der anderen Seite und sah mir beim Abtasten des

Sitzes zu. »Alles okay?«, fragte er zaghaft. Offenbar fing auch er langsam an, an meinem Verstand zu zweifeln.

»Ich glaube, ich habe meinen Ohrring verloren.«

»Du hattest doch gar keine Ohrringe.«

»Doch, doch«, beharrte ich.

Er schüttelte den Kopf. »Nein, ganz bestimmt nicht. Außerdem hättest du doch noch einen im Ohr, wenn's so wäre. Oder hast du beide gleichzeitig verloren?«

Ob Dr. Nix schon weg war? »Tja, komisch. Ich hab mir eingebildet, ich hätte heute … Ach, ich schau noch mal unter dem Sitz nach.«

Sascha gab es auf, mich überzeugen zu wollen. Ich tastete sinnlos weiter am Boden des Autos herum.

Im Restaurant wurden wir an einen winzigen Tisch geführt. Ob darauf überhaupt zwei Teller Platz hatten?

»Ich liebe indisches Essen«, meinte Sascha, während er sich den Stuhl heranzog.

Zur Bestätigung nickte ich lächelnd.

Der Kellner brachte uns die Speisekarten und fragte, was wir trinken wollten. Ich bestellte eine Cola light, Sascha alkoholfreies Bier.

»Was machst du eigentlich beruflich?«, wollte Sascha wissen.

»Ich arbeite in einer Buchhandlung.«

»Buchhandlung? Das muss schön sein. Ich liebe Bücher.«

»So, so.« Ob er das nur aus Höflichkeit sagte?

»Und welche Art von Büchern magst du besonders?«

Er zuckte die Schultern. »Ich bin da nicht so festgelegt. Biografien lese ich gerne. Aber auch Thriller und Romane mit Helden, die auf der Suche nach sich selbst sind.« Er grinste.

»Was ist dein Lieblingsbuch?«, hakte ich nach. Ich gebe zu, dass ich den Verdacht hatte, er würde flunkern. Außerdem hatte ich irgendwo mal gelesen, dass Männer gerne irgendwelche Interessen und Leidenschaften erfanden, damit sie bei der Frau landen konnten. Und war ich mit Christoph nicht ein gebranntes Kind? Er hatte mich, was seinen Musikgeschmack betraf, damals auch angelogen.

»Ich habe nicht nur ein Lieblingsbuch. Es gibt mehrere, die sich aber nur schwer miteinander vergleichen lassen.«

»Zum Beispiel?«

Er sah mich an und grinste überlegen. »Du glaubst, ich erfinde das?«

»Was? Nee.«

»Du glaubst, ich behaupte, ich lese gern, und habe keine Ahnung von Literatur.«

»So wie du das sagst, klingt es doch etwas hart.«

»Ach, wirklich?« Er hörte sich nicht verärgert an, eher amüsiert. Was mich, offen gestanden, faszinierte – ich wäre an seiner Stelle stinksauer gewesen. »Der Literatur habe ich es zu verdanken, dass ich meine Kindheit und Jugend überlebt habe. Hätte es keine Bibliotheken gegeben, wäre ich verrückt geworden.«

Eine schlimme Kindheit also. Ich wusste nicht, wie ich darauf reagieren sollte. Sollte ich nachfragen? Oder würde das nach taktloser Neugier aussehen? Aber gar nicht darauf einzugehen, wirkte vielleicht so, als würde mich das Ganze keinen Pfifferling interessieren. Ich wählte das Neutralste, das in dieser Situation möglich war, und sprach von mir selbst.

»Jeder hat so seine eigene Geschichte, wie er zur Kunst gefunden hat, oder? Manche Geschichten sind lustig, andere traurig. Meine ist eher nichtssagend. Der klassische Weg, angefangen bei Hanni und Nanni, über John Irving, schließlich angelangt bei Goethe. Er war der Größte, ein Genie.«

»Na ja, ist doch allgemein bekannt, oder? Ehrlich gesagt, kenne ich nur den *Zauberlehrling* von ihm.«

»Ein wunderbares Gedicht.« Ich nickte ein bisschen zu begeistert.

Der Kellner stellte uns die Getränke hin. »Walle, walle manche Strecke, dass zum Zwecke Wasser fließe …« Der indische Kellner sah mich irritiert an. Ich hatte mich ein wenig vergessen, und es war mir peinlich. »Nun ja. Was wollen wir bestellen?«

»Meine Lieblingsbücher sind *Der kleine Prinz, Früchte des Zorns* und *Hundert Jahre Einsamkeit.* Lange Zeit waren meine Lieblingsautoren Oscar Wilde und Franz Kafka. Aber irgendwann bin ich aus Wilde herausgewachsen, und Kafka hat mich depressiv gemacht.«

»Nur männliche Autoren?« Ich sah ihn herausfordernd an.

»Das ist Zufall. Doris Lessing und Joyce Carol Oates mag ich auch ganz gern.«

»Oates finde ich auch gut.« Dass ich es mit Lessing immer wieder versucht hatte, aber über dreißig Seiten nicht hinausgekommen bin, verschwieg ich in diesem Moment lieber.

Wir redeten noch eine ganze Weile über Literatur. Bis das Essen kam, hatte ich herausgefunden, dass unsere Geschmäcker in diesem Punkt etwas unterschiedlich waren. Zuletzt schockierte er mich damit, dass er Jane Austen für trivial hielt. Nun war ich doch etwas beleidigt, aber er schien es nicht zu merken.

Das Essen war verflucht scharf. Ich versuchte, mit meiner Cola light zu löschen, aber das half nicht viel.

Sascha bestellte Mango Lassi. »Damit geht das besser.«

»Danke.« Er sollte recht behalten. Das Essen wurde etwas erträglicher.

»Kann ich dich etwas fragen?«

»Du willst wissen, ob ich mein Leben lang Pizza ausfahren will.«

Ich blinzelte irritiert. »Genau das wollte ich fragen, ja. Findest du das borniert?«

Er schüttelte den Kopf. Als er den Bissen zu Ende gekaut hatte, meinte er: »Ich habe mein Abitur auf dem zweiten Bildungsweg gemacht, per Fernlehrgang. Jetzt studiere ich, im dritten Semester. Das Ganze ist sehr zeitintensiv, weil ich halt auch arbeiten muss.«

»Und was studierst du?«

Er sah mir in die Augen und meinte: »Auf was tippst du denn?«

»Architektur?«

»Nääää«, meinte er abfällig. Ich fand es sexy, wie er das sagte.

»Kunstgeschichte.«

»Scheiße, wird ja immer schlimmer.«

»Nein. Jetzt weiß ich es: BWL!«

»O Gott! Sie hält mich für einen Anzugträger.«

»Also raus damit. Was ist es? Sozialwissensch...«

»Bitte sprich es nicht aus.«

Ich beschloss, nichts mehr zu sagen.

»Psychologie.«

»Psychologie?«, rief ich erstaunt. »Wow! Wirklich?«

»Was ist daran so überraschend?«

»Na ja«, ich zuckte die Schultern, »keine Ahnung. Daran hätte ich einfach nicht gedacht. Vielleicht liegt es auch daran, dass mir kürzlich ein Arzt geraten hat, mit einem Therapeuten zu sprechen.«

Sascha sah mich stirnrunzelnd an.

»Wegen der Trennung von meinem Mann. Ist aber alles okay.« Ich nahm einen Schluck Cola. »Als was willst du denn später arbeiten? Im Krankenhaus?«

»Nein, als Psychotherapeut.«

»Stellst du dir das nicht belastend vor, dir den ganzen Tag die Probleme der anderen anzuhören?«

»Nein«, sagte er einfach nur und lächelte mich freundlich an.

»Ist bestimmt praktisch, wenn man einen Partner hat, der Therapeut ist. Ich meine, wenn man ein Problem hat, dann bespricht man es halt mit ihm.«

Er lachte kurz auf. »Ganz so einfach ist das aber nicht. Gerade Therapeuten haben bei ihren Partnern einen schweren Stand, weil der andere ihnen vorwirft, dass sie Besserwisser und Klugscheißer sind.«

»Wirklich?«

»Außerdem«, fuhr Sascha fort, »ist das wie bei den Köchen.«

»Den Köchen?«

»Ja, die anderen denken, wie toll es für eine Frau sein muss, einen Koch zum Mann zu haben, aber der Mann will nicht auch noch zu Hause kochen. Verstehst du? Job ist Job, und privat ist privat.«

»Trotzdem kann es Vorteile haben.«

»Na klar.« Er saß mir gegenüber und sah mir die ganze Zeit in die Augen, was mich unruhig machte. Ob er meine Nervosität bemerkte?

»Wohnst du in einem Appartement oder …« Ich wusste nicht, wie ich den Satz beenden sollte.

»Nicht lachen, bitte.«

»Du wohnst bei deinen Eltern? Warum sollte ausgerechnet ich darüber lachen? Ist mir vor Kurzem auch passiert, nachdem ich mich von meinem Mann getrennt hatte.«

»Also eigentlich wohne ich bei – meinen Großeltern.«

»Okay«, meinte ich betont lässig, aber ich sagte es eine Spur zu schrill, und deshalb klang es nicht glaubwürdig. Dann verschluckte ich mich auch noch und fing an zu husten. Sascha stand auf und klopfte mir auf den Rücken, bis es wieder ging. Nachdem er sich wieder gesetzt hatte, sagte ich entschuldigend: »Ich habe mich nicht verschluckt, weil du bei deinen Großeltern wohnst.«

Er lächelte, sagte aber nichts.

»Ganz nebenbei: Wie alt bist du eigentlich?«

»Dreißig.«

Ich nahm einen kräftigen Schluck von dem Mangogetränk. »Du siehst jünger aus.«

Er griff in seine Hosentasche und legte mir seinen Ausweis auf den Tisch. Ich hatte nicht die Absicht hinzusehen.

»Warum unterstellst du mir ständig, dass ich dir nicht glaube?«, wollte ich wissen.

»Weil es so ist. Oder etwa nicht?«

»Ein bisschen vielleicht«, meinte ich verlegen. »Aber ich kenne dich nun einmal nicht – du könntest mir viel erzählen.«

»Da ist aber jemand von Natur aus misstrauisch.« Der leichte Sarkasmus in seiner Stimme war nicht zu überhören. Sascha nahm den Ausweis und steckte ihn wieder ein.

»Nicht von Natur aus, eher aus Erfahrung. Mein Mann … Na ja, egal.«

»Warum habt ihr euch denn getrennt?«

Einer Verabredung zu erzählen, dass der Mann eine andere gefunden hatte, war nicht nur erbärmlich, sondern auch hohlköpfig. Die Verabredung musste denken, dass es interessantere Frauen da draußen gab. Also sagte ich lieber: »Es hat schon ein paar Jahre nicht mehr richtig funktioniert.«

Sascha nickte, als höre er diese Art von Geschichten tagtäglich. Als er sich im Lokal kurz umblickte, weil eine Gruppe Männer gerade lauthals über etwas lachte, sah ich mir sein Gesicht genauer an. Er war wirklich unglaublich hübsch. Das fand ich zumindest. Antje würde ihn für zu weich und unmännlich halten. Wir beide waren diesbezüglich noch nie auf einer Wellenlänge. Antje stand wirklich auf die totalsten Kerle; am besten quollen ihnen die Brusthaare aus den Knopflöchern, und alles an ihnen musste massig sein. Mir gefielen eher die schlanken, feingliedrigen und zarten Typen. So wie Christoph. Und Sascha.

»Haben deine Großeltern dich aufgezogen?«

»Bitte?« Er schien etwas irritiert.

»Deine Großeltern ...«

»Ach so, nein. Meine Schwester und ich sind von einer Pflegefamilie zur nächsten, bis meine Großeltern schließlich das Sorgerecht für uns bekamen; da war ich aber schon fünfzehn und meine Schwester dreizehn. Die schlimmsten Jahre lagen hinter uns.«

»Was macht deine Schwester jetzt?«

Sascha sah ein bisschen stolz aus, als er antwortete: »Sie hat eine Ausbildung zur Industriekauffrau gemacht und hat jetzt eine leitende Position in einem kleinen Unternehmen.«

Ich nickte anerkennend, und das meinte ich auch so. Was die beiden aus ihren mageren Chancen gemacht hatten, beeindruckte mich zutiefst. »Was war denn eigentlich mit deinen Eltern?«

»Meine früheste Kindheitserinnerung ist, dass das Jugendamt vor der Tür steht. Sie haben ihr Leben nicht auf die Reihe gekriegt. Meine Mutter hat's wohl ein paar Mal versucht, aber letztlich hat es ihr an Stärke und Charakter gefehlt. Sie war immer zu sehr mit sich selbst beschäftigt.« Sascha zuckte die Schultern.

»Und wo ist sie jetzt?«

»Irgendwo in Norddeutschland. Sie ist vor etwa zehn Jahren dahin gezogen, wegen einem Typen. Manchmal schickt sie 'ne Karte oder ruft an.«

»Und dein Vater?«

»Mit ihm hatte ich keinen Kontakt, habe ihn nur zwei oder drei Mal gesehen.«

Sascha holte tief Luft. »Es gibt Esoteriker, die behaupten, dass man sich seine Eltern ausgesucht hat. Glaubst du das?«

Ich überlegte kurz. »Wenn das so ist, dann war ich in meinem Schwebezustand entweder stoned oder mit der Situation überfordert.«

16

Es klingt etwas schräg, wenn ich das sage, aber komischerweise störte mich das Gefährt auf dem Rückweg nun weniger. Vielleicht lag es auch an dem schweren Rotwein, den ich später noch getrunken hatte. Was sollte schon passieren, wenn mich jemand darin sah, außer dass er erzählen würde: »Gestern habe ich Lyn in einem winzigen Pizza-Lieferwägelchen gesehen.« Na und?

»Willst du dich wieder mal mit mir treffen?«, fragte Sascha, während wir an der Ampel auf Grün warteten.

Mein Herz klopfte. Ich wusste einfach nicht, wie ich am besten darauf reagieren sollte. Wäre ich ehrlich zu mir selbst, müsste ich mir eingestehen, dass ich ihn sogar unbedingt wiedersehen wollte. Gern hätte ich ihm das auch gesagt, aber war es nicht allgemein bekannt, dass für einen Mann die Frau erst dann richtig interessant wurde, wenn sie ihm die kalte Schulter zeigte? Ganz ehrlich: Ich habe die Männer noch nie verstanden. Sie wollen eine Frau, die verrückt nach ihnen ist, aber gleichzeitig desinteressiert. Sie wollen eine Frau, die natürlich ist und ungeschminkt, aber gleichzeitig umwerfend aussieht. Sie wollen eine Frau, die Klasse hat, aber gleichzeitig keine Ansprüche stellt. Wer soll da noch durchblicken? Und da behaupten die Männer, Frauen seien kompliziert.

»Wir können ja mal telefonieren«, meinte ich. Ich dachte,

das wäre ein guter Mittelweg, nicht zu hoffnungsvoll und nicht zu cool.

»Das heißt also nein«, meinte Sascha, während er den ersten Gang einlegte. Was war denn jetzt los? Hatte ich gesagt, Männer seien kompliziert? Nein, ich meinte: undurchschaubar.

»Ich sagte, wir können telefonieren, um uns zu verabreden. Wie kommst du darauf, dass ich mich nicht mehr mit dir treffen möchte?«

»Ich bin dir zu jung, stimmt's?«

»Was? Nein. Aber ich wusste ja nicht, dass ich heute Abend eine Entscheidung zu treffen habe, ob ich mich mit dir verloben will oder nicht.«

Er sah mich grinsend an, dann wurde ihm wohl bewusst, dass er ein bisschen zu viel Druck ausgeübt hatte. »Du hast recht, das war nicht meine Absicht.«

»Außerdem scheinst wohl eher *du* ein Problem mit deinem Alter zu haben und nicht ich.«

Ein paar Sekunden war es ganz still.

Nach einer Weile sagte er: »Wollen wir noch einen Cocktail trinken?«

»Ich liebe Cocktails.«

Wir gingen in eine Kneipe, die von außen wie eine billige Absteige aussah. Aber es war ein netter Laden, mit wunderbaren Drinks. Ich erzählte Sascha im Vertrauen, dass ich ein paar bekannte Cocktails noch nie probiert hätte, weil es mir aufgrund ihrer fiesen Bezeichnungen unangenehm war, sie zu bestellen.

»Zum Beispiel?«

»Na ja, zum Beispiel Screaming Orgasm.«

»Verstehe.« Er lächelte amüsiert.

»Oder Sex on the Beach.«

»Schon klar.«

»Findest du das nicht peinlich?«

»Nee, wieso? Ich kann für dich bestellen, wenn du magst. Dann kannst du sie mal probieren.«

Die junge Bedienung kam an unseren Tisch und fragte freundlich nach unseren Wünschen.

Sascha saß entspannt auf der Bank und meinte lässig: »Sex on the Beach und Screaming Orgasm, bitte.«

»Kommt sofort«, sagte sie, ohne mit der Wimper zu zucken, und verschwand Richtung Bar.

»Die hört das doch ständig«, sagte Sascha und sah mich belustigt an, »ich glaube, es interessiert sie keinen Funken, was du bestellst.«

»Wahrscheinlich stimmt das. In manchen Situationen bin ich einfach so unnötig schüchtern.«

»Ich finde ein bisschen Schüchternheit sehr süß.« Seine wunderschönen Augen lachten mich an, und ich hatte so einen kleinen Schweißausbruch, wie ich ihn schon viele Jahre nicht mehr gehabt hatte. So ein kleiner Schub, wenn man in einer Situation steckt, die eine Mischung aus Aufregung und Wohligkeit an sich hatte.

Wir blieben etwa zwei Stunden. Mir war schon etwas schummrig, aber Sascha hielt sich noch gut. Er erzählte von seinem Studium, und ich fing an, mich für Psychologie zu interessieren. Was er erzählte, war sehr spannend. Sascha wollte Verhaltenstherapeut werden. Er fragte mich rein gar nichts über Christoph, und das verwirrte mich irgendwie. Interessierte es ihn überhaupt nicht? Oder wollte er nicht indiskret sein? Die Unwissenheit darüber machte mich verrückt, deshalb sagte ich: »Ich habe mich kürzlich von meinem Mann getrennt.«

Sascha nickte. »Ich weiß. Das hatten wir schon.«

»Wir waren lange verheiratet, fast fünfzehn Jahre.«

Sascha nickte.

»Willst du nicht genauer wissen, warum wir uns getrennt haben?«

»Du wirst es erzählen, wenn du so weit bist.«

»Ja, genau.« Etwas seltsamer Kommentar meinerseits, aber er hatte schließlich recht. Eigentlich konnte ich sogar froh sein, dass er nicht fragte. Ich hätte ihm ungern die Geschichte mit der Neuen erzählt.

»Hast du Kinder?«

Ich schüttelte den Kopf.

»Warum nicht?«

Die Frage kam völlig überraschend. Zuerst wusste ich nicht, wie ich darauf reagieren sollte, dann entschloss ich mich für die Wahrheit: »Es war Christoph und mir nicht so wichtig. Eigentlich wollten wir mal Kinder, haben das aber immer wieder verschoben.«

»Bereust du es?« Sascha sah mir direkt in die Augen.

Etwas unbeholfen rührte ich in meinem Cocktail herum. »Im Grunde nicht, nein. Es muss ja nicht jede Frau die durchschnittlichen 1,3 Kinder bekommen.«

Sascha grinste und nickte. »Das wäre in der Tat schwierig.«

»Vielleicht …«, fing ich an, traute mich aber nicht, den Satz zu Ende zu bringen.

»Ja?«

»Vielleicht wollte ich nur mit Christoph kein Kind. Das soll nicht nach einer Ausrede klingen, aber Christoph war ganz und gar nicht der Typ für Kinder.« Ich zuckte die Schultern. »Wenn ich mit einem anderen Mann zusammen gewesen wäre oder wenn ich noch mal jemanden … Na ja, mit vierzig ist das so eine Sache. Außerdem braucht man auch eine gewisse Anlaufzeit, bis man überhaupt merkt, ob der Mann infrage kommt.« Ich schüttelte verwirrt den Kopf. »Ist alles nicht so einfach.«

Sascha nickte wieder leicht, sagte aber nichts.

»Willst du denn mal Kinder?«, fragte ich.

»Ja, aber nur eins.«

Wir sprachen eine Weile darüber, welche Vor- und Nachteile es nach sich zog, ein Einzelkind zu sein.

Beim Bezahlen setzte ich mich durch, weil ich entschieden sagte: »Das geht auf mich.« Er hatte schon das Essen bezahlt, und ich wollte nicht, dass er auch noch die Drinks übernahm.

»Du hältst mich für einen armen Studenten«, sagte er, während ich das Restgeld in mein Portemonnaie steckte.

»Jedenfalls halte ich dich für einen charmanten Kerl, klug und interessant.«

In nüchternem Zustand hätte ich so etwas niemals gesagt. Ich weiß nicht, welcher Teufel mich geritten hatte. Der Teufel hieß wahrscheinlich Alkohol. Man sollte halt nicht trinken, wenn man nichts vertrug.

Als wir aus dem Laden gingen, winkten wir ein Taxi heran. Sascha wollte sein Pizzaauto am nächsten Tag abholen. Erst fuhren wir zu mir. Das Taxi hielt vor dem Haus, und Sascha gab mir einen Kuss auf die Wange. Wieder dieser kurze Schweißausbruch. Ich stieg aus und sah, wie er mir nachblickte. Mein Gott, sah er gut aus. Es fiel mir immer wieder von Neuem auf.

Annett räumte gerade die Küche auf, als ich kam. Sie ging von allen immer als Letzte schlafen und bezeichnete sich selbst als nachtaktiv, wie ein Nagetier.

»Scheint ja ein netter Abend gewesen zu sein. Warst lange weg.«

Ich zog mir Mantel und Schuhe aus. »Ja«, meinte ich zufrieden. Hoffentlich wollte sie jetzt nicht darüber reden. »Schlafen die beiden anderen schon?«

»Louise ist früh ins Bett, und Olivia ist unterwegs. Sie sammelt Fakten für ihr Buch, hat sie gesagt. Heute setzt sie sich in den Wartebereich der Notaufnahme und erzählt den Leuten, sie hätte einen Chip im Kopf, der verrutscht ist. Sie will die Fragen und die Reaktion der Leute testen.«

»Irgendwann wird sie zusammengeschlagen oder eingewiesen.«

»Hast du ihr Manuskript schon gelesen?«

Ich schüttelte den Kopf. »Nein, ich schiebe es vor mir her.«

»Das kann ich verstehen.« Annett trocknete die Teller ab und räumte sie in den Hängeschrank. »Na, sag schon. Wie war's?«

»Es war ein wirklich schöner Abend. Ich mag ihn. Hoffentlich ist er kein Lügner wie Christoph.«

»Er ist ein Mann, Schätzchen. Natürlich ist er ein Lügner. Hab mal gelesen, dass das noch ein Relikt aus der Höhlenzeit ist. Hab aber vergessen, warum.« Sie machte die Tür des

Hängeschranks zu und griff nach einer Schachtel Schwarz-Konfekt. »Marzipanherz?«

»Ja, Mauseschwänzchen?« Ich kicherte. Tja, ich hatte eben einen sitzen, aber Annett schien es nicht zu merken.

Zuerst begriff sie den Witz nicht, dann lachte sie los und hielt mir die Packung unter die Nase. »Na los, greif zu.«

Ich senkte den Blick zur Schachtel. »Wenn ich so weitermache, dann sehe ich bald aus wie … Äh …«

»Wie ich?«

»Äh was?«

»Lieber was auf den Rippen, aber dafür auch was zwischen den Zähnen, sag ich immer.«

Ich nahm mir ein Herz und biss hinein. »Pistazie.«

»Oh, das sind die schlimmsten.« Sie griff nun ebenfalls in die Packung, brach ein Herz auseinander und sah enttäuscht, dass es Himbeere war. »Scheiße, warum tun die nicht mehr von den Marzipanherzen hinein oder kennzeichnen sie irgendwie.«

»Aber vielleicht mögen andere Leute gar kein …«

»Ach, Unsinn. Die aus Marzipan sind die besten.«

»Wenn du meinst. Ich mag auch Erdbeere. Übrigens, hast du nicht mal gesagt, die sind eine Art Trostpflaster für dich?«

»Ja, aber weil dein Abend so schön war, gibt's was zu feiern.«

»Ach, dafür sind sie also auch geeignet.«

Annett nickte ernst. »Für jede Gelegenheit sozusagen.« Sie griff noch mal hinein, fischte ein Herz heraus, brach es entzwei und strahlte. »Marzipan!«, rief sie glücklich. Die eine Hälfte schob sie sich in den Mund, die andere Hälfte gab sie mir.

»Du riechst nach Alkohol«, meinte sie.

»Ich habe zwei Cocktails getrunken. Die hatten es in sich, sag ich dir.«

Annett schüttelte lachend den Kopf, dann sagte sie: »Deine Augen leuchten so. Ist das wegen des Alkohols oder wegen des Kerls?«

»Keine Ahnung«, kicherte ich wieder. »Glaubst du an die Liebe auf den ersten Blick?«

Annett machte eine Grimasse, die Skepsis ausdrücken sollte. »Ach, ich weiß nicht recht. Manche behaupten das, aber wie kann denn aus einer oberflächlichen Betrachtung so etwas Großes wie Liebe entstehen? Und das angeblich innerhalb von Sekunden? Man sieht doch nur die Hülle.« Annett sah mich ein paar Sekunden an. »Warum fragst du?«

»Ich glaube schon, dass es so was gibt.«

»Du solltest nicht so viel grübeln.«

»Ich bin sowieso noch nicht so weit, auch wenn Sascha … Na ja, du weißt schon, der Richtige sein sollte.« Den Richtigen hatte ich mit den Fingern in Anführungszeichen gesetzt.

»Wenn er der Richtige sein sollte, dann kann er dein gebrochenes Herz mit Sekundenkleber wieder herstellen.«

Ich sah sie verwirrt an. »Mit Sekundenkleber?«

»Du weißt schon, was ich meine. Der Sekundenkleber steht für Sascha, sein ganzes Wesen und seine Persönlichkeit.«

Ich massierte mir die Schläfen und versuchte, Klarheit in meine Gedanken zu bringen. »Aha.«

Annett nickte nachsichtig.

»Sieht er nicht richtig gut aus, Annett? Ich meine, ist er nicht verflucht sexy?«

»Mein Typ ist er nicht, aber er sieht ganz lustig aus, ja.«

Ich konnte wieder nicht schlafen, dabei war ich körperlich total müde. Also schaltete ich das Licht wieder ein und begann zu lesen. Während ich Olivias Manuskript las, tat ich mir fast ein bisschen leid. Nicht genug, dass die Geschichten wirklich absurd waren, Olivia hatte Schwierigkeiten sich auszudrücken, und das Manuskript wimmelte vor Rechtschreibfehlern. Ich sah einfach keinen Sinn darin, zu lesen, wie sie im Supermarkt in der Schlange stand und den Leuten erzählte, sie wäre seit gestern aus Afrika zurück und hätte seitdem Schwindelanfälle und Schweißausbrüche. Die Angesprochenen liefen weg, und sie hatte die Kasse für sich allein. Oder wie sie im Café saß und so tat, als würde sie telefonieren. Sie sagte laut in den Hörer: »Lass es wie einen Unfall aussehen«, und die Leute fingen an zu tuscheln. Ich kapierte die Moral dieser Geschichten nicht.

Auf Seite fünfundvierzig döste ich langsam ein – als Olivia gerade beschrieb, wie sie beim türkischen Gemüsemann mit Tomaten jonglierte, statt sie zu kaufen. Er beschimpfte sie, und Olivia war froh, ihn nicht verstanden zu haben. Als sie darauf bestand, die Tomaten zu kaufen, zischte er: »Ey, hau ab, verrückte Frau. Oder hol ich Polizei und Doktor für die Koff!« Olivias Fazit war, dass man hinnehmen musste, dass manche Leute keinen Humor hatten – und die heilende Wirkung sah sie darin, dass man durch die Überwindung, sich in solche Situationen zu begeben, mehr Selbstbewusstsein bekam. Großer Gott! Olivia war ein netter Mensch, aber offenbar hatte sie auch einen Knall.

Plötzlich hörte ich von unten laute Stimmen. Es war

Olivia, die weinte. Ich legte den Stapel Papiere zur Seite und setzte mich auf. »Es tut so weh!«, hörte ich Olivia rufen. War sie verletzt?

Ich sprang aus dem Bett und schlüpfte in meine Hausschuhe.

Unten angekommen, sah ich, wie Annett und Olivia im Wohnzimmer saßen und Annett Olivias Hand tätschelte. In der anderen Hand hielt Olivia ihr Gesicht vergraben.

»Was ist denn los?«, wollte ich wissen.

»Es ist furchtbar«, jammerte Olivia.

Plötzlich stand auch Louise hinter mir. »Verdammte Scheiße, ich hör euch bis nach oben. Was ist denn passiert?«

Louise und ich gingen auf die beiden anderen zu.

»Ich saß da in diesem … Wartezimmer … und erzählte den Leuten von meinem Chip im Kopf.« Sie schnäuzte sich, und wir glotzten sie abwartend an. »Und da sehe ich in dieser Notaufnahme, also ich sehe da …«

»Was siehst du denn?«, rief Louise ungeduldig. »Einen Mann ohne Arm? Eine Frau ohne Bein? Was!?«

»Schlimmer!«, rief Olivia. »Die ganze Zeit saß Nicole hinter mir. Sie hat alles mit angehört. Es ist mir so peinlich.«

»Wer zum Teufel ist Nicole?« Louise stand mit ihrem ausgewaschenen lila Jogginganzug da und blickte auf Olivia hinunter.

»Meine Exfreundin.« Sie hob den Kopf und sah uns an.

Annett lächelte. »Du meinst, eine ehemalige gute Freundin von dir, hm?«

»Nein. Wir waren anderthalb Jahre zusammen.«

Annett zog ihre Hand so schnell von Olivias weg, als hätte sie sich diese soeben an einer heißen Herdplatte verbrannt. Wir drei mussten ziemlich dämlich aussehen, wie wir so dastanden und sie anglotzten. Sie fragte: »Findet ihr das denn so schlimm?«

»Waaas?« Annett wirkte entrüstet. »Natürlich nicht. Ich verstehe nur nicht, warum du das nicht gleich zu Anfang erwähnt hast.«

Olivia sah sie fragend an. »Du meinst, ich hätte sagen sollen: ›Hallo, ich bin Olivia, achtundzwanzig Jahre und lesbisch.‹ Normalerweise erzähle ich das nämlich jedem gleich, wenn ich mich vorstelle. So wie Heteros von ihren sexuellen Vorlieben berichten, während sie sich die Hände reichen und begrüßen. ›Hallo, ich bin Helmut, und Kondome sind mir total verhasst‹, oder: ›Guten Tag, ich bin Petra, und ich stehe auf junge, knackige Männer.‹ Wäre das in deinem Sinne, ja?«

»Gute Güte, nun steigere dich doch da nicht so hinein. Ich meinte ja nur. Mir ist das total egal, wirklich. Aber verschweigen ist fast so schlimm wie lügen. Na ja, irgendwie. Finde ich.«

»Und was hat sie gesagt?«, fragte Louise.

»Nicole? Zuerst habe ich gemerkt, dass mich jemand beobachtet, aber das ist nichts Neues für mich, also habe ich es erst mal ignoriert. Dann ist sie auf mich zugekommen. Ich hab sie sofort erkannt. Am liebsten wäre ich im Erdboden versunken. Es gab mir so einen Stich ins Herz, sie wiederzusehen; und dann auch noch unter diesen Umständen. Richtig schmerzhaft war das für mich, sag ich euch. Nicole hat gesagt: ›Oli? Bist du das? Was ist denn das für eine schlimme Geschichte mit diesem Chip im Kopf?‹ Und dann habe ich gelacht und ihr von dem Buch erzählt.

Sie hat das alles ganz falsch verstanden und gemeint, ich solle mir professionelle Hilfe suchen.«

Keiner sagte etwas, nicht einmal Louise.

»Glaubt ihr das etwa auch?«

Schweigen.

»Aber es geht doch um das Buch. Ich sage euch, es wird ein Bestseller!«

Ein Bestseller? Selbst wenn sich ein Verlag finden würde, wäre ich sehr erstaunt, wenn zehn Exemplare davon verkauft werden würden. Aber ich versuchte, taktvoll zu sein: »Olivia, ich habe das erste Drittel gelesen und – ich – muss dir sagen … Ich …«

»Ich hab doch gesagt, du brauchst noch ein bisschen Übung als Schriftstellerin«, funkte Louise dazwischen.

»Ja, genau.« Ich war darüber erleichtert, wie gut Louise das formuliert hatte.

»Na ja«, seufzte Olivia demonstrativ laut und blickte zu Boden. Gerade, als ich darüber erleichtert war, wie gut sie es aufnahm, meinte sie: »Viele großartige Künstler wurden erst mal nicht als solche erkannt. Wisst ihr, dass ganz viele der heute weltbekannten Autoren zunächst von den Verlagen abgelehnt wurden?«

Ich sah sie an. »Vielleicht könntest du mit einem anderen Projekt anfangen, Olivia, und ein wenig herumexperimentieren.«

»Mal sehen.« So ganz begeistert schien sie von meinem Vorschlag nicht zu sein.

17

Die nächsten Tage vergingen recht schnell. In der Arbeit war ich ausgelastet mit einer aufwendigen Schaufensterdekoration, und unser neues Regal wurde geliefert. Frau Wenzel wollte im hinteren Teil des Ladens einen eigenen Bereich für Biografien einrichten. Jedenfalls war ich mit den Recherchen und Bestellungen dafür vollauf beschäftigt, neben den üblichen Arbeiten. So vergingen die Tage bis zum nächsten Wochenende wie im Flug. Als ich Freitagabend ins Bett fiel, schlief ich sofort ein.

Normalerweise träumte ich immer irgendeinen Blödsinn, den ich gleich wieder vergaß. In dieser Nacht träumte ich von Jamie Oliver, dem englischen Koch. Insgeheim fand ich ihn attraktiv und besah mir lieber die Fotos von ihm und nicht die Rezepte, die er vorstellte. Ich träumte, dass ich mich in seinem Restaurant verlaufen hatte und den Ausgang nicht mehr fand. Dann stand Jamie neben mir, nahm mich an der Hand und begleitete mich zur Tür. Froh, einen Vorwand zu haben, ihn zu küssen, drückte ich ihn an mich und presste meine Lippen auf seine. »Danke. Danke. Danke«, sagte ich immer wieder.

Er schob mich weg und meinte: »Schon gut. Hier ist der Ausgang. Alles Gute übrigens zu Ihrem Vierzigsten. Sie sehen immer noch gut aus.« Er sagte das alles auf Deutsch.

Ich schlang noch einmal meine Arme um ihn und küsste ihn, während ich immer wieder Danke murmelte.

Als ich die Augen aufschlug, sagte ich laut: »Gott sei Dank!« Man kennt schließlich die Erleichterung darüber, aufzuwachen und festzustellen, dass es nur ein Traum war.

Ich starrte an die Decke. Vierzig. Ich war jetzt VIERZIG Jahre alt. *Du bist so alt, wie du dich fühlst.* Am Arsch. Deswegen war man trotzdem vierzig. Sollte man in der Behörde nach der Frage des Alters sagen: »Aber tragen Sie bitte zweiunddreißig ein, ich fühle mich nämlich wie zweiunddreißig.«

Vierzig war ein Einschnitt, ob man das wahrhaben wollte oder nicht, denn die Gesellschaft und die Medien drückten einer Frau diesen Stempel auf. Wo man auch hinsah, erblickte man die Ab-vierzig-sieht-alles-ganz-anders-aus-Einstellung: Yoga ab vierzig, Fitness ab vierzig, Ernährung ab vierzig, Zeitschriften ab vierzig – nicht zu vergessen die ganze Kosmetikvielfalt für die Haut ab vierzig. Ich jedenfalls würde mir von niemandem einreden lassen, dass jetzt alles anders würde.

Mein Handy klingelte. Ich stand auf und ging in mein Wohnzimmer, wo ich mich auf die Couch fallen ließ. Antje gratulierte mir zum Geburtstag.

»Eigentlich wollte ich eine Überraschungsparty für dich organisieren«, meinte sie.

»O Gott, bloß nicht.«

»Und weil ich zu dem Schluss kam, dass du nicht der Typ für Überraschungen bist, teile ich dir mit, dass ich ein paar Leute eingeladen habe und es eine kleine Party bei uns gibt. Ich hab auch deine Mitbewohnerinnen eingeladen.«

Dann zählte sie noch ein paar Leute auf, mit denen mich eine gute Bekanntschaft verband, und auch ein paar Freunde von früher. »Neunzehn Uhr«, meinte sie. »Bitte nichts mitbringen, denn das ist Egges und mein Geschenk an dich.«

»Ihr seid lieb, danke.« Eigentlich hatte ich diesen Tag nicht feiern wollen. Deshalb hatte ich auch keine Feier organisiert. Aber nun freute ich mich darauf.

Das traf sich nicht mal schlecht, weil ich heute bei meinen Eltern zum Mittagessen eingeladen war. Meine Mutter war vor Freude ganz aus dem Häuschen gewesen, dass mein runder Geburtstag auf einen Samstag fiel. Danach konnte ich auf die Party. Ich freute mich darauf, endlich wieder unter Leute zu kommen und ein bisschen zu feiern.

Annett war beim Einkaufen, und Louise würde in ein bis zwei Stunden aus der Arbeit kommen. Olivia streckte mir die Hand entgegen und wünschte mir alles Gute. Sie übergab mir ein Päckchen und sagte: »Das ist von uns drei zusammen.« Ich war gerührt. Olivia stand vor mir und sah mir beim Auspacken zu. Sie schien gespannt auf meine Reaktion zu warten. Ich hob den Deckel des Päckchens und erblickte einen Füller einer exklusiven Firma. »Wir wussten nicht recht, was wir dir schenken sollten«, meinte Olivia unsicher.

»Ist doch toll. Gefällt mir, vielen Dank.« Ich umarmte sie, und dabei spürte ich, wie sie ganz steif wurde. Dann tätschelte sie mir unbeholfen auf dem Rücken herum. Dabei hieß es doch, Männer seien in dieser Hinsicht sperrig.

Später rief mich Frau Wenzel an und gratulierte. Sie

hätte mir zum Geburtstag ein Buchpaket geschnürt, das mir bestimmt gefallen würde. Frau Wenzel war eine intelligente und großzügige Frau, aber in dieser Hinsicht war sie vollkommen fantasielos. Sie schenkte mir jedes Jahr ein Buchpaket. Natürlich freute ich mich darüber, denn ich las nun einmal für mein Leben gern, aber sie machte es sich damit auch ein klitzekleines bisschen einfach.

Danach rief mich Corinna an, von der ich schon ein paar Jahre nichts gehört hatte. Wir waren mal befreundet, und sie fragte, ob wir uns mal wieder treffen könnten. Eigentlich wollte ich nicht, aber ich sagte: »Ja, gerne«, und wusste, ich würde sie nicht zurückrufen. Corinna gehörte zu der Sorte Freundinnen, die einen sofort abservierten, sobald sie einen Partner hatten. Man konnte unzertrennlich sein und jede freie Sekunde miteinander verbringen, aber kaum tauchte ein Mann am Horizont auf, war man aus ihrem Gedächtnis gelöscht. Solche Freundinnen brauchte ich nicht mehr.

Später riefen mich ein paar Verwandte an, mit denen ich immer nur an Geburtstagen und Weihnachten telefonierte. Natürlich war so etwas absolut sinnlos, aber ich war es leid, mit meiner Mutter diese Diskussionen zu führen. Tanten und Onkel mussten an Geburtstagen angerufen werden. Meine Mutter bestand darauf.

Jedes Mal, wenn das Handy klingelte, wurde ich aufgeregt und warf einen neugierigen Blick auf das Display. Christoph? Nein, wieder nicht, stellte ich enttäuscht fest. Zu meiner Verteidigung: Ich hasste mich dafür. Ich habe keine Ahnung, warum ich auf seinen Anruf wartete. Selbst wenn er anrufen würde, änderte das doch nichts an der

Situation. Natürlich kannte er meinen Geburtstag. Ich glaubte auch nicht, dass er ihn vergessen hatte. Wahrscheinlich fragte er sich, wozu. Womit er ja auch recht hatte.

Als ich mit einer Tasse Kaffee am Küchenfenster stand, hielt ein Wagen auf der anderen Straßenseite. Der Mann, der ausstieg, war ungewöhnlich attraktiv.

»Das darf doch nicht wahr sein!«, sagte Olivia plötzlich hinter mir.

»Wahnsinn«, murmelte Louise. Sie war gerade von der Arbeit nach Hause gekommen.

»Was darf nicht wahr sein?«, wollte ich wissen.

»Wieder mal Besuch für Susi«, meinte Olivia.

»Ach? Und wo ist ihr Mann?« Mittlerweile kam ich mir vor wie Else Kling aus der Lindenstraße. Würde mir heute jemand ein geblümtes Hauskleid zum Geburtstag schenken?

Ich beobachtete den gut aussehenden Mann, der auf das Haus von Susi und Stefan zuging. Olivia und Louise taten es mir gleich, und ich konnte nur hoffen, dass er sich nicht zufällig umdrehte und uns wie alte Tratschtanten am Fenster stehen sah.

»Das ist ja der springende Punkt«, erklärte Louise. »Ihr Mann arbeitet hart, und sie hat immer wieder kurze Affären. Meistens dauern sie nicht länger als zwei Monate, sagt Annett. Das muss schon länger so gehen. Annett hat das von Frau Gruber gehört. Du weißt schon, die mit den fünf Hunden und dem Efeu an der Hauswand.«

»Susis Mann tut mir leid.« Das meinte ich ganz ernst. Armes Schwein. Im Grunde war er ich vor noch nicht allzu langer Zeit.

Olivia zuckte die Schultern. »Tja, was will man machen. Es heißt ja, dass die Partner es als Letzte erfahren. Scheint zu stimmen.«

Wir sahen, wie Susi die Tür aufmachte, strahlte und den Mann hereinließ.

»Ich bin solidarisch mit allen Betrogenen dieser Welt«, rief ich aufgeregt und stellte meine Kaffeetasse zu stürmisch ab. Etwas von der braunen Flüssigkeit schwappte über. Sollte ich diesen Stefan nicht irgendwie beschützen? Wäre ich nicht froh gewesen, wenn mich damals jemand gewarnt hätte?

»Das ist schön, Lyn. Ich geh jetzt wieder nach unten und …«

»Sollen wir ihn informieren?« Als ich es ausgesprochen hatte, klopfte mein Herz wie verrückt.

Olivia sah mich fragend an.

»Wir schreiben Stefan einen Brief. Er soll wissen, wie es um seine Ehe steht. Was meint ihr?«

»Wow, Lyn, du greifst mit Ehebrechern echt hart durch, was?«, sagte Louise. »Zum Glück hast du nicht im Mittelalter gelebt.«

»Also?«, hakte ich nach. »Vielleicht kommt euch das hart vor, aber letztendlich wird er es irgendwann erfahren. Sollen wir ihm diesen Leidensweg nicht ersparen? Im Nachhinein gesehen wäre ich froh gewesen, wenn mich jemand gewarnt hätte.«

Louise nickte. »Du hast recht. Ich finde auch, dass wir das tun sollten.«

Olivia verzog den Mund. »Aber übernehmen wir so nicht Macht über ihr Schicksal …«

»Nein«, meinte Louise, »das tut doch schon Susi.«

»Na ja, ich … Also gut.« Olivia schien nicht gänzlich überzeugt zu sein, aber vielleicht hatten wir ihr das Gefühl gegeben, etwas Gutes zu tun.

Wir setzten uns an den Esstisch. Olivia hatte Papier und Stift geholt.

Louise nahm eine bequeme Sitzhaltung ein und sagte: »Ich übernehme das.«

Wir trauten uns nicht zu widersprechen.

Olivia sah von mir zu Louise. »Aber was ist, wenn er unsere Handschrift irgendwie analysieren lässt oder so?«

Louise lachte kurz auf. »Du meinst, er geht zur Polizei und sagt: ›Findet die Verbrecher, die mir das angetan haben!‹ Eher wird er uns dankbar sein.«

»Meinst du wirklich?«, fragte Olivia.

»Klar.«

Olivia nickte. »Was sollen wir schreiben?«

Wir überlegten eine ganze Weile hin und her.

Schließlich machte Olivia einen Vorschlag: »Vielleicht kurz und bündig: Lieber Stefan. Ihre Frau betrügt Sie am laufenden Band. Sie wechselt ihre Liebhaber wie andere ihre Socken.«

»Nicht schlecht«, sagte ich freundlich, »aber ich finde, wir sollten etwas behutsamer vorgehen. Schließlich wird der arme Mann aus allen Wolken fallen.«

»Ja, aber wie?«, fragte Olivia.

»Uns wird schon noch etwas einfallen, wartet.« Ich biss mir auf die Unterlippe und dachte nach.

Olivia klopfte nervös mit den Fingern auf die Tischplatte, dann fragte sie mich: »Kann es sein, dass du dich irgendwie ein bisschen zu sehr mit Stefan identifizierst?«

»Das kann schon sein, Olivia. Aber es ist doch nicht richtig, dass ein Mensch einem anderen so etwas antut, und alle anderen wissen es und schauen weg.«

»Aber ist das nicht eine Privatangelegenheit?«

»Jetzt hör schon auf«, rief Louise, »und mach lieber konstruktive Vorschläge, ja?«

»Na gut, Robin Hood, dann leg mal los.«

Wir feilten eine ganze Weile an dem Briefchen herum, strichen Worte und stellten Sätze um, bis wir mit dem Resultat zufrieden waren. Olivia las laut vor:

Lieber Stefan,
ich schreibe dir diese Zeilen nach langer Überlegung. Du scheinst ein netter Kerl zu sein. Ich schreibe dir diesen Brief, um dir zu sagen: Mach lieber bald deine verliebten Augen auf und nimm die rosarote Brille ab! Auch wenn es dir schwerfallen wird, dies zu akzeptieren, aber deine Frau betrügt dich in deinem eigenen Haus – und das nicht nur ein Mal! Du kannst diesen Brief in den Müll werfen und weitermachen, als sei nichts passiert. Oder aber du nimmst diesen Brief ernst. Ich habe nichts davon, dich zu warnen, aber es tut mir sehr leid, dass ein rechtschaffener Mensch wie du so behandelt wird. Alles Weitere liegt bei dir!

Ein anonymer Freund

»Ein anonymer Freund lässt darauf schließen, dass es ein Mann ist; also werden wir gar nicht erst verdächtigt werden. Das ist genial«, rief Olivia begeistert.

»Na ja, genial ist vielleicht einen Tick übertrieben«, meinte Louise nüchtern, »aber es ist ganz gut, ja.«

Ich sah bei der Sache noch ein Problem. »Die Frage ist nur: Wann werfen wir das Briefchen ein? Sie sollte nicht zu Hause sein, und er sollte derjenige sein, der zum Briefkasten geht. Ist gar nicht so einfach.«

Louise schüttelte den Kopf. »Das ist überhaupt kein Problem. Samstagmittag geht sie immer zum Wellness, und er kommt am frühen Nachmittag nach Hause. Er sieht grundsätzlich immer in den Briefkasten. Ich übernehme das.«

Ich sah sie belustigt an. »Du kennst die Tagesabläufe der beiden ja recht gut.«

»Och, ja.«

Olivia dachte ein paar Sekunden nach. »Okay. Du hast den Brief geschrieben und wirfst ihn jetzt auch ein. Im Grunde hast du die ganze Arbeit gemacht.«

»Na und? Stefan scheint in Ordnung zu sein, und er wird eine bessere Frau finden.«

Olivia schloss für einen Moment die Augen. »Findest du nicht, wir spielen hier Gott?«

»Nein«, rief Louise, wir haben ihm das Leben gerettet.«

Olivia verdrehte die Augen. »Nun übertreibst du aber.«

Es war kalt, und ich hatte keine Lust, zwanzig bis fünfundzwanzig Minuten zu Fuß zu meinen Eltern zu gehen. Also nahm ich den Bus. Ich hatte mich gerade an einen Fensterplatz gesetzt, als mein Handy klingelte. Ein Blick aufs Display: *Christoph*. Verdammt. Gerade jetzt. In dem halbvollen Bus, wo die anderen jedes Wort mithörten.

»Hallo?«, flüsterte ich.

»Hallo? Lyn? Kannst du etwas lauter sprechen?«

»Nein, ich sitze gerade im Bus.«

»Ach so. Nun, ich wollte dir eigentlich nur zum Geburtstag gratulieren. Also, alles Gute.«

»Danke.«

»Bitte.«

Schweigen. Schließlich meinte Christoph: »Mach dir einen schönen Tag. Ich denke an dich.«

»Aha.«

»Na dann, tschüs.« Er beendete das Gespräch und ließ mich verwirrt zurück.

Offensichtlich wollte er das Gespräch einfach nur abhaken und so schnell wie möglich hinter sich bringen. Aber was sollte der letzte Satz? Früher hatte er das manchmal gesagt, aber jetzt passte es irgendwie überhaupt nicht.

Als ich aus dem Bus stieg, taten das auch noch ein paar andere Leute, und einer von ihnen tippte mir auf die Schulter. Ich war noch in Gedanken bei Christoph und seinem komischen Anruf, deshalb reagierte ich nicht sofort. Die Finger tippten nun fester und schneller. Schultertippen war etwas, das ich überhaupt nicht leiden konnte. Es hatte so etwas Penetrantes. Konnte der andere nicht einfach etwas sagen? Stattdessen tippte jemand mit seinen Knubbelfingern an mir herum.

Ich drehte mich um. Sieglinde.

»Grüß dich, hallo«, meinte sie strahlend. »Herzlichen Glückwunsch!«

Ich sah sie an. »Woher weißt du, dass ich heute Geburtstag habe?«

»Unsere Mütter sind sich in der Apotheke über den Weg gelaufen. Sie haben ein wenig geplaudert.«

»So, so.« Ich grinste gezwungen und versuchte, etwas schneller zu gehen.

»Wir wollten uns doch mal auf ein Käffchen …«

»Ach ja, das Käffchen. Na ja, ich bin zurzeit ziemlich eingespannt, das sieht zeitlich ganz schlecht aus.«

Sieglinde sah mich an und blieb plötzlich stehen. »Hör mal.«

»Ja?«

»Du denkst doch nicht, dass ich dich anmachen will, oder?«

»Was? Nein.« Offensichtlich klang meine Antwort nicht überzeugend genug.

Sie schüttelte den Kopf. »Ich bin doch nicht blöd und mache eine Frau an, bloß weil sie eine Frau ist.«

»Okay«, kam es von mir, und es hörte sich eher nach einer Frage an.

»Es ist nur so, dass ich seit der Trennung von meinem Mann ziemlich alleine bin. Ich war so doof und habe damals meinen ganzen Freundeskreis aufgegeben. Das hat er natürlich nicht gemacht, Männer sind da nicht so angepasst wie wir. Jetzt schlage ich die Tage mit meinen Eltern tot. Deshalb wollte ich einfach mal fragen, weißt du. Ob du Zeit hast. Weil ich eine ziemlich gute Menschenkenntnis habe und spüre, dass du ein netter Mensch bist.«

Na ja, ein netter Mensch war sie eigentlich auch. Irgendwie fing ich an, sie zu mögen. »Hast du Lust, mal auf ein Käff- einen Kaffee zu mir zu kommen?«

»Klar!«, rief sie. Ich hatte schon Angst, sie würde mir vor Dankbarkeit um den Hals fallen.

»Wie wär's mit Freitag, gegen zwanzig Uhr?« Plötzlich

kam mir Freitag zu kurzfristig vor. »Übernächsten Freitag, meine ich.«

»Spitze!«

Ich gab ihr meine Adresse, und als sie sich von mir entfernte, winkte sie noch eine halbe Ewigkeit zum Abschied. Als ich mich dem Haus meiner Eltern näherte, sah ich meine Eltern schon am Fenster stehen.

»Komm rein, Kind. Alles Gute, Evelyn.«

»Danke, Mutter.«

»Schau mal in die Küche«, flüsterte sie, »aber bitte leise. Der Markus schläft.« Sie sagte das, als wäre Markus ein Baby und jederzeit sei Geplärre zu erwarten.

In der Küche reichte mein Vater mir die Hand.

»Nun gib ihr das Geschenk, Gisela«, sagte er.

Eigentlich erwartete ich wieder einmal warme Winterstiefel oder ein praktisches Küchengerät. Aber nein, meine Mutter holte einen Umschlag aus der Schublade hervor und übergab ihn mir. Geld? Zögerlich nahm ich den Umschlag entgegen. »Danke.«

»Nun kuck doch erst mal rein, bevor du dich bedankst«, mahnte sie.

Ich öffnete den Umschlag. Wenn ich sage, dass ich angenehm überrascht war, dann ist das eine glatte Untertreibung. Meine Eltern schenkten mir ein Spa-Wochenende in einem Luxushotel.

»Der Markus hat uns beraten. Er hat g'sagt, das würde dir gefallen.« Meine Mutter sah mich skeptisch an.

»Das ist toll, wirklich. Vielen Dank.«

»Ist ein halbes Jahr gültig.« Mein Vater zeigte auf den Fettdruck auf dem Gutschein, der kaum zu übersehen war.

»Wofür steht dieses S P A überhaupt?«

»Das spricht man wie ein Wort, Mutter. Spa, nicht S P A. Ich glaube, das ist nach einem belgischen Kurort benannt, den es schon lange gibt.«

Meine Mutter kicherte. »Der Papi und ich haben stundenlang herumgerätselt.« Sie fing an, das Essen aufzutragen. »Dann wurde es mir zu bunt, und ich hab g'sagt, ist ja auch wurscht, soll sie sich ein schönes Wochenende machen mit dem S P A.«

»Spa«, verbesserte mein Vater altklug.

»Von mir aus. Jürgen, schau doch mal, ob der Markus wach ist. Das Essen ist fertig.«

Später saßen wir alle bei Sauerbraten mit Semmelknödeln zusammen, und meine Mutter sprang ausnahmsweise nicht gleich nach dem Essen auf und räumte den Tisch ab.

Wir sprachen über möglichst unverfängliche Dinge und über Leute von früher. Themen wie Christoph und meine derzeitige Wohnsituation wurden gemieden. Ich hatte den Verdacht, dass Markus ihnen das verboten hatte. Vielleicht nicht verboten, aber geraten. Und weil meine Mutter grundsätzlich viel auf Markus' Meinung gab, befolgte sie das brav. Mir war es nur recht. Eigentlich waren es sogar ein paar schöne Stunden. Ich konnte mich nicht erinnern, wann ich das Haus meiner Eltern mit einem so zufriedenen Lächeln verlassen hatte wie an diesem Tag.

Als ich das Zauntor hinter mir ins Schloss warf, entdeckte ich eine SMS auf meinem Handy:

Alles Gute zum Geburtstag, liebe Lyn. Würde dich gern bald wiedersehen. Sascha

Wie lieb, dass er daran gedacht hatte. Ich freute mich,

konnte aber einfach nicht vergessen, dass er zehn Jahre jünger und Student war. Er war so hübsch, intelligent und ein netter Kerl, aber in ein paar Jahren, wenn meine Falten tiefer werden würden und er sich noch gut hielt, könnte ich vielleicht für seine Mutter gehalten werden. Schreckliche Vorstellung.

Mir fiel ein, dass ich trotz meines Geburtstags nicht einfach so mit leeren Händen zu Antje kommen konnte, also machte ich einen Abstecher in den Supermarkt.

Ratlos stand ich vor dem Regal mit Champagner. Obwohl ich Champagner mochte, kannte ich mich nicht besonders gut damit aus. Die Preisunterschiede waren riesig.

»Ja, wen haben wir denn da? Die liebe Frau Fritsch.« Die männliche Stimme hinter mir klang freundlich. Ich drehte mich um und blickte in das nette Gesicht von Dr. Nix.

»Oh, hallo, Dr. Nix.«

Er nickte zur Begrüßung, während er mit beiden Händen seinen Einkauf umklammert hielt. Wie es schien, gehörte auch er zur Ich-brauche-doch-keinen-Einkaufswagen-Fraktion. Das Problem war, dass man am Ende dann doch voll beladen zur Kasse gelangte und es kaum erwarten konnte, das schwere Bündel auf das Fließband zu werfen.

Ein kurzer Blick auf die Ware in seinen Armen verriet mir, dass Dr. Nix ein Schlemmermäulchen war. Es gelang mir, auf die Schnelle Kaviar und Pralinen zu erhaschen.

Wir standen uns gegenüber und lächelten uns nickend an. »Na, auch beim Einkaufen?«, fragte ich überflüssigerweise.

»Ja, ja. Als Junggeselle brauche ich aber nicht so viel.« Ich lachte in mich hinein. Der Hinweis (oder die Auffrischung der Information), dass er Junggeselle war, kam etwas umständlich und übergangslos.

»Ach, ja.« Ich lächelte wieder. »Ich stehe hier etwas ratlos vor dem Champagner-Regal. Kennen Sie sich damit aus?«

»Soll es ein Geschenk sein? Oder ist es zum eigenen Genuss?« Er zwinkerte mir zu, und das brachte mich für eine Sekunde aus dem Konzept.

»Äh, ich habe heute Geburtstag, und es wird eine Party für mich organisiert. Ich dachte, dass ich vielleicht etwas mitbringen …«

»Geburtstag?«

»… sollte.«

»Heute?«

»Äh, ja.«

»Ich würde Ihnen gerne die Hand geben und gratulieren, aber wie Sie sehen …« Er machte eine Kopfbewegung Richtung seiner umklammernden Arme.

»Nehmen Sie doch den hier – damit kann man nichts falsch machen.« Er nickte in die Richtung eines Champagners, der in Rot und Gold eingepackt war und mir etwas teuer vorkam, aber ich wollte nicht als Geizhals dastehen, also nahm ich ihn vom Regal.

»Ist es eine große Party?«, wollte Dr. Nix wissen. Seine Neugier überraschte mich.

»Na ja, so mittelgroß.« Ich zuckte die Schultern.

»Wird Frau Viehbeck auch da sein?«

»Annett? Ja, warum?«

»Ach, nur so«, meinte er leichthin.

»Möchten Sie vielleicht auch …«

»Ja, gern.«

»kommen …«

Er nickte erfreut. Stand er etwa auf Annett? Aber warum überraschte mich das? Sie war schließlich auch ein bisschen scharf auf ihn, was ich so mitbekommen hatte.

Zehn Minuten später saß ich neben ihm im Auto. »Müssen Sie nicht kurz nach Hause, um die Sachen kühl zu stellen?«

Er winkte ab. »Kein Problem.«

Als Antje uns die Tür aufmachte, legte sie fragend die Stirn in Falten. Ich drückte ihr den Champagner in die Hand.

Wir traten in den Flur. »Das ist Dr. Nix. Erinnerst du dich?« Antje war ja bei meinem Weinkrampf, an jenem Samstag, ebenfalls dabei gewesen.

»Ich habe heute gekocht, und du glaubst gleich, wir brauchen einen Arzt?«

Dr. Nix schien das sehr zu amüsieren, denn er brach in ein kurzes Lachen aus und murmelte. »Köstlich, einfach köstlich.«

Kaum hatte Annett ihn erblickt, kam sie auf uns zugeschossen. »Dr. Nix?«

Seine Augen leuchteten. »Frau Viehbeck. Wie schön, Sie zu sehen.«

»Bist du den ganzen Tag in der Küche gestanden, Antje?« Ich ließ meinen Blick über das Buffet schweifen. Gefüllte Weinblätter, Sushi, Tapas … Sie hatte das alles so liebevoll hergerichtet, dass es mich sprachlos machte.

»Egge hat mir geholfen.«

»Ach, echt?« Das konnte ich nun nicht ganz glauben. Er war absolut kein Macho und war fürs Einkaufen, Bügeln und Putzen zu haben, aber Essenszubereitung zählte nicht zu seinen Stärken.

»Na ja«, Antje verzog den Mund, »er hat das Gemüse klein geschnitten und den Reis aufgesetzt.«

Olivia hatte sich unter die Gäste gemischt (die ich teilweise kaum kannte), Louise sah sich das gigantische CD-Regal an, das Egge im Laufe der Jahre angesammelt hatte; und Annett mampfte sich durch die verschiedenen Speisen, während sie sich angeregt mit Dr. Nix unterhielt.

Es klingelte.

Ich sah zu Antje. Sie lächelte spitzbübisch. »Ist eine Überraschung.«

»Eine Überraschung? Aber du weißt doch, dass ich Überraschungen hasse.«

Sie machte ein fröhliches Gesicht. »Ach, komm schon. Eine kleine Überraschung muss schon sein, oder?« Sie lachte. »Ich bin ja so gespannt auf deine Reaktion.«

»Ach ja?«

Sie lachte wieder.

Mir sprang beinahe das Herz aus der Brust. Sie war hoffentlich nicht verrückt genug, Christoph einzuladen? Bei dem Gedanken wurde mir ganz anders. Wie würde das aussehen? Ich würde mich blamieren bis auf die Knochen! Christoph war wirklich die letzte Person, die ich hier haben wollte. Aber ich konnte mir auch nicht vorstellen, dass er die Einladung annehmen würde. Zumal er mir regelrecht aus dem Weg ging und immer wieder unter Beweis stellte, wie wenig ihm daran lag, mich zu sehen.

Antje ging aus dem Wohnzimmer in die Diele, und ich lief ihr hinterher. Es klingelte erneut. In mir stieg Panik auf. Antje wollte gerade den Arm ausstrecken, um die Tür zu öffnen, da packte ich sie an der Schulter. »Antje! Du hast doch wohl nicht Christoph eingeladen, oder?«

»Spinnst du? Ich lad doch nicht Christoph ein! Für wie beschränkt hältst du mich eigentlich?«

Gerade, als ich so hinter Antje stand und erleichtert aufatmete, öffnete sie die Tür. Rückwirkend betrachtet passierte das in Zeitlupentempo.

Da stand er. Zuerst erkannte ich ihn überhaupt nicht. Ich blickte in sein Gesicht und wusste, dass ich es kannte, aber ich brauchte ein paar Sekunden. Meine Gedanken fuhren Achterbahn, und ich glaube, ich wurde knallrot im Gesicht. Als mir schließlich dämmerte, wer da vor mir stand, bekam ich eine Art sekundenlangen Schwächeanfall. Ich konnte mich kaum mehr bewegen.

18

Wir starrten uns an. Antje nahm ich gar nicht mehr wahr. Irgendjemand sollte jetzt etwas sagen, dachte ich.

Also machte ich den Anfang: »Socke?«

Er lächelte, kaum merklich. »So hat mich seit über zwanzig Jahren niemand mehr genannt.« Seine Stimme hatte sich verändert, war ein wenig tiefer geworden. Ich hatte seine Stimme so gemocht, weil sie einen schönen Klang hatte, weder zu tief noch zu hoch.

Antje bat ihn herein, und er zog seine Jacke aus. Ich beobachtete ihn.

Natürlich hatte er sich verändert. Ich rechnete nach. Vierzig war ich jetzt, mit siebzehn hatte ich Schluss gemacht, davor waren wir zwei Jahre zusammen gewesen. Also hatten wir uns seit dreiundzwanzig Jahren nicht mehr gesehen. Ein klein wenig hatte die Zeit in unseren Gesichtern ihre Spuren hinterlassen. Obwohl ich ganz ehrlich sagen muss, dass ich nie richtig hübsch war. Im Grunde sah ich aus wie Millionen anderer Frauen, einfach Durchschnitt. Für Socke hatte das nicht zugetroffen. Er hatte richtig gut ausgesehen. Ich hatte nicht verstanden, warum er ausgerechnet mit mir zusammen sein wollte, nicht etwa mit Fiona Ziegenhagen. Der Nachname täuschte; sie hatte irre gut ausgesehen. Tolle Figur und ein Gesicht wie gemalt. Dass

Socke mich beobachtete, war mir schon im Schulhof aufgefallen, aber ich dachte, ich würde ihn an irgendjemanden erinnern. Wenn man so ein winziges Selbstbewusstsein hatte wie ich, konnte man sich nicht vorstellen, dass man jemandem gefiel. Eines Tages kam ich später als sonst aus dem Schulgebäude, weil ich nachsitzen musste. An der Ecke saß Socke auf dem Fahrrad und sagte einfach: »Hast du Lust, mal ins Mäcki zu gehen?«

»Mit dir?« Blöde Frage, ich weiß.

Er nickte.

»Äh, ja, glaub schon.« Das Gute an der Pubertät ist, dass alle sich bescheuert benehmen und Probleme mit ihrem Selbstwertgefühl haben, also fällt es grundsätzlich nicht so auf, wenn man sich zum Affen macht.

»Okay.« Er zuckte die Schultern und tat ganz cool. »Morgen um vier im Mäcki am Nordbad?«

Ich nickte und lächelte dümmlich. Immer wieder hatte ich vor dem Spiegel versucht, verwegen und geheimnisvoll zu lächeln, aber ich bekam das nie hin. Ich konnte nur aus vollem Hals lachen, breit grinsen oder dümmlich lächeln. Verwegen wie Lauren Bacall war bei mir nicht drin.

In dieser Nacht hatte ich keine einzige Sekunde geschlafen. Ich würde mich mit einem Jungen treffen, einem gut aussehenden Jungen! Eigentlich hatte ich mich schon mit dem Gedanken angefreundet, einen zweiten Quasimodo meine erste Liebe zu nennen. Aber in dieser Nacht schloss sich das Kapitel Kindheit vor meinem inneren Auge. Ich spürte, dass ein neuer Abschnitt begann, etwas Aufregendes und vollkommen Neues. All diese verwirrenden Gedanken und Ängste, die mich in dieser Nacht verfolgten, hätte man am besten mit dem Song *Take me home tonight* von Eddie Money untermauern können. Dieses Lied und *She's a little runaway* von Bon Jovi hörte ich abwechselnd rauf und runter. Das weiß ich noch genau.

Ich bettelte meine Mutter an, dass sie mir einen grauen Blazer und einen Hut kaufte, wie Madonna in ihrem Video *Who's that girl* anhatte. Meine Mutter sagte, dann würde ich aussehen »wie der Onkel Schorsch, wenn er am Sonntag in d' Kirch' geht«. Ich bettelte weiter und sagte: »Alle, die gut drauf sind, sind so angezogen. Alle anderen sind Freaks.« Sie verstand kein Wort von dem, was ich sagte. Aber sie gab mir das Geld. Ich fuhr am nächsten Tag sofort nach der Schule in die Stadt und hatte die Sachen zu unserer ersten Verabredung.

So fing das damals an, mit Socke und mir.

Jetzt standen wir uns gegenüber, nach dreiundzwanzig Jahren, und ich bekam kein Wort heraus, beinahe wie damals.

»Ich hab ihn eingeladen«, sagte Antje, »damit es für euch beide eine Überraschung ist.« Es hatte sich eine Spur von Unsicherheit in Antjes Tonfall gemischt.

»Sie hat zu mir gesagt, dass sie eine kleine Feier machen«, meinte Socke. »Ich wusste nicht, dass du kommst.«

»Oh«, brachte ich nur hervor. Wäre er dann nicht gekommen?

»Es ist nicht so, dass ich dann nicht gekommen wäre, aber es wäre schön gewesen, vorbereitet zu sein.« Der Vorwurf war kaum zu überhören.

Antje winkte ab und tat so, als wäre das alles keine große Sache. »Das Kind hat heute Geburtstag. Macht euch einfach einen netten Abend, ja? Ich dachte, es wäre ganz nett, wenn ihr euch mal wieder seht.«

»Alles Gute«, murmelte Socke in meine Richtung.

»Danke.«

»Antje, kommst du mal?«, kam es von Egge aus der Küche. »Ich finde die Eiswürfel nicht.«

»Sind im Eisfach, Einstein«, brüllte Antje und eilte davon.

Ich stand mit Socke in der Diele. Wir sahen uns an. »Geht es dir gut?«, fragte Socke.

»Ich habe mich kürzlich von meinem Mann getrennt, aber eigentlich geht's mir gut, ja. Und dir?«

»Passt schon.«

Wir sahen uns wieder an, dann blickten wir weg. Betretenes Schweigen. Nach einer halben Ewigkeit sagte ich das Erste, das mir einfiel: »Vielleicht sollten wir ins Wohnzimmer gehen. Was meinst du?«

»Ja, na sicher.« Er ging hinter mir her.

»Magst du Sushi?«, fragte ich, um irgendetwas zu sagen.

»Ja, sehr sogar.«

»Wirklich?« Ich war überrascht.

»Warum sollte ich kein Sushi mögen?«

»Keine Ahnung. Ich dachte, das passt irgendwie nicht zu dir.« Ich lächelte und hob entschuldigend die Handflächen nach oben.

»Woher willst du denn wissen, was zu mir passt? Du kennst mich doch überhaupt nicht.« Es klang nicht unfreundlich.

Sekundenlang sahen wir uns an. Ich wusste nicht recht, was ich darauf sagen sollte. Sprach er nur von der Gegenwart, oder wollte er damit sagen, dass ich ihn auch damals nicht richtig gekannt hatte?

»Du hast recht, Socke.«

»Hör zu, Lyn«, lässig steckte er sich die Hände in die Hosentaschen, »kannst du bitte damit aufhören, mich Socke zu nennen?« Er lächelte.

»Aber ich habe dich nie anders genannt.«

»Das ist eine Zeit lang her, und damals war es vielleicht witzig. Heute bin ich einundvierzig, und ich will nicht mehr Socke genannt werden. Ich heiße Bertram.«

»Ich weiß, wie du heißt.«

Er lächelte wieder. »Ich weiß, dass du es weißt.«

Annett quetschte sich zwischen uns und streckte ihren Arm aus, um an die Käse-Trauben-Spieße zu kommen. »Sind Sie ein Freund von Lyn?«, fragte sie und drehte den Kopf in Bertrams Richtung.

»Ein alter Bekannter«, meinte er und nahm sich auch einen Käse-Trauben-Spieß.

»Kennt ihr euch von früher?« Annett wandte den Kopf nun in meine Richtung.

»Ja. Er war meine erste große Liebe.«

Annett und Bertram starrten mich an. Schließlich sah sie Bertram neugierig an. »Na, dann lass ich euch mal allein.« Sie verschwand, mit einem riesigen Berg Lebensmittel auf ihrem Teller. Mit schnellen Schritten ging sie wieder zu ihrem Dr. Nix zurück, der schon sehnsuchtsvoll auf sie wartete.

Bertram zog eine Traube von seinem Spieß und steckte sie sich in den Mund. »Warum diese detaillierte Information?«

»Warum nicht?«

Er kaute an seiner Traube. Ein kleines Lächeln spielte um

seine Lippen. »Na ja, alter Bekannter hätte vielleicht auch gereicht.«

Ich erforschte sein Gesicht. Hier war das Licht heller als vorhin in der Diele. Er sah ganz und gar nicht aus wie ein ehemaliger Alkoholiker, sein Gesicht hatte immer noch diese feinen Züge und war glatt. Aber wenn man genau hinsah, konnte man durchaus auch Zeichen des Kummers erkennen. An den Schläfen war sein dunkelblondes, dichtes Haar leicht ergraut.

Was er wohl in meinem Gesicht sah? Wie nahm er mich wahr? Ich hätte viel darum gegeben, das zu erfahren. Egge kam mit einem Tablett vorbei, auf dem etwa zehn Caipirinhas waren. Ich schnappte mir ein Glas. »Ich bin eben ehrlich«, war meine Erklärung.

»Es spricht nichts dagegen, den Leuten wahrheitsgemäß zu antworten, aber es ist nicht immer nötig.«

»Ist es dir peinlich?« Ich rührte nervös mit meinem Strohhalm in meinem Caipirinha. Meine Finger zitterten, und ich hoffte, er würde es nicht merken.

»Nein, ist es nicht.«

»Na also.«

»Du musstest schon immer das letzte Wort haben.« Er blickte mir direkt in die Augen, und ich wusste, dass er neugierig auf meine Reaktion war. Aber es ist doch immer so, dass einem nie eine schlagfertige Antwort einfällt, wenn man sie am nötigsten braucht. Also sagte ich nur: »Das ist nicht wahr.« Ich dachte einfach nur: Noch banaler geht's nicht, Lyn?

»Doch, doch. Das ist schon wahr. Aber egal. Ist ja lange her.« Er winkte ab, als würde er von der unwichtigsten Episode seines Lebens sprechen.

Das verletzte mich, und ich ärgerte mich darüber, dass es mich verletzte. »Stimmt. Viel zu lange, als dass es noch wichtig wäre.« Ich nahm einen kräftigen Zug von dem Caipirinha. War es geschmacklos, dass ich vor ihm stand und Alkohol trank? Ich hatte keine Ahnung, wie man sich einem trockenen Alkoholiker gegenüber verhielt.

»Was machst du denn so, Lyn? Beruflich, meine ich.«

»Ich arbeite in einer Buchhandlung.«

Er hob die Augenbrauen, um Anerkennung zu demonstrieren. »Ah, schön. Du hast ja schon früher viel gelesen.«

Mir fiel auf, dass er zwar so tat, als interessiere ihn unsere gemeinsame Episode kein bisschen mehr, gleichzeitig aber immer wieder auf früher zu sprechen kam.

»Der Laden wird bald mir gehören. Meine Chefin überlässt ihn mir.« Hoffentlich hörte ich mich nicht an wie diese Großmäuler auf Klassentreffen, die ihre Leistungs-Konto-Liste herunterbeteten.

Bertram nickte anerkennend. »Das ist klasse. Wo ist denn der Laden?«

Ich nannte ihm die Adresse. »Willst du mal vorbeikommen?« Warum sagte ich das? Ich hoffte, er würde Nein sagen. Alte Geschichten sollte man bekanntlich ruhen lassen.

»Nein.«

»Oh. Du hast dir noch nie viel aus Büchern gemacht, ich weiß.«

Er lächelte. »Das hat sich später etwas geändert. Nagle mich nicht fest auf etwas, das ich als Teenager getan oder nicht getan habe. Ich lese schon ab und zu mal ein Buch, aber letztendlich doch lieber Zeitung.«

»Buch und Zeitung, das kann man aber nicht richtig vergleichen.«

»Ich weiß. Wir sind doch aber beim Thema Lesen.«

Seine Besserwisserei fing an, mich zu nerven. Wahrscheinlich meinte er es gar nicht böse, trotzdem fand ich das Ganze langsam etwas anstrengend. »Entschuldige mich kurz.«

Ich ging Richtung Toilette, nicht weil ich musste, sondern weil ich von Bertram eine Pause brauchte. Das Wiedersehen brachte vieles wieder hoch. Es war ein ambivalentes Gefühl: einerseits schmerzhaft und auf der anderen Seite merkwürdig berauschend. Aber offenbar hatte er gewisse Dinge aus der Vergangenheit noch nicht ganz verarbeitet. Er kam mir ziemlich verbittert vor.

Als ich bei der Toilette angekommen war, sah ich Annett vor der Tür stehen. Sie sah etwas besorgt aus.

»Bilde ich mir das ein, oder riecht es hier nach Erbrochenem?«, fragte ich.

Annett nickte. »Dr. Nix geht es nicht gut.«

Ich hörte ihn drinnen würgen. »Oh, das klingt wirklich übel.«

Wir hörten die Klospülung, dann lief ewig lange das Wasser aus dem Hahn, und schließlich kam er heraus.

»Wohl ein Virus«, diagnostizierte er.

Annett nahm ihn am Arm und führte ihn Richtung Schlafzimmer. »Am besten legen Sie sich etwas hin, und ich bringe Sie dann nach Hause.«

»Nein, ich nehme mir ein Taxi«, hörte ich ihn noch sagen.

Der Geruch, der aus dem Raum kam, vergraulte mir die Lust aufs Alleinsein. Also ging ich in die Küche, in der Hoffnung, mit Antje ein bisschen quatschen zu können, aber die war kräftig mit Abspülen beschäftigt, während Helmut abtrocknete und Egge alles in die Schränke räumte. Um sie nicht zu stören, kehrte ich ins Wohnzimmer zurück. Ich nahm mir ein gefülltes Weinblatt, als ich hinter mir Bertrams Stimme hörte:

»Bist du vor mir geflüchtet?«

»Ich? Geflüchtet? Nein. Nicht wirklich. Ich meine, in einem bestimmten Moment fand ich es etwas anstrengend. Ehrlich gesagt.«

Er nickte nachgiebig. »Ja, verstehe. Tut mir leid.«

»Schon okay«, meinte ich überrascht.

Er lächelte mich an und sah dabei unglaublich liebenswürdig und verletzlich aus.

»Und, was machst du so beruflich?«

»Ich bin selbstständiger Steuerberater, kann mir meine Zeit einteilen.« Er steckte sich das letzte Käsestück in den Mund und warf den Holzspieß in den Abfalleimer.

»So, so, das ist bestimmt toll, wenn man sich die Zeit einteilen kann.«

Er kratzte sich am Kopf. »Na ja, klingt vielleicht toller, als es ist. Man muss sich tagtäglich neu motivieren, verlangt viel Disziplin, weil niemand da ist, der von dir erwartet, dass du dich an den Schreibtisch setzt.«

»Aha.«

Unser Gespräch wurde immer zäher. Dabei gab es doch Millionen Themen – wo waren die jetzt? Bertram fragte mich, ob ich noch jemanden von früher sehen würde. Dann redeten wir eine Weile über ehemalige Mitschüler und was aus ihnen geworden war.

Annett kam kurz und sagte, Dr. Nix wäre mit dem Taxi nach Hause gefahren. »Der arme Wurm«, murmelte sie besorgt.

Den Vergleich fand ich etwas schräg, musste sogar darüber lachen. Wahrscheinlich verstand sie den Grund nicht, denn sie sah mich verärgert an.

»Hoffentlich geht es ihm bald wieder besser«, warf ich ein, um Annett zu besänftigen.

»Ja. Ich werde ihn morgen mal auf dem Handy anrufen.«

Später verwickelte mich ein Mann namens Horsti in ein Gespräch. Er war Egges Arbeitskollege. Ich hatte immer eine Abneigung gegen Männernamen, denen man ein i angehängt hatte. Horsti, Hansi, Klausi, Rolfi ... Es klang nach Männern, die für immer in der Pubertät stecken geblieben waren. Dasselbe galt für Susi, Daggi oder Moni bei Frauen.

Horsti hatte eine Glatze und eine Wampe, die sein Hemd vorne straffte. Ich erwähne das nur, um ihn zu beschreiben, nicht um zu werten. Seine Art allerdings bereitete mir Probleme. Er fing an mit Small Talk über Geburtstagsfeiern und Winterwetter, wechselte dann geschickt zu seiner Arbeit. Er war irgendein BWLer mit einer englischen Berufsbezeichnung, die ich mir nicht merken konnte. Jedenfalls war er natürlich unverzichtbar für die Firma, und ohne ihn würde alles einstürzen wie ein Kartenhaus. Ich fing an zu gähnen, aber das übersah er gnädig. Als er irgendwann bei seinen Leiden angekommen war und mir haarklein die Symptome einer Nierenbeckenentzündung schilderte, fielen mir beinahe die Augen zu.

Jemand tippte mir auf die Schulter. Diesmal war ich dankbar für jede Unterbrechung und erblickte überglücklich Annett, die neben mir stand. »Du, wir fahren jetzt«, meinte sie.

»Oh, ich glaube, ich komme mit.« Die Vorstellung, Horsti loszuwerden, verursachte bei mir die allergrößten Glücksgefühle.

»Das geht nicht«, sagte Annett nüchtern. Ich sah sie verständnislos an.

»Wieso? Ihr seid doch zu dritt. Da passe ich doch problemlos ins Auto.«

Annett schüttelte vehement den Kopf. »Nein, nein. Ich war davor noch einkaufen und ...«

»Dann pack das Zeug doch in den Kofferraum.«

»Äh, geht nicht. Der ist auch schon voll.«

Ich wollte mich nicht weiter aufdrängen, obwohl ich das Ganze nicht verstand.

»Ich kann Sie gerne nach Hause fahren«, kam es von Horsti. Ich erschrak. Hilfe suchend sah ich Annett an. Sie winkte ab. »Nein, nein, Sie Lieber. Ist alles schon organisiert.«

»Ist es das?«, fragte ich.

»Ja. Dein alter Freund fährt dich nach Hause.«

»Socke?«

»Was?«

»Äh, Bertram?«

»Genau.«

»Ach so, na gut.« Was sollte ich nur davon halten?

Annett, Olivia und Louise verabschiedeten sich, und ich ging mit großen Schritten auf Antje zu. Etwas grob packte ich sie am Arm. »Kommst du bitte mal?«

Sie nahm einen letzten Schluck Prosecco und stellte im

Vorbeigehen das Glas auf dem Tisch ab. »Was ist denn los?« Ich merkte, dass sie ein wenig beschwipst war. Dafür brauchte es nicht viel. Antje sah nach einem Glas Wein schon alles doppelt, weil sie nur selten etwas trank. Ich zog sie in die Küche. Froh, dass dort niemand außer uns war, stellte ich sie gleich zur Rede: »Hast du das eingefädelt?«

»Was?« Sie stellte sich ahnungslos.

»Dass Socke mich nach Hause fährt?«

Sie kicherte und hielt sich wie eine Zwölfjährige die Hand vor den Mund. »Ist das nicht genial? Du hast kein Auto, Socke trinkt nicht und kann fahren, und Annetts Wagen ist schon voll.«

»Ja, sehr genial. Klingt auch unheimlich glaubwürdig, dass Annett für einen ganzen Monat einkauft und mit den Einkäufen nicht nach Hause fährt, sondern auf eine Party. Ich bitte dich, Antje! Was wird er denken? Vielleicht glaubt er, dass das meine Idee war.«

»Ach, Quatsch.« Sie winkte ab und kicherte wieder.

»Warum tust du das überhaupt? Willst du mich mit Socke verkuppeln?« Das letzte Wort hatte ich angewidert ausgesprochen.

Ein paar Sekunden sagte sie nichts. »Nein, das nicht, aber ... Ich finde das irgendwie romantisch, dass ihr euch nach so vielen Jahren wiederseht und beide Singles seid. Vielleicht hat das Schicksal ...«

»Bitte hör mit diesem Unsinn auf, Antje. Schicksal, dass ich nicht lache.«

Antje sah mich eine ganze Weile schweigend an, dann sagte sie: »Weißt du noch, wie du manchmal Leute mit nach Hause gebracht hast und Markus sollte sie einschätzen?«

»Ja. Und?«

»Weißt du noch, dass er immer recht hatte?«

Ich zuckte die Schultern. »Klar.«

»Und weißt du auch noch, dass er damals bei Socke gesagt hat, er sei der Richtige?«

Ich schwieg.

»Weißt du es noch, Lyn?«

»Ja«, flüsterte ich vor mich hin. Ich war einfach nur völlig durcheinander und wusste gar nichts mehr.

19

Ich zog mich ins Bad zurück, um für ein paar Minuten allein zu sein. Antje und ich hatten nie richtig gestritten, aber jetzt war ich ziemlich wütend auf sie. Ich klappte den Klodeckel nach unten und setzte mich darauf. Müde rieb ich mir die Augen. In meinem Kopf herrschte Chaos, die Gedanken hüpften hin und her wie auf einem Trampolin, und ich konnte sie nicht einfangen. Socke, der jetzt nur noch Bertram hieß. Antjes Versuch, mich zu verkuppeln. Wirkte ich wirklich so erbärmlich, dass man mich mit jemandem zusammenbringen musste? Noch dazu mit jemandem, mit dem ich schon mal zusammen war!? Ich kippte vornüber und stützte den Kopf auf meine Hände. Es war so verstörend, Socke wiederzusehen. Bertram. Früher war er ein netter Kerl gewesen, jetzt sah ich ihn eher als einen dieser Typen, die in der Zeitung ein Inserat aufgaben mit dem einleitenden Satz *Nach großer Enttäuschung suche ich.*

Was war mit Christoph? Liebte ich ihn noch? Irgendwie schon noch ein bisschen, irgendwie aber auch überhaupt nicht mehr. War ich in einer Phase meines Lebens angelangt, in der einen die Leute als psychisches Wrack bezeichneten? Außerdem musste ich in regelmäßigen Abständen an Sascha denken. Bei ihm wusste ich, dass er mir so schnell nicht wieder aus dem Kopf gehen würde, obwohl zwischen uns nichts passiert war.

Die Tür ging auf. Ich erschrak und hob den Kopf. Es war Bertram, der mich verwundert ansah. »Entschuldigung, ich wusste nicht, dass besetzt ist.«

»Ach so, ja.« Ich strich mir das Haar aus dem Gesicht.

»Sollte man den Deckel nicht vorher hochklappen?« Er lächelte.

Ich stand auf. »Hab vergessen abzusperren. Ich – hab Bauchschmerzen.« Irgendetwas musste ich schließlich sagen.

»Kein Wunder. Du hast drei Caipirinhas getrunken.«

»Du hast meine Cocktails gezählt?«

»Zufällig.«

Ich stand unbeholfen da und nickte.

»Könnte ich vielleicht kurz ins Badezimmer?«

»Ja, natürlich.« Ich ging aus dem Bad, und als ich an ihm vorbeikam, machte er keine Anstalten, zur Seite zu gehen. Also musste ich an ihm vorbei durch die Tür. Dabei berührten sich unsere Arme, und er folgte mir mit seinem Blick. Das verursachte mir eine Gänsehaut. Dieses Mal war es aber keine Hui-ist-das-aufregend-, sondern eher eine Bäh-ist-das-unangenehm-Gänsehaut.

Eine halbe Stunde später saß ich mit Bertram im Auto. Er fragte nach meiner Adresse, und ich beschrieb ihm den Weg. Als er den Motor anließ, schaltete sich automatisch der CD-Player ein, und Randy Crawford sang ihre Version von *Who's Crying Now.*

»Du hörst Randy Crawford?«

»Ja. Ich mag am liebsten Musik von Frauen, die ruhige Songs machen. So wie Dido oder Norah Jones.« Bertram lenkte den Wagen aus der Parklücke.

»Wow, ganz anders als früher. Ich sage nur: Alice Cooper und Van Halen.«

Er warf mir einen kurzen Blick zu, ein leichtes Lächeln um seinen Mund. »Man entwickelt sich eben weiter.«

Ein kurzer Moment der Traurigkeit überfiel mich. Wie viel Socke war noch in Bertram? Hatte er sich so verändert, dass kaum noch etwas davon übrig war? Aber eigentlich glaubte ich nicht daran, dass ein Mensch ein völlig anderer werden konnte. Sein Verhalten vielleicht, seine Ansichten und Meinungen; man konnte toleranter oder gelassener werden. Aber im Grunde fühlte ein Bertram dasselbe, was Socke gefühlt hatte. Seine Erinnerungen waren nicht gelöscht, und er konnte nicht vergessen haben, wie verliebt er in mich gewesen war. Ich hatte später erfahren, dass Socke, nachdem ich Schluss gemacht hatte, wochenlang am Boden zerstört war und gesagt hatte, er würde sich nie wieder verlieben.

»Na ja«, sagte ich, so locker wie es mir möglich war, »ich muss gestehen, musikalisch habe ich mich nur bedingt weiterentwickelt. Zwar habe ich die Klassik und Oper entdeckt, aber mein E-Gitarren-Sound bleibt immer in meinem Herzen. Haha.«

»Wirklich?« Bertram hatte nicht den Anflug eines Lächelns im Gesicht.

Ich plapperte einfach weiter, um dieser grauen Stimmung etwas Farbe zu verleihen. »Hin und wieder taucht mal ein Künstler auf, den ich gut finde, aber grundsätzlich bin ich immer in meiner Zeit hängen geblieben, ja.«

Bertram zuckte die Schultern. »Mir gibt diese Musik irgendwie gar nichts mehr. Wenn ich im Radio diesen

Siebziger- und Achtzigerjahrescheiß höre, dann muss ich den Sender wechseln.«

»Das hört sich ziemlich radikal an. Verbindest du mit der Zeit irgendwelche schlimmen Erinnerungen?«

»Oh, machen wir jetzt Küchenpsychologie, ja?«

Sein Sarkasmus war wie ein kleiner Schlag ins Gesicht. Um die Situation zu entkrampfen, sagte ich: »Wohl eher Autopsychologie.« Erst als ich es ausgesprochen hatte, merkte ich, was für ein schwacher Kalauer das war.

Er reagierte überhaupt nicht darauf, was die Sache noch peinlicher machte. »Aber du kannst mir doch trotzdem darauf antworten.«

»Mein Gott, Lyn.« Er klang gereizt und hob kurz die Hand, um sie anschließend wieder auf das Lenkrad fallen zu lassen. Sein Blick begann, aggressiv zu wirken. Ich fühlte mich so schrecklich unwohl mit ihm und wollte einfach nur aus diesem Auto raus. Ich musste an Sascha denken und wünschte mich sogar in sein winziges Pizzaauto.

Früher war es anders gewesen mit Bertram. Er hatte viel auf meine Meinung gegeben und war mir bei jeder Gelegenheit um den Hals gefallen und hatte mich geküsst. Unseren ersten Kuss habe ich nie vergessen. Er hatte mich zur S-Bahn begleitet, und wir standen alleine auf dem Bahnsteig. Es war mein erster richtiger Kuss, und noch Tage danach fühlte ich mich wie im Trancezustand.

»Meine Großeltern sind damals innerhalb kurzer Zeit gestorben, du hast mich abserviert, meine Eltern haben sich getrennt … Und noch ein paar andere Dinge, die ich nicht alle aufzählen möchte. Und dann fragst du mich allen Ernstes, ob ich mit dieser Zeit schlimme Erinnerungen verbinde? Hier ist die Straße. Muss ich rechts oder links abbiegen?«

»Rechts. Und was heißt, ich hab dich abserviert? Wir haben nicht zusammengepasst.«

Er prustete kurz in sich hinein. »Ich bitte dich! Du hast Schluss gemacht, weil wir nicht den gleichen Humor hatten.« Die letzten Worte hüllte er in viel Ironie und Spott. »Du hast mich belogen. Humor ist doch kein Grund, um Schluss zu machen.«

»Was soll ich denn sagen, Socke? Ich …«

»Bertram«, kam es eine Spur zu laut von ihm.

»Bertram«, nun sprach auch ich lauter, »ich war verdammte siebzehn Jahre alt – wovon sprechen wir hier überhaupt? Ich kann doch nach so langer Zeit keine Verantwortung dafür übernehmen, was ich als Minderjährige getan hab.«

Er brachte den Wagen zum Stehen. »Ist ja auch scheißegal.«

»Ich weiß nicht mehr so genau, warum ich Schluss gemacht hab. Das schwöre ich, Bertram. Natürlich ist es seltsam, sich von jemandem zu trennen, weil er einen anderen Humor hat. Aber vielleicht war mir das damals wichtig, keine Ahnung. Vielleicht war es ein Vorwand, weil ich meine Freiheit wiederhaben wollte. Ich weiß es einfach nicht mehr. Und es tut mir leid.«

»Was tut dir leid?«

»Weißt du was, Bertram? Du fängst an, mir auf die Nerven zu gehen. Ich wünsche dir noch ein schönes Leben.«

Auch wenn es übertrieben klingt, aber es ist die Wahrheit: Ich war noch nie so froh, jemandem Lebewohl zu sagen wie in diesem Augenblick.

Das Geräusch des wegfahrenden Wagens verschaffte mir Erleichterung. Während ich in meiner Handtasche nach dem Hausschlüssel kramte, hörte ich ein herannahendes Auto. Hier ging es ja zu wie auf einem Parkplatz. Als ich mich umdrehte, erblickte ich das winzige Pizzaauto. Ich blieb wie angewurzelt stehen. Er lächelte mich schon von Weitem an. »Hallo.«

»Hallo.« Ich versuchte, lässig zu wirken, aber ich klang eher wie betrunken.

Sascha ging auf mich zu. Ich bemerkte, dass er ein Päckchen in der Hand hatte. »Bist du nicht auf dem Konzert?«

»Ich hab die Karten meiner Schwester geschenkt. Die geht mit ihrem Freund hin.«

»Ich dachte, deine Schwester mag die Stones nicht?«

Sascha schien ein paar Sekunden scharf nachzudenken. »Ja, genau. Sie – äh … Sie mag sie doch irgendwie, und jetzt geht sie mit ihrem Freund hin.«

Das amüsierte mich. »Es hat gar nicht gestimmt, dass deine Schwester die Stones nicht mag. Du wolltest nur mit mir …«

»Hör zu«, unterbrach er mich sanft, »ich habe nicht allzu viel Zeit, weil ich mir von meinem Chef das Auto geliehen habe und es gleich wieder zurückbringen muss. Ich wollte dir nur schnell zum Geburtstag gratulieren. Es ist immerhin ein runder und sehr wichtiger.«

»Ich hab auch gelogen«, sagte ich unvermittelt.

Er sah mich fragend an.

»Als du mich gefragt hast, ob ich die Stones mag, hab ich einfach Ja gesagt. Eigentlich mag ich nur *Angie* und *Paint it black*.«

»Ich mag sie auch nicht besonders. Hab die Karten geschenkt bekommen.« Er grinste.

»Schön, dass wir das geklärt haben.«

Ich warf wieder einen Blick auf das Päckchen und verging beinahe vor Neugier.

»Egal, was es ist, ich werde mich darüber freuen«, sagte ich und klang dabei wie Karlheinz Böhm, wenn er sagte, dass jeder Euro zählt.

»Egal, was es ist?« Er klang erbost.

Ich erschrak.

»Auch wenn es ein Verlobungsring ist?«

»Waaas?«, war alles, was ich herausbrachte.

Er hatte Mühe, ein Lachen zu unterdrücken. »Du hättest dein Gesicht sehen sollen.«

Er hatte offenbar einen leicht schrägen Humor, aber das war okay. Christoph hatte unter Humor verstanden, über Stan und Olli zu lachen, oder bemerkte, dass andere etwas lustig fanden, und lachte dann einfach mit.

Sascha reichte mir das Päckchen. »Es ist nichts Besonderes, nicht dass du denkst ...«

»Ich denke gar nichts. Jetzt lass mich das Ding doch aufmachen. Der Größe nach ist es keine Pizza, außer sie ist gefaltet oder so was«, redete ich so vor mich hin, während ich das Päckchen auswickelte. Zum Vorschein kam eine Blechdose in Form einer Filmrolle. Als ich diese öffnete, erblickte ich fünf Kinokarten.

»Das sind Gutscheine, du kannst sie universal einsetzen. Ich weiß noch nicht allzu viel von dir, aber ich weiß, dass du gerne ins Kino gehst. Das hast du gesagt, als wir Cocktails trinken waren – und vielleicht hättest du ja mal Lust, mit mir zusammen einen Film anzuschauen?« Auf einmal hielt er inne und machte einen Schritt auf mich zu. Dann ging alles ganz schnell. Sascha nahm mein Gesicht in beide Hände, sah mir direkt in die Augen, und dann presste er ganz sanft seine Lippen auf meine. Ich hätte ihn wegstoßen können, natürlich. Aber ich konnte nicht, auch wenn es nach einer faulen Ausrede klingt. Da stand ich, mit der blechernen Filmrolle in der einen Hand, in der anderen meine Handtasche, und meine Arme fühlten sich mit einem Mal so schwer an, als wären sie aus Blei. Das heißt, ich konnte praktisch nichts dafür. Was sollte ich schon machen? Wer einen Körper aus Blei hat, kann sich schließlich nicht wehren. Der Kuss wurde fordernder und heißer. Vielleicht wirkt es schwülstig, aber es ist die volle Wahrheit, wenn ich behaupte, dass dies der schönste Kuss nach vielen Jahren war, vielleicht sogar *der* schönste überhaupt. Er dauerte eine ganze Weile, aber eigentlich viel zu kurz. Dann ließ Sascha mich los, sah mich an und sagte: »Ich könnte jetzt natürlich sagen, dass es mir leid tut.«

»Sag das nicht«, flüsterte ich, und es war mir ernst. Wenn er das wirklich sagte, dann würde ich wahrscheinlich ins Haus stürzen und mich wie ein Teenager bühnengerecht aufs Bett werfen und die ganze Nacht durchflennen.

»Ich muss los, Lyn.«

Ich nickte enttäuscht.

Sascha lächelte mich noch an und ging dann weg. Bevor er ins Playmobilauto stieg, blickte er sich noch kurz zu mir um. Ich winkte ihm mit der Blechdose. Dafür hätte ich mich ohrfeigen können, ich musste erbärmlich wirken. Es fehlte nur noch das weiße Taschentuch zum Winken und die zusammengeballte Faust, auf die ich biss, um einen Aufschrei zu unterdrücken.

Die nächsten Tage verbrachte ich vor mich hin träumend. Immer wieder spielte ich in Gedanken die Kussszene durch und hatte dabei dieses gewisse dämliche Grinsen im Gesicht. War ich erwachsen, oder was? Ich erzählte niemandem davon. Wie durch ein Wunder hatten die Mädels es nicht mitbekommen. Keine von ihnen hatte am Fenster gestanden. Es war ein süßes Geheimnis, das ich mit mir herumtrug. Jedes Mal, wenn das Telefon oder mein Handy klingelte, sprang ich hysterisch auf und hoffte, dass er es war. Ich war mir sicher, dass er irgendwann anrufen würde. Was mir Sorgen bereitete, war das Irgendwann. Wie tief war ich eigentlich gesunken, dass ich so sehnsüchtig auf den Anruf von einem Mann wartete? War ich etwa verliebt? Nein, natürlich nicht. Doch nicht nach dieser kurzen Zeit. Ich kannte ihn doch kaum.

Am Sonntagabend lag ich wieder einmal gedankenversunken auf der Couch und grübelte über mein Leben nach. Als mein Handy klingelte, erschrak ich und fuhr hoch. Das Display zeigte eine mir unbekannte Nummer ohne Namen. Ich hoffte nur, es war jemand, der sich verwählt hatte. Der einzige Mensch, mit dem ich sprechen wollte, war Sascha. »Hallo«, sagte ich unfreundlich.

»Lyn?« Er war es! Endlich. Ich würde seine Stimme von nun an unter tausend anderen erkennen.

»Ja?« Klang ich zu entzückt?

»Hier ist Sascha.«

»Ich weiß.« Es war so schön, seine Stimme zu hören. In dieser Sekunde schoss mir ein Gedanke durch den Kopf: Sascha war nicht nur aufregend, sondern auch einer der mental gesündesten Menschen, die ich kannte.

»Hast du später ein bisschen Zeit?«

»Ähm … Ich weiß nicht … Also, eigentlich …« Hoffentlich stimmte es auch tatsächlich, dass Frauen dem Mann die kalte Schulter und nicht allzu viel Interesse zeigen sollten.

Schweigen.

Also eigentlich was? Mir fiel nichts ein, was ich sagen konnte. Panik kroch in mir hoch. Ich hatte es mir schon bequem gemacht. Vor mir stand ein Schokoladenpudding (diese beiden Dinge waren sekundär), und ich hatte meine Haare nicht gewaschen (das war das größere Problem).

»Ist schon okay, wenn du nicht willst. Vielleicht ein anderes Mal.«

Ich sank zusammen und machte ein Gesicht wie die Leute in Horrorfilmen, wenn der Massenmörder vor ihnen steht und ihnen bewusst wird, dass sie das nächste Opfer sind. Totale Panik.

»Ich hätte schon ein, zwei Stunden Zeit«, versuchte ich, die Situation zu retten, »aber ich muss heute noch …« Hilfe! Mir musste schnell etwas einfallen, womit ich mein Zögern von vorhin erklären konnte. Schnell! »Ich muss heute noch Papierkram erledigen.«

»O ja, das kenne ich.«

»Ja, grässlich«, brabbelte ich.

»Wenn du willst, hole ich dich um neun Uhr ab, und wir gehen in *Popeye's Cocktail Lounge.*«

»Okay.« Von dem Lokal hatte ich noch nie gehört. Hoffentlich waren da nicht nur Leute, die alle zwanzig Jahre jünger waren als ich.

»Schön. Bis dann.«

»Ja, bis dann.«

Ich drückte den roten Knopf und legte das Handy gerade auf den Tisch, als es erneut klingelte. Sascha hatte wohl noch etwas zu sagen, deshalb achtete ich nicht auf das Display. »Ja?«

»Mit euch Kindern hat man nichts als Ärger«, ertönte es durch den Hörer.

»Mutter?«

»Markus will nicht mehr hier bleiben!«

»Aber es ist doch nur verständlich, dass er nach Hause möchte.«

»Pah! Hier ist doch auch sein Zuhause!«, blaffte sie mich an.

»Aber es geht ihm doch schon viel besser, und bald kommt der Gips weg. Freu dich doch für ihn.«

Sie hörte gar nicht zu, sondern meinte: »Der Papi ist auch ganz traurig.«

Ich holte tief Luft. »Ihr werdet es überleben. Wenn der Unfall nicht passiert wäre, dann würdest du jetzt keinen solchen Stress machen.«

»Es ist aber Stress.« Sie blieb stur. »Jetzt muss ich wochenlang jeden Tag zum Markus. Schließlich muss ich ihm die Wohnung putzen und was zu essen machen.«

Ich machte sie lieber nicht darauf aufmerksam, dass sie das eigentlich nicht musste. Am Ende würde sie sich auch noch mit mir verkrachen. »Na ja, ein paar Wochen sind ja nicht sooo lang«, sagte ich stattdessen.

Sie stieß einen tiefen Seufzer aus. »Das kommt darauf an. Wenn du lebst wie die Made im Speck, sind ein paar Wochen nichts. Wenn du gefesselt bist oder kein Dach über dem Kopf hast, ist sogar ein Tag lang.«

Ihre Art der Philosophie war noch nie mein Ding gewesen, und oft verstand ich die genauen Zusammenhänge nicht, deshalb sagte ich bloß: »Das geht auch vorbei.«

»Das weiß ich auch.«

»Jetzt freu dich halt für ihn.« Langsam wurde ich ungeduldig.

»Gefühle kann man nicht herumkommandieren«, meinte sie altklug.

»Gefühle entstehen durch Gedanken«, meinte ich altklüger. »Wenn deine Gedanken positiv sind, dann werden deine Gefühle auch positiv.«

»Na, du bist ja zurzeit auch nicht unbedingt jemand, der andere mit Lachen ansteckt.«

Am liebsten wollte ich auflegen, aber das hätte sie mir nie verziehen.

»Manche Menschen sehen das anders. Jedenfalls ist es die Hauptsache, dass Markus bald wieder fit ist.«

»Ich sag bloß, dass ich traurig bin.«

Müde rieb ich mir die Schläfe. »Na gut, Mutter. Ich versteh dich ja«, log ich, um sie zu beschwichtigen, »aber irgendwie drehen wir uns im Kreis, oder?«

»Du musst immer das letzte Wort haben.« Dann legte sie auf.

»Ich ruf jetzt mal Dr. Nix an«, sagte Annett, »um zu fragen, wie es ihm geht.« Sie ging mit dem Hörer nach oben in ihr

Zimmer, und nach fünf Minuten hörten wir sie wieder herunterpoltern. Freudestrahlend, rotwangig und aufgeregt keuchend rief sie: »Ich soll ihm Hühnersuppe bringen!«

Wir sahen sie etwas befremdet an, dann sagte Louise: »Welches Mädchen wünscht sich diese Worte nicht von ihrem Traumprinzen?«

Annett stürmte in die Küche, holte ein Suppenhuhn aus dem Gefrierfach und stopfte es in den etwas zu kleinen Schnellkochtopf. Dazu ein bisschen Gemüse, Wasser, und mit zitternden Fingern schraubte sie den Deckel drauf. »Ich glaube, er mag mich«, redete sie vor sich hin.

»Das glaube ich auch.« Ich lächelte ihr aufmunternd zu.

»Ja, echt?«

»Ja. Und ich finde, ihr würdet gut zusammenpassen.«

Sie sah so glücklich aus, dass ich für eine Sekunde ein bisschen neidisch auf sie war.

»Ach, Lyn«, rief sie, und ihre Augen funkelten, wie man es nur bei verliebten Menschen sehen konnte. »Er ist mein absoluter Traummann. Ich habe ja nie an so etwas geglaubt. Allein dieses Wort fand ich immer lächerlich. Gute Güte, Traummann, wie albern.« Sie kicherte. »Aber bei ihm passt einfach alles, sag ich dir. Wir sind uns so ähnlich und dann wieder so verschieden, aber in perfekter Kombination. Klingt das komisch?«

»Überhaupt nicht, Annett. Es klingt wunderbar.«

Nach einer Stunde verließ Annett mit dem Schnellkochtopf das Haus. Ich sah ihr durchs Fenster nach und fragte mich für einen kurzen Augenblick, ob ich jemals wieder eine normale Beziehung führen würde.

20

Die nächste Stunde lief ich wie ein aufgescheuchtes Huhn durchs Haus, nur um nicht stillzustehen und mich abzulenken. Schließlich bat mich Louise, endlich Ruhe zu geben. Als ich mich auf die Couch setzte, begann Olivia, mich über Bertram auszufragen.

»Ich habe keine Lust, darüber zu reden.«

Die beiden machten enttäuschte Gesichter. Louise wandte sich wieder ihrer Zeitschrift zu, und Olivia sah ihre Post durch. Das tat sie nur am Wochenende, deshalb stapelte sich das Zeug bei ihr.

»Übrigens, ich treffe mich später mit Sascha.«

Die beiden hoben die Köpfe und sahen mich an. »Der Pizzajunge?«, fragte Louise.

»Bitte hör damit auf, ihn Pizzajungen zu nennen. Er studiert Psychologie und wird später Therapeut.«

»Für dich ist das ein Geschenk des Himmels. Du wirst kein Geld für Sitzungen ausgeben müssen.«

»Louise!«, wies Olivia sie zurecht.

»Das war doch bloß ein Scherz.« Wir sahen sie schweigend an, und ich war mir nicht sicher, ob sie es nicht doch ein bisschen ernst gemeint hatte. »Na gut, es war ein dummer, dummer Scherz. Richtig blöd, um nicht zu sagen unverzeihlich. Bindet mich mitten in Pasing an einen Pfosten, und lasst faule Eier auf mich werfen.«

»Jetzt ist es auch wieder gut«, meinte ich.

»Stehst du auf ihn?«, wollte Louise wissen.

»Ich mag ihn.«

»Was schon mal ein guter Anfang ist.«

»Er ist zu jung für mich.«

»Sagt wer?« Louise zog die Augenbrauen zusammen.

»Na ja, er ist – zehn Jahre ...«

»Na und?«

»Zehn Jahre«, wiederholte ich. »Nein, eigentlich neuneinhalb, denn er war ja schon dreißig, als ich vierzig wurde.«

»Na, dann sind es halt *fucking* zehn Jahre, oder neuneinhalb. Wen kümmert das, außer dich?«

»Da fällt mir zum Beispiel spontan meine Mutter ein. Ich könnte mir vorstellen, dass sie sich darüber mokieren würde.«

»Du bist seit zweiundzwanzig Jahren volljährig. Du kannst dir deinen Partner selbst aussuchen, Lyn.«

Ich zuckte die Schulter. »Ja, aber zehn Jahre ...«

»Wenn du noch mal diese beiden Worte erwähnst, stampfe ich dich samt Sessel in den Boden. Wenn die Frau zehn Jahre jünger ist, kümmert das kein Schwein. Dabei sterben die Männer doch früher als die Frauen, also ist es wahrscheinlich von der Natur so gedacht, dass die Frauen älter sein müssen. Lass dir doch nichts einreden, Lyn.«

»Aber was, wenn die Frau sechzig ist und der Mann fünfzig? Ich meine, eine Frau mit sechzig ist mehr als reif, oder? Und der Mann kann mit fünfzig immer noch knackig aussehen.«

Olivia meinte: »Aber mit gesunder Ernährung, Sport und genügend Schlaf kann man viel für sich ...«

»Und vergessen wir doch das Wesentliche in der Beziehung nicht«, funkte Louise dazwischen, während sie vielsagend die Augenbrauen hoch und runter bewegte.

»Ja«, meinte Olivia verträumt, »der Respekt und die Liebe hält jeden jung.«

»Das meinte ich doch nicht, du Mauerblümchen. Ich sage es mal mit Madonnas Worten: ›Ich bevorzuge junge Männer. Sie wissen zwar nicht, was sie tun, aber sie tun es die ganze Nacht.‹ Man kann über diese Frau sagen, was man will, aber sie hat ihre eigene Denke.«

»Ich finde das menschenverachtend«, meinte Olivia schnippisch, »es reduziert einen Menschen und ist reines Ausbeuten.«

Louise sah sie mitleidig an. »Na klar. Ich bin sicher, die jungen Männer werden dazu gezwungen und fühlen sich danach benutzt und innerlich leer.«

Nach dem Mittagessen ging ich in mein Zimmer und legte mich auf die Couch. Das Radio spielte *Verdamp lang her* von BAP. Das Lied war in Kölsch, und ich verstand nur die Hälfte, aber die Zeilen, die melancholisch stimmten, verstand ich. Besonders: »Ist paar Jahre her, doch die Erinnerung fällt nicht schwer«, fand ich deprimierend. Wo war die verdammte Zeit hin? Es kam mir vor, als wäre ich gestern noch jung gewesen, hätte eben noch meine Wochenenden in Discos und die Wochentage in der Schule verbracht. In ein paar Jährchen würde ich meinen fünfzigsten Geburtstag feiern. O Gott! Als ich jung war, fand ich fünfzig furchtbar alt. Meine Oma war jünger, als ich geboren wurde. Das sagte schon alles. Fünfzig war aus, finito, vorbei.

Man wartete auf die Rente und legte Wert auf bequeme Schuhe. Vielleicht sollte ich mich nicht so hineinsteigern. Ich machte das Radio aus und nahm mir eine Frauenzeitschrift zur Hand, die ich mir von Annett geliehen hatte. Ich war schon fast durch, als ich auf die Anzeigen mit den verschiedenen Rubriken stieß. *Wahrsagen per Telefon* fiel mir ins Auge. Sollte ich? Eigentlich glaubte ich nicht an so etwas. Aber ich wollte es doch mal ausprobieren. Warum auch nicht? Ich las nie mein Horoskop oder sonst etwas in dieser Richtung. Es gab für alles ein erstes Mal. Also wählte ich die Nummer. Ein Mann am anderen Ende der Leitung sagte nur Hallo, ohne seinen Namen zu nennen.

»Hallo, arbeiten Sie auch sonntags?«

»Sonst hätte ich mich nicht gemeldet, oder?« Freundlich klang er nicht gerade, und dieser Mensch sollte mir etwas über mein Leben erzählen? Na ja, vielleicht war er unfreundlich, aber kompetent, überlegte ich. »Haben Sie etwas zu schreiben?« Er hörte sich sehr formell, beinahe kühl an.

»Ja.«

»Schreiben Sie sich meine Bankverbindung auf und überweisen Sie innerhalb einer Woche. Wenn diese Zeit überschritten wird, geht es ans Inkassobüro. Sie haben Hilfe bitter nötig.«

»Wie bitte?«, meinte ich verdutzt.

»Erst die Bankverbindung aufschreiben, dann erzähle ich Ihnen etwas über Ihre Probleme.«

»Ach so, ja gut.«

Er nannte mir die Bankverbindung, und ich schrieb sie auf. »Ohne Wärmeströmung hundert Euro, mit Wärmeströmung hundertfünfzig.«

Ich hatte keine Ahnung, wovon er sprach. »Wärmeströmung? Was ist das?«

»Ich schicke Ihnen per Telefon Wärmewellen, die Sie in sich spüren. So können Sie besser in sich hineinhorchen und Ihr Ich besser spüren. Ihre Probleme lassen sich dadurch schneller lösen. Jeder Anrufer nimmt die Wärmeströmung mit dazu, ist doch klar.« Den letzten Satz hatte er so gesagt, als wäre ich eine Vollidiotin, wenn ich es nicht nähme.

Natürlich war mir klar, dass er so viel Geld verdienen wollte wie möglich. Aber ich machte einfach Nägel mit Köpfen und dachte: Wenn schon, denn schon. »Okay, also mit.« Ich schluckte. Das war ein großer Batzen Geld, aber vielleicht konnte er mir doch helfen.

»Alles klar, wir starten. Sie machen gerade eine schwere Zeit durch. Habe ich recht?« O Gott, dafür sollte ich hundertfünfzig Euro bezahlen? Natürlich riefen ihn nur Leute an, die unsicher waren. Warum sollte jemand, der mit beiden Beinen im Leben stand, einen wie ihn anrufen?

»Stimmt«, sagte ich nur.

»Sie sind sehr unglücklich mit Ihrer jetzigen Situation, denken viel nach und zweifeln an sich selbst.«

»Ähä.«

»Ihr Liebesleben ist durcheinandergewirbelt.«

»Genau.«

»Sprechen Sie.«

»Was?«

»Wie kann ich Ihnen helfen? Welchen Rat brauchen Sie von mir?«

Unruhig rutschte ich auf der Couch hin und her. »Also, ich hab mich vor Kurzem von meinem Mann getrennt. Er hat jetzt eine junge Chinesin, und ich hab meinen Exfreund wieder getroffen, und das hat mich ein bisschen aufgewühlt. Aber von dem Exfreund will ich überhaupt nichts, verstehen Sie? Also, im Grunde ist der unwichtig. Da ist aber der Pizza-Lieferant, der mir schon ein bisschen den Kopf verdreht hat …« Ich kicherte wie ein Schulmädchen, es kam einfach so über mich. »… Und dann wieder habe ich diese Gedanken, ob ich nicht lieber allein bleibe. Ich weiß einfach nicht, was ich denken und was ich fühlen soll.«

»Jaaa, ich verstehe.« Wahrscheinlich verstand er überhaupt nichts, und ich konnte es ihm nicht einmal verdenken.

»Tja, deshalb habe ich Sie angerufen. Können Sie was sehen?«

»Ich sehe viel Grün und Magenta.«

»Na dann. Ist doch gut, oder?«

»Grün steht bei mir für Hoffnung und Magenta für Kraft und Energie. Das lässt nur einen logischen Schluss zu.«

»Und der wäre?«, rief ich aufgeregt.

»Sie werden noch eine Weile Energie sammeln, bis sich viel Kraft in Ihnen aufgebaut hat. Danach werden Sie eine starke Frau sein, und so, wie Sie sich entscheiden, wird es das einzig Richtige sein. Ich sende Ihnen nun die Wellen der Wärme, damit Sie tief in sich hineinhorchen können, Ihr Innerstes spüren und die Kraft so bald wie möglich von Ihnen Besitz ergreift.« Ich hörte ihn am anderen Ende ein Mal tief Luft holen und ausatmen, dann ein zweites Mal. Er fragte: »Spüren Sie es?«

»Was? Die Wärme? Nein.«

Er holte wieder tief Luft, atmete hörbar aus und wiederholte das noch vier Mal. »Spüren Sie es nun?«

Langsam wurde es mir doch zu bunt, deshalb sagte ich: »Ja, ich spüre es. Die Kraft bündelt sich auch schon.«

»Sie sind auf dem besten Weg, Ihr innerstes Ich zu finden und die richtige Entscheidung zu treffen. Meinen Glückwunsch.«

»Danke«, sagte ich freundlich, obwohl ich inzwischen ernsthafte Zweifel an der Seriosität des Wahrsagers hegte.

Ich warf das Telefon auf den Tisch und streckte mich seufzend auf der Couch aus, als plötzlich mein Handy klingelte.

Es war Christoph.

»Was ist?«

»Können wir uns sehen? Hast du Zeit?« Seine Stimme klang desolat, und er sprach leise.

»Nein, ich hab keine Zeit.«

Am anderen Ende der Leitung herrschte Stille.

»Christoph? Bist du noch dran?«

»Ja.«

»Worum geht es denn?«

»Ich möchte das nicht am Telefon besprechen.«

»Hör zu, Christoph. Ich kann mich heute nicht mit dir treffen. Entweder du geduldest dich ein paar Tage, oder du sagst es mir jetzt am Telefon.« Ich war zwar ein wenig neugierig, was er mir zu sagen hatte, aber die Neugier fraß mich nicht gerade auf.

»Lyn, ich … Ich habe nachgedacht und …«

»Worüber denn?«, rief ich ungeduldig dazwischen.

»Über uns.«

»Ach ja? Ich glaube, es gibt kein *uns* mehr.«

»Sag das nicht«, brachte er gequält hervor.

»Bitte was?« Ich konnte nicht glauben, was ich da hörte.

»Vielleicht ist es noch nicht zu spät für uns.«

»Was ist denn mit deiner Freundin?«

»Es ist vorbei.« Ich hörte ihn tief darüber seufzen und wusste nicht recht, wie ich dieses Seufzen zu interpretieren hatte.

Nun begann es mich doch langsam zu interessieren, was er mir sagen wollte. »Und warum ist es vorbei?«

»Ach, Lyn. Du kennst mich eben am besten und weißt, wie du mich nehmen musst. Ich vermisse unsere gemeinsamen Rituale und die Vertrautheit. Lyn, ich lie…«

»Nein! Bitte sprich es nicht aus, Christoph. Ich will's nicht hören.« Und ich meinte das ganz ernst. Vielleicht klingt es hart, aber es überkam mich ein Anflug von Verachtung. Hatte er denn keine Würde? War er allen Ernstes gerade dabei, mir eine Liebeserklärung zu machen?

»Was?«, rief er entsetzt. »Aber du hast dich doch immer darüber beschwert, dass ich es so selten sage.«

Ich saß da und schüttelte den Kopf. »Für wie dämlich hältst du mich eigentlich, Christoph?«

»Wie soll ich das verstehen?« Seinem Tonfall merkte ich an, dass er es wirklich nicht verstand.

»Die Vorstellung, wieder in mein altes Leben zurückzukehren hat kurzfristig etwas Verlockendes.«

»Wirklich?« Er schien erleichtert.

»Aber ich frage mich, für wie beschränkt du mich eigentlich hältst. Du glaubst doch nicht wirklich, dass ich einfach so zu dir zurückkomme, nachdem du mit dem Finger geschnippt hast.«

»Lyn, hör doch mal …«

»Leider habe ich es etwas eilig. Ich habe eine Verabredung.«

»Eine Verabredung?«

»Ganz recht.«

»Mit wem denn?«

»Das geht dich nichts an. Ich muss Schluss machen.« Ich legte einfach auf. Was war da gerade geschehen? Christoph hatte mich gebeten zurückzukommen, und ich hatte ihm den Laufpass gegeben. Es waren Gefühle zwischen Himmel und Hölle. Ich war total durcheinander.

Ich hörte Olivia von unten rufen: »Kommt schnell! Seht euch das an!«

Bestimmt war es wieder etwas Olivia-Typisches. Man dachte, es sei etwas passiert, stürmte noch völlig verschlafen im Schlafanzug nach unten, und da stand sie mit einer tiefgefrorenen Sahnetorte und rief freudig: »Die hatte ich ganz vergessen«, oder sie hatte gerade schicke Stiefel im Katalog entdeckt.

Ich erhob mich widerwillig und schleppte mich die Treppe hinab. Olivia und Louise standen am Küchenfenster und glotzten nach draußen. »Wisst ihr, dass es nicht mehr lang dauern wird und sie uns nur noch die Fenster-Freaks nennen werden?«

Olivia drehte sich um und winkte mich näher heran. »Komm her. Sieh dir das an!«

Ich trat näher und sah zum Haus gegenüber, wo Stefan auf dem Balkon stand und Klamotten nach unten warf. Susi stand unter dem Balkon und rief etwas nach oben. Durch die Straßenbeleuchtung und den Bewegungsmelder vor ihrem Haus konnte man alles klar und deutlich sehen.

»Mach mal das verdammte Fenster auf, Olivia«, schimpfte Louise, »man versteht ja gar nicht, was die schreien.«

Olivia kippte das Fenster, und wir reckten unsere Köpfe ein Stück näher zur Öffnung. »... ein böser Streich, wenn ich es dir sage. Da hat ein Psychopath etwas geschrieben, und du glaubst das?«

»Ich hatte schon lange den Verdacht«, schrie Stefan von oben, »ich habe mir nur etwas vorgemacht und deine Ausreden als bare Münze genommen. Zufällig eine Rolex im Bad, von wegen: Wer hat die denn verloren? Ich war so ein Idiot.«

»Aber es ist wirklich ...«, schrie Susi von unten.

Stefan umklammerte das Geländer und brüllte aus Leibeskräften: »Und jetzt weiß ich auch, dass es nicht dein Cousin dritten Grades war, mit dem meine Schwester dich gesehen hat. Ich habe dich geliebt, aber jetzt empfinde ich nur noch Abscheu für dich. Hau ab.« Stefan ging ins Haus und schlug mit voller Wucht die Balkontür zu

Susi sprang auf der Stelle und rang verzweifelt die Hände Richtung Balkontür. »Du bist ein spießiger, einfältiger und dummer Dauergrinser, der es allen nur recht machen will. Du kotzt mich an, du blödes ...«

Stefan kam auf den Balkon zurück und rief wutschnaubend: »Verschwinde von meinem Grundstück, sonst rufe ich die Polizei.«

»Dann ruf doch die Polizei, wenn du kein Rückgrat hast, das selbst ...«

Stefan ging wieder ins Haus und kam diesmal nicht mehr zurück. Das war eine gute Strategie, denn irgendwann stand die gesamte Nachbarschaft auf Balkonen und an Fenstern und beobachtete Susi, wie sie auf und ab hüpfend Beschimpfungen von sich gab. Irgendwann schien sie sich zu besinnen, denn plötzlich ließ sie sich fallen und heulte in ihre Klamotten. Nach einer kurzen Weile rannte sie wie der Teufel. Sie lief mit dem Bündel zum Auto, setzte sich hinein und brauste davon.

»Jetzt tut sie mir fast ein bisschen leid«, flüsterte Olivia.

»Was?«, rief Louise aufgebracht, »Das geschieht ihr ganz recht, und ich stehe zu unserem Brief.«

»Ich glaube, wir hätten uns da nicht einmischen dürfen«, sagte ich, mehr zu mir selbst.

Louise schüttelte den Kopf. »Der Kerl hat ein Recht auf die Wahrheit.«

»Warum?«

»Weil sie ihn betrügt und ausnutzt. Weil ein Mensch so etwas nicht verdient hat. Weil er hart arbeitet und sie sein Geld aus dem Fenster wirft, und zwar für andere Männer. Brauchst du noch mehr Gründe?«

Ich winkte ab. »Wir haben echt ’nen Knall, Leute. Vielleicht war das eine Nummer zu hoch. Was, wenn sie schwanger ist und jetzt das Kind keinen Vater hat?«

Olivia schüttelte den Kopf. »Dann ist Stefan bestimmt nicht der Vater.«

»Ich geb’s auf«, murmelte ich und holte mir eine Cola aus dem Kühlschrank. Wie konnte ich nur mit ihnen diesen Brief schreiben. Hätte ich nur meinen Mund gehalten!

Zehn Minuten später klingelte es bei uns. Als ich die Tür öffnete, stand vor mir ein gebeutelter und wütend aussehender Stefan.

»Tagchen«, sagte ich kleinlaut. Ich sagte sonst nie Tagchen, aber offenbar kannte er unser Geheimnis, und ich wollte freundlich wirken.

»Wo ist sie?«

»Wo ist … Wer?«

»Die dunkelhäutige Dame.«

»Hier bin ich«, hörte ich Louise hinter mir. »Was liegt an?«

Ich drehte mich langsam um und sah sie scharf an. Was liegt an? Ob das passend war?

»Sie haben den Brief geschrieben«, kam es wutschnaubend von Stefan. »Ich war zu Hause, weil unser Büro renoviert wird, und habe durchs Fenster gesehen, wie Sie den Brief eingeworfen haben.«

Ich dachte, der Moment sei gekommen, in dem ich Louise zum ersten Mal peinlich berührt sehen würde, vor Scham und Reue Entschuldigungen murmelnd. Bestimmt würde sie jeden Moment einknicken und vielleicht sogar zu weinen anfangen.

Weit gefehlt. Sie stand kerzengerade neben mir und meinte locker: »Ja, das war ich. Hab den Brief geschrieben und eingeworfen. Na und? Wollen Sie jetzt die Bullen rufen?«

Stefan sah fassungslos von Louise zu mir. Ich blickte verschämt in die andere Richtung.

»Und warum haben …«

»Warum?«, wiederholte Louise gefasst. »Sie sind so ein feiner Kerl, gut aussehend, intelligent und seriös. Jede Frau würde sich die Finger ablecken, um so einen Mann wie Sie zu finden …«

Ich traute meinen Ohren nicht.

Aber spätestens jetzt glaubte ich Antje, die behauptete, dass man Männern nur ein bisschen Honig ums Maul schmieren musste, um sie für sich zu gewinnen. Allerdings war da auch etwas in Louises Gesicht und Stimme, das mich daran zweifeln ließ, dass sie das nur sagte, um sich aus der Affäre zu ziehen. Ich glaubte zu erkennen, dass sie es ernst meinte. Stefan sah sie einfach nur an und wusste nicht, was er sagen sollte.

»Kommen Sie, wir machen einen kleinen Spaziergang.« Louise nahm ihre Jacke vom Haken, ging hinaus und warf hinter sich die Tür ins Schloss. Ich stand noch eine ganze Weile so da und konnte es nicht fassen.

Als ich später meine Jacke vom Haken nahm, kam eine SMS von Annett:

Wartet nicht auf mich, bin verliebt.

21

Ich öffnete die Tür, und vor mir stand Sascha. Er lehnte lässig an der Wand. Er sah mich an und meinte: »Hast du überhaupt Lust auf einen Cocktail? Wir können auch woanders hingehen.«

»Cocktail?«, wiederholte ich, weil ich immer noch Bedenken hatte, ich würde die Älteste in diesem Laden sein.

»Ja, das sind diese bunten Getränke mit den Obststückchen obendrauf. Haben schon mal so etwas getrunken. Du weißt schon, Sex on the beach und so.«

Ich lächelte. »Gehen wir Cocktails trinken.«

Fünf Minuten später fuhren wir mit dem Pizzaauto zu *Popeye's Cocktail Lounge.* »Darf ich ehrlich sein?«, fragte ich.

»Natürlich.«

»Versprich mir, dass du es nicht persönlich nimmst.«

Er runzelte die Stirn. »Das kann ich unmöglich im Voraus versprechen, aber ich werde mich bemühen.«

»Kannst du vielleicht in einer Seitenstraße parken?«, bat ich. »Du kannst nichts dafür, dass dein Chef sich solche Gefährte zulegt. Ich habe ein gutes Gefühl bei *dir*, aber ich fühle mich nicht wohl in dem Auto. Findest du das verletzend?«

Er sah mich grinsend an. »Anfangs war mir das mit dem Auto auch peinlich, aber man gewöhnt sich daran.«

Sich daran gewöhnen? Ich war mir nicht sicher, ob ich

das überhaupt wollte. Aber er tat mir den Gefallen und parkte in einer kleinen Seitenstraße.

Die Kneipe war gemütlich, mit Fischernetzen an der Decke und dicken Kerzen auf den Tischen. Und ich war nicht die Älteste. Das Publikum war gemischt, Studenten und reifere Semester, manche auch älter als ich. Wir bestellten zwei Zombies. Ich hatte gehört, dass dieses Zeug einem tierisch zu Kopf steigen konnte, aber ich wollte kein Spießer sein.

Später fragte ich Sascha, wie er den Fernlehrgang gemeistert hatte, um sein Abitur nachzuholen.

»Na ja, lief ganz gut«, meinte er lässig.

»Was hattest du für Noten?«

»Meistens Einsen, auch ein paar Zweien.

Mich beeindruckte, wie neutral er über seine Noten sprach. Alles Einsen, ohne ein Fünkchen anzugeben. »Musstest du viel lernen?«

Er zuckte die Schultern. »Nicht unbedingt viel, aber ich musste schon etwas dafür tun, ja. Besonders in Latein.

Ich dachte eine Weile darüber nach. »Das ist bewundernswert, dieser Ehrgeiz und dieser Fleiß, den du hast. Wirklich. Es gehört eine Menge Stärke dazu, sich selbst so am Schopf zu packen und aus dem Sumpf zu ziehen.«

Sascha sah mich an, dann streichelte er ganz leicht meine Wange. Es war nur ein Moment, aber der genügte, um mich verlegen zu machen. Ich räusperte mich umständlich. Irgendwie hatte ich keine Übung mehr darin zu flirten und angeflirtet zu werden. Ich fing an, über die so wahnsinnig interessanten Cocktailfarben zu sprechen.

»Sind wahrscheinlich alles Farbstoffe«, meinte Sascha nüchtern.

Danach sprachen wir über meine Tante Kathi, die ich immer noch vermisste. »Sie war die Schwester meiner Mutter«, erzählte ich. »Eine einfache Frau, aber sie hatte diese Bauernschläue und war lustig und warmherzig.«

»Wann ist sie denn gestorben?«, wollte Sascha wissen.

»Vor zwei Jahren, an Krebs. Aber sie musste nicht lange leiden. Ich hatte sie sehr gern; als Kind war ich lieber bei ihr als bei meiner Oma.«

Sascha hörte aufmerksam zu. »Wenn wir in der Kindheit Menschen haben, die uns auffangen und uns Geborgenheit und Anerkennung geben, dann kann sich das positiv aufs ganze Leben auswirken.«

»Wirklich?«

Er nickte.

»Weißt du, was mein Lieblingsspruch von ihr ist: »Liaba an Bauch vom Saufa als an Buckel vom Arbeit'n.«

Sascha lachte. Ich mochte sein Lachen so sehr. Es war offen und ehrlich. Ich finde, dass ein Lachen viel über einen Menschen aussagt. Es hat etwas mit Mut zum Kontrollverlust zu tun und mit Vertrauen.

Als wir beim dritten Cocktail angelangt waren, fing ich an, über Christoph und seine Affäre zu sprechen. Deshalb trank ich so ungern Alkohol. Man war einfach nicht mehr Herr über sich selbst.

Was danach kam, war definitiv der Wirkung des Alkohols geschuldet. Sascha bestand darauf zu bezahlen, danach fuhren wir zu seiner Wohnung. Dass ich so bereitwillig zu ihm mitkam, war mir später schleierhaft. Aber eigentlich war das auch egal.

Als ich am nächsten Morgen mit leichten Kopfschmerzen aufwachte, brauchte ich einen geschockten Moment lang, das Geschehene zusammenzufügen. Meine Kehle wurde ganz trocken, als ich Saschas Gesicht dicht neben mir sah. Ich versuchte, aufzustehen, aber es gelang mir nicht gleich. Da lag er vor mir, friedlich schlafend, und ich war mir sicher, dass er um einiges besser aussah, als ich gerade. Durchzechte Nächte hatten mir noch nie gutgetan, nicht einmal, als ich noch jung war.

Mühsam stand ich auf. Ich fühlte mich wie ausgewrungen. Schweren Schrittes und mit hängendem Kopf suchte ich das Bad. Was sich Badezimmer nannte, war ein winziger Raum mit Waschbecken, Toilette und Miniaturdusche. Wo konnte Sascha wohl Tabletten aufbewahren? Hatte er so etwas überhaupt? Im Hängeschränkchen über dem Waschbecken fand ich eine Packung Aspirin. Ich nahm gleich drei Stück heraus und schluckte sie mit dem Wasser aus dem Hahn. Als ich in den Spiegel blickte, hatte ich Schlimmeres erwartet. Ging eigentlich, wie ich aussah. Als ich mich so im Spiegel betrachtete, fiel mir plötzlich ein, dass es ein Wochentag war, Montag. Wie spät war es? Ich lief wieder ins Zimmer, und ein Blick auf den Wecker ließ mich beruhigt aufatmen. Viertel vor acht. Es blieb noch genug Zeit, nach Hause zu fahren und zu duschen, bevor ich zur Arbeit ging. Wo war ich überhaupt? Wie würde ich nach Hause kommen?

Sascha hatte sich mittlerweile auf den Bauch gedreht und schlief leise und friedlich weiter. Als ich ihn so betrachtete, wurde mir ein bisschen warm ums Herz. Das sagt man so, aber ich schwöre, genau das fühlte ich; so eine seltsame Wärme, die mein Herz durchflutete. Auch wenn ich keine komplett klare Erinnerung mehr an die letzte Nacht hatte, aber die Geborgenheit und Leidenschaft hallte noch in mir nach, und ich wusste, dass es schön gewesen war.

Leise zog ich mich an und verließ die Wohnung. Langsam und vorsichtig ließ ich die Tür ins Schloss fallen. Ich musste irgendeine Tram- oder Busstation finden. Als ich die letzte Stufe hinter mir hatte, kam aus der Wohnung im Erdgeschoss eine alte Frau heraus und musterte mich abschätzig. »Wer sind Sie?«

»Wie bitte?«

»Ich habe gefragt, wer Sie sind«, meinte sie selbstbewusst.

Was sollte diese Indiskretion? Frechheit! Was Nachbarn sich heutzutage alles erlaubten!

»Und wer sind Sie?«, fragte ich spitz zurück.

»Ich bin Saschas Oma.«

»Ach so«, meinte ich kleinlaut.

Sie reagierte nicht darauf, sondern wartete geduldig auf meine Rechtfertigung.

»Ich … Wir – haben gelernt.« Warum fühlte ich mich plötzlich wie eine Fünfzehnjährige? »Psychologie.«

»Sie sind Studentin?« Ihre hochgezogenen Augenbrauen verrieten, dass sie mich für alles hielt, nur nicht für eine Studentin. In meinem Alter. »Nein.«

»Dozentin?« Wieder diese hochgezogenen Augenbrauen.

»Nein, ich … Sascha wird es Ihnen erklären, ich habe es gerade etwas eilig. Schönen Tag noch. Wiedersehen.«

Sie sagte kein Wort, aber ich konnte ihren Blick im Nacken spüren.

Kaum war ich draußen, klingelte mein Handy. Louise rief aus der Arbeit an und fragte, ob ich noch »alle Nadeln an der Tanne hatte«, wie sie sich ausdrückte. »Nachts nicht nach Hause kommen und dann nicht mal Bescheid geben.«

»Tut mir leid.«

»Haben schon mehrmals versucht, dich zu erreichen, aber du hast es wohl nicht klingeln gehört. Wo warst du überhaupt?«

»Bei Sascha.«

Schweigen.

»Louise? Bist du noch da?«

»Beim Pizzajungen?«

»Nenn ihn nicht so!«

»Du hast die Nacht mit dem Pi…, äh – dem Psychologiestudenten verbracht?«

»Ja.«

»Wie war's?«

»Ich war ziemlich angetrunken, aber ich glaube … Nein, ich weiß, es war schön.«

»Na gut, Lyn. Muss jetzt aufhören. Jedenfalls kostest du dein Single-Dasein volle Kanne aus.«

Ich konnte nicht einschätzen, wie sie das meinte, deshalb hakte ich nach: »Ist das gut?«

»Keine Ahnung. Frag am besten mal den angehenden Psychologen.«

»Witzig. Sag mir lieber, wie dein Spaziergang mit unserem Nachbarn war.«

»Wir gehen die nächsten Tage mal zusammen essen.«

Ich sagte nichts, weil ich mir nicht sicher war, ob das ihr Ernst war.

»Stefan ist klasse. Wir sind auf einer Wellenlänge, weißt du.«

»Okay.« Es klang mehr wie eine Frage.

»Kannst du mir deinen blauen Pullover leihen?«

»Klar.«

Louise bedankte sich und legte auf. Gedankenverloren drückte ich auf den Knopf und schüttelte den Kopf.

In der Arbeit konnte ich mich nicht konzentrieren. Einmal ertappte ich mich dabei, wie ich dümmlich grinsend hinausstarrte, während ein Kunde sich gerade das Schaufenster betrachtete. Er blickte mich etwas irritiert an, bevor er zügig das Weite suchte. Es war mir egal, und es passierte nicht oft, dass es mir egal war, wie ich auf andere wirkte. Genau genommen hatte ich mir bis dahin viel zu sehr den Kopf darüber zerbrochen. Sollten die Leute doch denken, was sie wollten. Von mir aus hielten sie mich für bescheuert – wen interessierte das?

Mir fiel auf, dass ich nur in Bezug auf Sascha immer lächelte und fröhlich gestimmt war. Ein besseres Zeichen für eine Verbindung konnte es kaum geben. Ich spürte, dass es irgendwie passte zwischen uns – und er war der normalste und gleichzeitig interessanteste Mann, den ich in letzter Zeit kennengelernt hatte. Aber ich wollte einfach nichts überstürzen. Ich war furchtbar durcheinander. Alles passierte viel zu schnell. Es gelang mir nicht, den Abstand zu gewinnen, den ich so nötig brauchte.

Und der Altersunterschied zwischen uns störte mich irgendwie. Außerdem sah er auch noch jünger aus.

Ich träumte so vor mich hin und grübelte über Sascha. Frau Wenzel warf mir hin und wieder einen fragenden Blick zu, aber ich hüllte mich in Schweigen. Mit der Chefin zu viel Privates auszutauschen, hielt ich – zumindest im Moment – nicht für besonders klug. Ich hatte sie in letzter Zeit schon genug mit meinen Sorgen belastet.

Wenn ich an Christoph dachte, war ich wütend. Wenn ich an Sascha dachte, war ich glücklich.

Am liebsten hätte ich ihn angerufen, nur um seine Stimme zu hören. Doch wie hatte meine selige Großmutter immer gesagt: »Mach dich rar, Kind, und zeige einem Mann nie, dass du Interesse an ihm hast.« Antje sagte, man solle einen Mann von oben herab behandeln, wenn man wollte, dass man sich näherkam. Im Grunde lief es auf dasselbe hinaus: Behandle einen Mann wie den letzten Dreck, und er ist dir sicher. Das verstand ich nicht. Aber eigentlich verstand ich diese Beziehungskisten und Männer-/Frauen-Themen ganz oft nicht. Ich fand das schon immer sehr verwirrend. Deshalb war ich ja auch immer froh gewesen, fest gebunden zu sein und mich mit so etwas nicht auseinandersetzen zu müssen. Das war vorbei. Nun musste ich mich wohl oder übel wieder damit auseinandersetzen. Warum wollte Christoph sich wieder mit mir versöhnen? Ich verstand das alles nicht. War ich für ihn so etwas wie ein Pausenclown, oder hatte er wirklich erkannt, was er an mir hatte, und bereute seinen Fehler? Würde er mir überhaupt ehrlich auf diese Frage antworten?

Als ich am Abend nach Hause kam, war auf dem Anrufbeantworter eine Nachricht von Dr. Nix' Sprechstundenhilfe Martina zu hören. Sie blaffte mich an, ich solle endlich meine Versichertenkarte bringen, damit sie sie einlesen konnte. Das hatte ich bei meinem letzten Besuch versäumt.

Langsam wurde ich echt wütend auf sie. Aber der Duft, der aus der Küche kam, stimmte mich wieder milde.

Annett hatte Nudelauflauf mit Gorgonzola-Sahne-Soße gemacht.

»Louise behauptet, du hättest die Nacht bei dem Studenten verbracht.«

Ich schloss für einen Moment die Augen. »Bist du mir böse, wenn ich dir sage, dass ich nicht darüber sprechen möchte?«

Annett sah mich kurz an, dann schüttelte sie den Kopf. »Nee, schon gut. Nun komm; ich hab Hunger.«

Wir gingen ins Esszimmer, wo schon Louise und Olivia saßen und die letzten Worte mit Sicherheit gehört hatten. Die beiden sahen mich schweigend an, wohl in der Hoffnung, dass ich es mir anders überlegen würde.

»Was für eine Kalorienbombe«, meinte ich betont beschwingt, als wir uns alle hinsetzten.

»Na und?«, meinte Annett. »Aber es schmeckt und darauf kommt's an, gell? Nun langt tüchtig zu. Es gibt Himbeer-Tiramisu zum Nachtisch.«

»Ich liebe Himbeer-Tiramisu«, schwärmte Olivia und nahm sich eine kleine Portion Nudelauflauf.

Unsicher blickte ich in die Runde. »Gibt es etwas zu feiern?«

»Nö«, kam es von Annett, »aber wenn ich verliebt bin, koche ich so gern.«

Louise ließ ihren Blick über Annetts Körper wandern. »Scheint ziemlich oft der Fall zu sein.«

»Du kriegst nur 'ne winzige Portion Tiramisu, weil du so unverschämt bist.«

Louise schlug mit ihrer Gabel auf die Tischplatte und machte auf trotziges Kleinkind. »Och, Mensch, Tante Annett. Sei halt nicht so!«

»Na gut, jetzt iss und halt die Klappe.«

Großer Gott, was für ein Irrenhaus. Ich musste lachen.

»Was gibt's Neues, Lyn?«, fragte Olivia. Mir war klar, dass sie Neuigkeiten über Sascha wissen wollten. Stattdessen sagte ich: »Christoph hat mich angerufen und will sich mit mir versöhnen.«

»Bitte was?«, rief Louise fassungslos. »Diese dreckige Kröte!«

Olivia und Annett sahen sie an. »Nanana«, mahnte Annett, »das macht ihn doch nicht zum Abschaum. Übertreib doch nicht immer so.«

Louise schüttelte ungläubig den Kopf. »Bestimmt hat *sie* ihn abserviert.«

Olivia überraschte mich mit der Aussage, dass man einem Menschen auch verzeihen müsste und jeder eine zweite Chance verdiene.

»Werde du erst mal erwachsen«, belehrte Louise sie.

Olivia setzte sich kerzengerade hin. »Wir alle haben schon mal große Fehler gemacht und waren dann froh, wenn der andere uns verzeiht. Vielleicht hat Lyns Mann einen schrecklichen Fehler gemacht, ja. Aber vielleicht sieht er auch ein, dass es ein schrecklicher Fehler war, und er liebt Lyn und möchte seine Ehe retten.«

Es herrschte eine unangenehme Stille, und ich gebe zu, dass mir Olivias Wort zu denken gaben. Olivia war exzentrisch und hatte ihre eigene Sicht auf die Welt, aber das, was sie gesagt hatte, ließ sich nicht von der Hand weisen.

Gerade, als ich mir später nachdenklich das letzte Stück Tiramisu in den Mund geschoben hatte, rief Sascha an.

»Warum bist du einfach so verschwunden?«

Ich ging nach oben, um außer Hörweite zu sein. »Ich wollte dich nicht wecken. Und ich musste nach Hause, um vor der Arbeit noch zu duschen.«

»Zehn Minuten früher oder später hätten keinen großen Unterschied gemacht.«

Steif setzte ich mich auf meine Couch und spürte, wie bei dem Klang seiner Stimme meine Hände ein bisschen zitterten. »Ich weiß nicht, ob das gut ist, was da passiert ist, Sascha.«

»Ich kann verstehen, dass du es jetzt so siehst.«

»Ach, ja? Warum hast du mich dann abgeschleppt?«

»Abgeschleppt? So würde ich das aber nicht bezeichnen. Ich kann mich zwar nicht mehr an jedes Detail erinnern, aber ich habe die Situation nicht ausgenutzt, falls du das meinst.«

Ich schwieg. Mein Schweigen schien er auf das zu beziehen, was er gerade gesagt hatte. »So war es nicht«, meinte er mit Nachdruck.

»Okay; ist ja auch egal. Passiert ist passiert.«

»Können wir uns sehen?«

»Wann?«

»Jetzt.«

»Jetzt? Nein, ich …«

»Ich will nicht, dass du denkst, dass ich mich zu einer Klette entwickle oder so, aber ich habe erst wieder in sechs Tagen frei. Und tagsüber musst du zur Arbeit und ich in die Uni.«

Ich überlegte hin und her. Das ging mir alles zu intensiv voran, trotzdem spürte ich eine Sehnsucht. Ich wollte in seine Augen sehen und ihn berühren.

»Na gut.« Als ich es ausgesprochen hatte, merkte ich, dass es irgendwie gnädig klang. Sascha empfand wohl das Gleiche, denn er meinte: »Bist du sicher, dass du willst?«

»Ja.«

Wir trafen uns an diesem Abend und am Abend danach, nach seiner Arbeit. Es war mir egal, dass ich am nächsten Morgen aufstehen musste. Ich war überglücklich, dass er mich besuchen wollte. Wir saßen bei mir im Wohnzimmer und redeten und knutschten, während im Hintergrund ein Film im Fernsehen lief. Es war mir egal, dass man das eher mit zwanzig als mit vierzig durchlief. Warum sollte ich ein schlechtes Gewissen haben? Ich betrog schließlich niemanden. Und sich zu alt für die Liebe zu fühlen, war nun wirklich ein blöder Grund für ein schlechtes Gewissen. Natürlich nagten Zweifel an mir, aber ich schob sie zur Seite.

Um halb drei Uhr morgens standen wir in der Haustür, und ich verabschiedete ihn mit tausend Küssen. Er schien das süß zu finden, und es amüsierte ihn.

Am nächsten Morgen rief Christoph wieder an.

22

»Was willst du, Christoph?«, fragte ich so schroff wie möglich.

»Ich muss dich sehen.«

»Wenn es wegen deiner sogenannten Reue ist, dann muss ich dir leider sagen …« Weiter kam ich nicht, denn er unterbrach mich und bettelte: »Bitte komm doch heute nach der Arbeit bei uns vorbei.«

»Uns?« Ich verstand nicht.

»Bei dir und mir.«

Ging es ihm noch gut? »Ich soll bei dir und mir vorbeikommen?«

»In unserer Wohnung«, meinte er kleinlaut.

Ich seufzte hörbar. »Es ist deine Wohnung. Na ja, die deiner Eltern.«

»Kannst du nicht heute nach der Arbeit vorbeikommen? Bitte! Ich muss mit dir reden.«

In zwanzig Minuten fuhr meine S-Bahn. Langsam drängte die Zeit. »Na gut, in Gottes Namen.«

»Danke, Lyn.« Christoph klang erleichtert. Als ich aufgelegt hatte, stand ich noch eine Weile so da und wusste nicht, was ich davon halten sollte. Den ganzen Tag hindurch überlegte ich, was mich heute Abend erwarten würde. War es ihm ernst damit, sich mit mir zu versöhnen? Hatte Olivia recht, wenn sie sagte, dass jeder eine zweite Chance verdiente? Aber was war mit Sascha? Hatte das mit ihm überhaupt eine reelle Chance? Es war nicht nur das Alter. Hatte ich mich nicht viel zu schnell in die ganze Sache hineingestürzt?

Frau Wenzel fragte mich, warum ich heute so geistesabwesend war, aber ich winkte ab. »Es geht mir so viel im Kopf herum.«

Während ich die Taschenbücher im Drehregal sortierte, kam ein etwa vierzigjähriger Glatzkopf herein, der den Seitenscheitel knapp über dem Ohr trug. »Hallo. Ich will ein Buch kaufen.«

»Ja?«

»Das heißt *Stupido.*«

Ich überlegte ein paar Sekunden, dann ging ich zum Computer, aber das Buch existierte nicht. Als ich dem Kunden das sagte, schüttelte er vehement den Kopf. »Hab's doch letzte Woche bei meinem Arbeitskollegen gesehen. Er fand es sehr spannend.«

»Ja, aber …«

»Grün isses.«

Ja, genau, das wäre meine nächste Frage gewesen. »Wissen Sie vielleicht, wie der Autor oder die Autorin heißt?«

Er kratzte sich an seinem Seitenscheitel. »Ich glaube, Juliane Hofmann oder so.«

»Ach, alles klar«, sagte ich erleichtert. »Sie meinen *Cupido* von Jilliane Hoffman. Das haben wir sogar da.« Ich holte ihm das Buch, und als ich es ihm überreichte, sah er auf den Einband und meinte: »Was heißt'n das, Cupido?«

»Äh, das weiß ich, ehrlich gesagt, nicht.«

Frau Wenzel kam aus dem Büro und sagte zu dem Mann: »Das ist Latein und heißt Begierde.«

»Ah, interessant. Ist das Buch erotisch?« Ob das Buch erotisch ist? Schwerlich. Er meinte wohl, ob Erotik in dem Buch sei.

Frau Wenzel meinte, sie habe es nicht gelesen.

»Na gut, dann kauf ich das mal.«

Endlich.

Schon nach dem ersten Klingeln riss Christoph die Tür auf. Er trug ein weißes Hemd und Jeans. »Wie schön, dich zu sehen, Lyn.« Er öffnete die Tür noch etwas weiter und trat zur Seite. »Komm doch rein. Gut siehst du aus. Hast du abgenommen? Deine Haare sind auch toll nachgewachsen und so füllig. Und diese neue Lederjacke steht dir fantastisch.«

Großer Gott! So viele Komplimente auf einmal hatte ich zuletzt bekommen, als ich mit siebzehn an einem italienischen Strand ins Wasser gestolpert und mit dem nassen T-Shirt aus dem Wasser gestiegen war.

»Ich habe ein bisschen abgenommen, ja.« Ich tat gleichgültig, obwohl es kein so schlechtes Gefühl war, den Gürtel um ein Loch enger schnallen zu müssen.

»Zieh dich aus«, meinte Christoph fröhlich.

»Bitte was?« Ich glaubte, mich verhört zu haben.

Er lachte nervös auf. »Entschuldige. Ich meinte natürlich, zieh die Jacke aus. Und die Schuhe.« Er wirkte allgemein ziemlich nervös. Ich tat ihm den Gefallen und folgte ihm daraufhin ins Wohnzimmer. Christoph hatte den Tisch gedeckt und ungefähr eine Million Kerzen auf den Tisch gestellt. Er musste neues Geschirr gekauft haben, denn ich kannte es nicht. Weiß mit Goldrand. Christoph hatte sogar Stoffservietten in edle Serviettenringe gesteckt. In der Mitte des Tisches stand eine Flasche Moët & Chandon in einem Eiskübel, daneben zwei von unseren Sektkelchen.

Trotz allem: Es rührte mich ein bisschen, wie sehr er sich bemühte. Offenbar schien ihm viel daran zu liegen, guten Eindruck bei mir zu machen.

»Gibt's was zu feiern?«

Christoph nickte. »Das will ich doch hoffen.«

Ich sah ihn skeptisch an. Nun schien er mir eine Spur zu selbstsicher. Das ließ mich innerlich einen Schritt zurückgehen.

»Setz dich doch, Lyn.« Er kam beinahe auf mich zugerannt und zog den Stuhl heran, auf den ich mich setzen sollte. »Christoph, jetzt übertreib doch nicht so. In den letzten Jahren unserer Ehe hast du mich die Einkaufstüten schleppen lassen, während du auf deinem Handy telefoniert hast.«

Er hielt immer noch die Stuhllehne umklammert und wartete darauf, dass ich mich setzte. »Das war nur ein Mal und der Anruf war wichtig.«

»Es war zwei Mal und beide Male war es Clemens, der von seiner Skihütte anrief.«

»Jetzt setz dich doch«, drängte Christoph, immer noch freundlich, aber mittlerweile leicht ungeduldig.

Betont langsam ließ ich mich auf den Stuhl sinken. Christoph nahm mir gegenüber Platz und sah mich lange an. »Also gut, Christoph. Frage eins: Was soll ich hier? Frage zwei: Wozu dieses ganze Brimborium?«

»Lyn …« Er rutschte auf seinem Stuhl hin und her. »Ich

war ein egoistisches und ignorantes Arschloch. Ich war deiner gar nicht würdig.«

»Christoph, ich hätte es nicht besser ausdrücken können.«

»Und deshalb bitte ich dich heute ganz offiziell um Verzeihung. Es tut mir leid.« Er faltete die Hände über der Tischplatte und sah mich erwartungsvoll an.«

Vor noch gar nicht langer Zeit gab es nichts, was ich mir mehr gewünscht hätte als diese Worte. Aber seit meinem Auszug hatte ich mich verändert, und Christoph schien auf den ersten Blick wie früher, ganz früher.

Ich ließ ihn zappeln. »Was gibt es denn zu essen?«

Er hob die Augenbrauen und sah mich zerstreut an. »Äh, was? Es gibt Lammrippchen. Mit Rosmarin. Herzoginkartoffeln und gemischtem Salat«, stammelte er vor sich hin.

»Das habe ich schon lange nicht mehr gegessen.«

Er lächelte unsicher. Um seine Mundwinkel zuckte es leicht. »Was sagst du dazu, Lyn?«

»Na ja.« Ich hob die Handflächen nach oben und zuckte die Schultern. »Lamm war noch nie so mein Ding, aber ich glaube, der Champagner gleicht das Ganze wieder aus. Gibt es denn keinen Nachtisch?«

Er sah mir direkt ins Gesicht. »Du machst dich über mich lustig, nicht wahr?« Er strich sich mit der Hand kurz übers Gesicht. »Ich kann es dir nicht verübeln. Lyn, ich kann dir nur versichern, dass es mir unendlich leid tut.«

Ein bisschen nervös war ich auch, aber es gelang mir, es zu kaschieren. Lässig drehte ich die Serviette in dem Ring und sagte: »Es gibt etwas, das ich nicht verstehe. Wenn du sagst, es tut dir leid – was meinst du damit? Was genau tut dir denn leid, Christoph?«

»Dass ich nicht gewusst habe, was ich an dir habe und dass ich dich so leichtfertig betrogen habe.« Er nickte, um dem Gesagten Nachdruck zu verleihen.

Ich hielt mit dem Serviettendrehen inne und fixierte ihn mit meinem Blick. »Und was genau hast du an mir? Was ist es, das dich zu mir zurückführt?«

»Alles.«

»*Alles* ist mir zu wenig. Du musst mich schon überzeugen, Christoph.«

»Unsere gemeinsamen Erinnerungen …«

»Die habe ich mit Markus auch. Oder mit meinen Eltern. Oder mit Antje.«

Christoph schüttelte den Kopf. »Das ist doch etwas ganz anderes. Wir haben uns doch immer gut verstanden, Lyn. Wir passen so gut zusammen.«

Darüber dachte ich eine Weile nach. »Es ist nicht meine Absicht, dir wehzutun, Christoph, aber ehrlich gesagt, denke ich das überhaupt nicht mehr.«

Er sah mich fassungslos an. »Doch, natürlich.«

Ich schüttelte den Kopf. »Auf eine gewisse Weise hab ich dich noch sehr gern. Menschlich, meine ich. Das wird sich auch nicht ändern. Wir haben viele Jahre zusammen verbracht, und du bist kein schlechter Mensch. Damals warst du der Richtige für mich. Heute nicht mehr.«

Eine Weile herrschte Stille, dann sagte ich: »Weißt du, was ich mir kürzlich gedacht habe?«

»Was?«

»Ich hätte gern ein Kind. Es ist noch nicht zu spät.«

Christoph bekam leuchtende Augen. »Na gut, bekommen wir ein Kind!«, frohlockte er.

»Bist du bescheuert?«, fuhr ich ihn an. »Hast du mir denn überhaupt nicht zugehört?«

»Aber du hast doch gerade gesagt, dass …«

»Mein Gott, Christoph. Ich sage doch nicht, dass du der Vater sein sollst …«

»Was?« Er bekam einen Gesichtsausdruck, als ob gerade ein Zug mit 300 km/h auf ihn zugerast kam und er nicht mehr ausweichen konnte.

»Nein«, winkte ich ab, »auf die Weise war es doch nicht gemeint. Ich wollte damit sagen, dass es wahrscheinlich einen Grund gab, weshalb wir zusammen keine Kinder bekommen haben. Vielleicht habe ich einfach gespürt, dass du nicht der Richtige für eine kleine Familie bist.«

»Lyn, ich kapier das alles nicht.«

»Das verlange ich auch gar nicht. Ich bin selbst immer noch dabei, meine Gedanken zu ordnen, weißt du.« Ich holte tief Luft. »Das alles ist vielleicht zu viel auf einmal für dich, aber ich sage dir einfach die Wahrheit. Ich habe jemanden kennengelernt, und ich glaube, ich habe mich wieder verliebt.«

Er starrte mich fassungslos an.

»Glaub mir, ich weiß, wie du dich jetzt fühlst.« Ich meinte das keineswegs sarkastisch, war mir aber nicht sicher, ob er es nicht so aufgefasst hatte.

Wir schwiegen. Als die Stille unerträglich wurde, sagte Christoph: »Wenn du dich gegen diesen Mann und für mich entscheidest, verspreche ich dir, dass wir alles verge…«

»Ach, ich will es gar nicht hören«, unterbrach ich ihn. »Du kannst mir nicht einmal sagen, was den Menschen ausmacht, den du zurückerobern willst. Du hast einfach nur

Angst, allein zu sein. Ich aber habe keine Angst. In dieser Zeit habe ich wirklich zu mir selbst gefunden.« Wie oft hatte ich diesen Satz in Filmen gehört und dabei seine Bedeutung nie wirklich verstanden. Nun verstand ich. »Mir ist etwas klar geworden.«

»Und was?«

»Du hast gesagt, dass unsere Ehe langweilig geworden ist. Du hattest recht. Aber nicht ich war der Langweiler, sondern du.«

Er sah mich weiterhin betroffen an.

»Nun kennst du die ganze Wahrheit. Ich war jetzt sehr ehrlich, auch wenn es dir wehgetan hat. Aber du sollst dir keine Hoffnungen machen, wo keine mehr sind. Und wenn ich dir noch etwas auf den Weg geben darf: Du solltest ein bisschen an dir arbeiten. Besonders daran, erwachsen zu werden. Ich kann dir sagen, das ist ein gutes Gefühl.« Dann schob ich den Stuhl zurück und stand auf. »Ich will die Scheidung. Je früher, desto besser.«

Er reagierte nicht, saß einfach nur da.

Ich ging, ohne Champagner oder Lammrippchen gekostet zu haben. Christoph blieb sitzen und starrte die Tischplatte an.

Als ich aus dem Haus kam, ging ich ein paar Schritte, dann setzte ich mich auf eine Bank und rief Antje an. Ich weinte, weil alles plötzlich so endgültig war. Ich wusste, dass ich mich richtig verhalten hatte, aber das Kapitel Christoph war nun endgültig abgeschlossen, und es war ein Abschied für immer. Als ich später mit Antje sprach, meinte sie: »Ach, Lyn. Du kannst wirklich stolz auf dich sein.«

Als ich später nach Hause kam, wollte ich mich nicht mehr mit den anderen unterhalten. Ich ging nach oben, legte eine CD von Maria Callas in den Player und streckte mich auf der Couch aus. Mein Handy klingelte. Es war Sascha.

»Hallo, ich habe heute Abend unerwartet frei, wegen meiner Überstunden. Es gibt nicht viel zu tun, also kann ich abhauen.«

»Hmhm.«

»Wollen wir uns treffen? Wir könnten essen gehen.«

»Es ist schon spät.«

»Na ja, es ist gerade mal neun.«

Ich sagte nichts.

»Alles in Ordnung bei dir?«

»Ja, ja. Alles in Ordnung. Na gut, treffen wir uns.«

Eine Stunde später saßen wir in einem Pilspub in der Nähe. Als ich angekommen war, saß Sascha bereits lässig auf einer der Holzbänke.

Wir bestellten jeder eine Cola light, womit wir die Exoten der Kneipe waren, wie wir bei näherer Betrachtung feststellen konnten.

Während wir an unserer Cola nippten, sahen wir uns an. Ich spürte, dass Sascha eine Erklärung für mein plötzlich so reserviertes Verhalten erwartete.

Es war so schön, mal wieder in diesem leicht verliebten Zustand zu sein. Aber ich spürte auch eine tiefe Verunsicherung meinerseits, und das gefiel mir weniger.

»Ich war vorhin bei meinem Mann«, fing ich an.

Er sah mich abwartend an.

»Ich sagte ihm, dass ich die Scheidung will.«

»Okay.« Es klang mehr wie eine Frage.

»Mir geht das zwischen uns einfach zu schnell.«

Sascha drehte das Glas hin und her, und daran merkte ich, dass er ein bisschen nervös war. »Eigentlich kennen wir uns ja kaum«, meinte er, »aber ich mag dich, und ich glaube, dass zwischen uns mehr sein könnte und … Ich würde dich gern näher kennenlernen und herausfinden, was für ein Mensch du bist. Vielleicht könnten wir etwas in dieser Richtung versuchen.«

Es verging eine ganze Weile, bis ich etwas sagte. Ich rang nach den richtigen Worten, aber ich war innerlich müde und erschöpft und brachte kaum die Energie auf, die richtigen Worte zu wählen.

»Ich mag dich auch. Du bist ein toller Mann, wirklich. Aber mein Leben ist gerade wie ein unordentlicher Papierhaufen, und ich muss versuchen, alles irgendwie zu ordnen. Das ist vielleicht ein blöder Vergleich, aber anders kann ich es jetzt nicht erklären. Ich habe einfach Angst, mich so schnell wieder in eine neue Beziehung zu stürzen.«

»Das kann ich gut verstehen«, kam es von ihm, »obwohl ich lieber etwas anderes hören würde.«

»Ich wünschte auch, ich könnte dir etwas anderes sagen. Aber ich brauche in meinem Leben momentan eine gewisse Sicherheit, verstehst du?«

Er nickte verständnisvoll. »Ja, aber Situationen ändern sich auch. Das Leben besteht nun mal aus Veränderungen.«

»Das stimmt, aber ich bin nicht mehr jung genug, um Jahre zu warten.«

Er sah mich an und dachte nach. »Du meinst, es ist

vernünftiger, es bleiben zu lassen? Wenn du das willst, dann akzeptiere ich das, aber überlege doch mal, was du da sagst.«

Ich wusste genau, was er meinte, ohne dass er es aussprach. Es konnte sein, dass ich in ein paar Jahren noch immer da stand, wo ich jetzt war – privat, beziehungsmäßig. »Was kann ich darauf sagen?«

»Du musst dich nicht rechtfertigen. Ich denke nur …« Er sah mir in die Augen. »Manchmal bietet sich eine Chance, eine Gelegenheit, und man spürt, das ist etwas Gutes, etwas, das man festhalten sollte.«

»Ich muss erst einmal mein Leben auf die Reihe bekommen, Sascha.«

Er nickte wieder. »Ja, natürlich.«

»Und dann ist da noch der Altersunterschied.«

Er sah mich fragend an, sagte aber nichts.

»Du bist einige Jahre jünger als ich.«

»Ich weiß.«

»Ich weiß, dass du es weißt. Stört es dich denn nicht?«

»Nein, gar nicht.«

Verrückterweise freute ich mich darüber, obwohl es keinen Unterschied mehr machte.

»Stört es *dich* denn?«

»Ja.«

»Warum?«

»Ich weiß nicht. Ich hab Angst, dass ich mit den Jahren älter aussehen könnte, während du ein jugendlicher Typ bleibst. Außerdem hört man doch tagtäglich von diesen Männern, die sich eine Jüngere suchen, und das in Partnerschaften, in denen die Frauen gleich alt oder sogar ein paar

Jahre jünger sind. Mir ist das gerade passiert.« Beschämt sah ich auf meine Fingernägel.

»So ein Arsch bin ich aber nicht. Außerdem siehst du toll aus.«

»Noch.«

»Lyn, soweit ich weiß, werden wir *alle* älter.«

»Aber wenn der Mann älter ist, dann kann man entspannter sein.«

»Du kannst auch so entspannt sein, aber aus irgendeinem Grund willst du es nicht. Irgendetwas hindert dich daran. Bist du es selbst?«

Es war mir unangenehm, dass er mich so unter die Lupe nahm, und so passierte es, dass ich etwas wirklich Blödes sagte: »Ist es der Psychologe, der da aus dir spricht?«

Er versuchte zu lächeln, und ich schämte mich.

Wir tranken unsere Cola aus, und er war es, der aufbrechen wollte. Er hatte ja recht. Was gab es noch zu sagen? Draußen küsste er mich zum Abschied auf die Wange, drehte sich um und ging. Einfach so, wortlos. Ich sah ihm nach, aber er drehte sich nicht mehr um.

Als ich später zu Fuß nach Hause ging, liefen mir die Tränen übers Gesicht. Ich vermisste ihn schon jetzt. Er war wahrscheinlich Mr. Right (wenn es so etwas gab, dann war es für mich Sascha), aber zum denkbar schlechtesten Zeitpunkt aufgetaucht.

In dieser Nacht machte ich kein Auge zu. Langsam schien ich eine Art Schlafstörung zu entwickeln. Immer wieder tauchte Saschas Gesicht vor mir auf, und ich hatte keine Ahnung, ob ich mich vernünftig oder völlig idiotisch entschieden hatte.

23

Am nächsten Tag ging ich zu Dr. Nix' Praxis, wegen der Versichertenkarte; wieder auf den letzten Drücker. Sie schlossen um sieben, und um drei Minuten vor sieben betrat ich die Praxis.

Die Sprechstundenhilfe, Martina, sah mich abfällig an. »Gut, dass Sie es noch geschafft haben.« Es klang ungemein sarkastisch.

»Entschuldigung, dass ich arbeiten muss, um mir meinen Lebensunterhalt zu verdienen. Genau wie Sie.« Es reichte mir langsam mit ihr. Außerdem war ich wegen Sascha am Boden zerstört, und sie nervte wegen der blöden Versichertenkarte. Was wollte sie schon machen? Mich beim Chef verpetzen? Es war ihr Chef und nicht meiner. Wenn sie das tat, würde ich ihm etwas über seine unfreundliche Angestellte erzählen. Ich wollte mir diese Unfreundlichkeiten einfach nicht mehr bieten lassen. Ich reichte ihr meine Karte über den Tresen.

Sie griff danach und meinte: »Nehmen Sie bitte noch einen Augenblick im Wartezimmer Platz. Der Computer hat gerade einen Blackout.« Bildete ich mir das ein, oder hatte mein Verhalten Wirkung gezeigt? Sie klang nun etwas netter.

»Gut«, sagte ich und ging ins leere Wartezimmer. Lustlos nahm ich eines der Klatschjournale und blätterte darin.

Dr. Nix kam aus dem Sprechzimmer und zog sich seine Jacke an. »Hallo, Frau Fritsch. Wie geht es Ihnen?«, fragte er.

»Danke, gut. Und was macht Ihre Magen-Darm-Geschichte?«

»Schnee von gestern. Peinliche Sache war das.« Er verzog den Mund, während er den Reißverschluss seiner Jacke hochzog. »Übrigens, könnten Sie Annett bitte sagen, dass ich sie heute Abend eine Stunde später abhole, weil ich noch einen Hausbesuch machen muss?«

»Ja, natürlich.«

»Danke!« Er hob die Hand zum Gruß und ließ eine verdutzte Martina zurück, die mich mit ihrem Blick durchbohrte.

Ich widmete mich wieder den Klatschspalten. Plötzlich stutzte ich und blätterte zurück. Hatte ich da gerade richtig gesehen? Ich betrachtete das Foto noch eingehender, obwohl überhaupt kein Zweifel bestand. Das durfte doch nicht wahr sein. Ich las den ganzen Bericht. Kein Zweifel, es war Olivia. Ein paar Jahre jünger zwar, aber sie war es. Ich stand unter Schock. Als Martina eintrat, hörte ich sie erst gar nicht. »Frau Fritsch? Ihre Karte.«

Benommen nahm ich die Karte und verließ grußlos die Praxis.

Es traf sich günstig, dass alle drei Mitbewohnerinnen vor dem Fernseher versammelt waren und sich eine Familiensendung ansahen. Ich zog Mantel und Schuhe aus und ging zu ihnen ins Wohnzimmer. »Hallo.«

»Hallo, Olivia, Olivia Schwarz.«

Sie wandte das Gesicht in meine Richtung und meinte: »Ich denke, es ist nicht nötig, dass du mich mit Familiennamen anredest, hm?«

»Ich denke aber doch.«

Nun sahen mich alle an. Annett drehte den Ton des Fernsehers ab. »Was ist denn los?«

Ich ging auf die anderen zu, nahm mir eins der wenigen Marzipanherzen aus der offenen Packung, die Annett noch übrig gelassen hatte, und ließ mich auf die Couch plumpsen. »Da sitze ich also im Wartezimmer von Dr. Nix und lese nichts ahnend in einer Zeitschrift, als ich plötzlich einen Bericht über deine Familie entdecke.«

Olivia wurde rot und fuhr sich nervös durch die Haare.

»Ein Bericht über ihre Familie«, wunderte sich Annett, »was soll das heißen?«

»Ihre Eltern sind die Besitzer von *Schwarz Konfekt*, einer der größten Schokoladenfabriken in diesem Land.«

»Was?«, lachte Louise auf. »Das ist bestimmt ein Missverständnis, Lyn. Also bitte! Die Frau kann sich nicht mal einen Computer leisten, sondern klimpert auf ihrer scheiß Schreibmaschine herum wie einst Ingeborg Bachmann.«

»Ich hab sie auf einem Foto erkannt. In der Zeitschrift stand, dass ihre Eltern sie aus der Villa in Grünwald geworfen haben und sie seitdem keinen Kontakt mehr zu ihr haben.«

»Stimmt das alles, Olivia?«, fragte Annett.

»Ja.«

»Aber warum hast du uns das denn nie erzählt?«

»Ach, das ist alles so kompliziert.«

»Wir haben Zeit.«

»Und vor allem sind wir neugierig«, ergänzte Louise.

»Meine Eltern haben herausgefunden, dass ich auf Frauen stehe, und da gab's Krach. Eines führte zum anderen, und sie haben mir vorgeworfen, dass ich verzogen sei und ihnen nur auf der Tasche liege. Bla, bla, bla.« Sie wedelte gelangweilt mit der Hand. »Sie wollten, dass ich ihnen beweise, dass ich ein Jahr lang für mich selbst sorgen kann, ganz ohne ihre Hilfe.« Ihre Lippen fingen an zu zittern, dann lief ihr eine Träne über die Wange. Olivia wischte sie mit dem Handrücken weg.

Louise sah sie kopfschüttelnd an. »Glaub mir, Schätzchen, ich würde alles geben, um deine Probleme zu haben. Deine Zukunft ist gesichert, Baby.«

Olivia hatte einen genervten Gesichtsausdruck. »Ich weiß, dass Geld nicht nebensächlich ist, aber das ist auch nicht so wichtig, oder?«

Louise prustete in sich hinein. »Für dich nicht, schon klar.«

»Ach, weißt du, Louise, ich hab's satt, andere davon überzeugen zu müssen, dass Geld nicht alles ist.« Olivia starrte vor sich auf den Teppich. Wir starrten sie alle an. »Meine Eltern schickten mich in einem normalen Stadtviertel zur Schule, damit ich so normal wie möglich aufwuchs. Ich fuhr jeden Tag vierzig Minuten mit der Straßenbahn zur Schule und danach wieder zurück. Ich weiß, dass meine Eltern es gut gemeint haben, aber ich war der totale Außenseiter, weil die anderen Kinder wussten, wer meine Eltern waren. Also hatte ich immer diesen Druck, nicht aufzufallen, normaler als die anderen zu sein. Und wenn ich zufällig oder unbeabsichtigt doch irgendwie auffiel, sagte man:

›Du denkst wohl, du bist was Besseres‹, oder eben: ›Nur weil du reich bist …‹ Ich kann euch gar nicht sagen, wie mich das ankotzte. Eigentlich bin ich ein bescheidener Mensch. Das müsstet ihr doch gemerkt haben?« Sie sah uns an.

Wir nickten. Im Grunde genommen war Olivia sogar einer der bescheidensten Menschen, die ich kannte. Ihre Kleidung sah schwer nach secondhand aus, sie schminkte sich nicht, und in ihrem Souterrain waren nur Dinge, die ein Mensch wirklich brauchte, nicht der kleinste Schnickschnack.

»Jedenfalls finde ich es sehr ungerecht, dass meine Familie mir vorwirft, ich würde ihnen auf der Tasche liegen, denn ich habe keine großen Ansprüche, hatte ich noch nie. Meine Eltern sind einfach nur schwer enttäuscht von mir.«

Annett seufzte. »Weil du lesbisch bist?«

»Ja, auch. Und weil ich nicht studieren will. Ich möchte einfach nur Bücher schreiben, Menschen beobachten, in den Tag hinein leben und Gutes tun.«

Louise sah Olivia amüsiert an. »Das klingt echt geil, Olivia, aber das reale Leben sieht ein bisschen anders aus.«

»Ich weiß. Das Geld, das ich im Hundesalon bekomme, reicht kaum zum Leben. Was ich im Monat verdiene, das bekommt mein Vater in einer Stunde.«

»Hast du Geschwister?«, wollte Louise wissen.

Olivia schüttelte den Kopf.

»Das heißt, diese ganze Kohle wird mal dir allein gehören?«

Olivia nickte.

»Nicht schlecht, Baby. Was wirst du damit machen?«

»Ich werde so leben, wie ich es mir wünsche, und ich werde es mit den Armen teilen.«

»Jetzt komm mal runter von diesem Idealistenpfad. Du wirst eine Firma führen und wahrscheinlich zwölf Stunden am Tag arbeiten.« Louise verstand es, Menschen wieder auf den Teppich zu holen.

»Ich könnte das Werk verkaufen.«

»Na, dann wärste schön blöd. Aber du bist ein schräger Vogel, ich trau dir alles zu.«

Olivia lächelte sogar ein bisschen über Louises bissigen Kommentar.

»Es tut mir leid, dass ich euch belogen habe.«

»Gute Güte, Kindchen. Kleine Lügen versüßen das Leben und machen die Dinge manchmal einfacher.«

»Aber manchmal auch schwieriger«, beharrte ich. »Man kann sich in seinen Lügen so verstricken, dass es einen am Ende Kopf und Kragen kostet.«

»Aber das ist doch nicht passiert.« Annett bemühte sich um einen freundlichen Tonfall und blickte lächelnd in Olivias Richtung. »Na, jedenfalls sind wir dir nicht böse.«

»Und es erklärt so manches im Nachhinein«, warf Louise ein, »Olivias Idealismus zum Beispiel. Wobei ich ehrlich sagen muss, dass ich gerne eine Portion davon hätte.«

»Ach«, winkte Annett ab, »wir haben doch alle unsere kleinen Lebenslügen.«

»Wieso, welche hast du denn?«, fragte ich sie.

»Ich? Na ja, ich weiß nicht …«

»Raus damit.«

»Also gut, wenn wir schon dabei sind: Es stimmt nicht, dass ich bis dreißig schlank war.«

»Sondern?« Ich wollte es genau wissen.

»Ich hab schon immer gern gegessen. Schlank war ich noch nie.«

»Und warum erzählst du das?«

Annett wurde ernst. »Weil es sich so gut anfühlt zu sagen, ich war mal schlank. Weil es für mich fast schon etwas Abstraktes ist, kaum erreichbar sozusagen.«

Ich sah sie an. »Aber du könntest versuchen abzu...«

Sie hielt mir die Handfläche vors Gesicht. »Bitte nicht. Ich habe schon die verschiedensten Diäten ausprobiert. Tatsache ist nun mal, dass ich gerne esse. Punkt.«

Wir bestätigten ihr, dass wir ihre Einstellung teilten. Ich fand es sogar klasse, wie sie sich damit arrangierte und es als einen Bestandteil ihres Lebens akzeptiert hatte. Sie versteifte sich nicht darauf, irgendetwas ändern zu wollen.

»Ihr habt ja keine Ahnung, was ich alles ausprobiert habe. Hinzu kommt, dass ich Sport hasse. Und was ich noch mehr hasse, sind Hungergefühle und kalorienarme kleine Portiönchen.«

Wir lachten.

»Aber wenn die Leute deine Kinderfotos ansehen, dann merken sie es doch?« Louise nahm sich zwei Marzipanherzen gleichzeitig. Vielleicht hatte sie über dieses Thema Appetit bekommen.

Annett verdrehte die Augen und verzog den Mund. »Wer sieht sich schon Fotoalben von früher an, außer man selbst? Ich habe jedenfalls noch nie erlebt, dass ein Mann oder eine Freundin sagt: ›So, jetzt pack mal die Fotoalben aus.‹ Ihr vielleicht?«

»Stimmt«, meinte Louise.

Olivia wollte wissen, was Louises kleines Geheimnis sei.

Louise zuckte mit den Schultern.

»Komm schon, Louise. Wir sind Freundinnen. Uns kannst du es doch sagen.«

»Also gut. Es ist mir peinlich zu sagen, dass ich als Zimmermädchen arbeite.«

»Aber wieso denn?«, sagte Olivia.

»Red keinen Scheiß, Olivia. Du weißt genau, was ich meine. Es ist ein Drecksjob. Wahrscheinlich bin ich nicht dümmer als die Leute, für die ich arbeite oder deren Betten ich mache. Aber wen interessiert's?«

»Dann lass dich doch mal beraten, was du machen könntest«, versuchte ich, Louise zu motivieren.

»Ich bin jetzt einundvierzig.«

»Na und?«

»Der Zug ist abgefahren.«

»Das stimmt nicht. Ich sag ja nicht, dass du dein Abitur nachholen, studieren und Ärztin werden sollst. Aber vielleicht könntest du etwas Hotelmäßiges machen und dort aufsteigen.«

»Was Hotelmäßiges?«

»Ja, du verstehst schon.«

Louise zuckte die Schultern. »Es ist ja nicht so, dass ich darüber noch nie nachgedacht hätte. Mir fehlt es wahrscheinlich an Überwindungskraft. Mal sehen, vielleicht könnte ich mal beim Arbeitsamt nachfragen, was es da für Möglichkeiten gibt.«

»Unbedingt. Schaden kann es jedenfalls nicht, oder?«

Sie schüttelte den Kopf. »Aber auch wenn sich beruflich nichts ändern würde, wäre es keine Katastrophe. Es gibt andere Dinge in meinem Leben, die zählen. Ehrlich gesagt, seit ich euch kenne und hier wohne, bin ich insgesamt viel zufriedener.«

Gerade, als wir sie alle selig anlächelten, setzte sie hinzu: »Auch wenn ihr mir manchmal verdammt auf den Geist geht.« Ich lehnte mich nach hinten und sackte ein. Jetzt erst spürte ich die Müdigkeit in den Gliedern. Ich wollte nur noch ein heißes Bad und dann ins Bett.

»Und du?«, fragte Annett plötzlich, und alle drei sahen in meine Richtung.

»Ich?« Unsicher tippte ich mir auf die Brust.

»Ja, du! Welche unausgesprochene Heimlichkeit schlummert da?«

»So spontan fällt mir da eigentlich nichts ein, außer dass ich bei meinem Mann war und ihn um die Scheidung gebeten habe. Dann ist da noch die Sache mit Sascha. Ich habe Schluss mit ihm gemacht – und das einen Tag nachdem ich noch Sex mit ihm hatte.«

Louise machte eine amüsierte Grimasse. »Du willst von den Männern also nur das eine? Wenn du sie erst im Bett hattest, lässt du sie fallen wie eine heiße Kartoffel und suchst dir das nächste Sexopfer. Gefällt mir.«

»Wirklich sehr, sehr witzig, Louise«, meinte ich sarkastisch. »Im Ernst: Ich bin traurig. Ich glaube, unter anderen Umständen hätte etwas daraus werden können.«

»Unter welchen Umständen denn?«, wollte Annett wissen.

»Wenn er nicht so jung wäre, zum Beispiel.«

Louise schüttelte verständnislos den Kopf. »Jetzt fängt sie schon wieder damit an. Zehn lächerliche Jahre!«

»Eigentlich sind es nur neuneinhalb«, verbesserte ich.

»Umso besser.«

»Und er ist Student.«

»Na ja, so schlimm finde ich das aber nicht«, meldete Olivia sich zu Wort. »Das zeigt doch eigentlich nur seinen Mut und seine Entschlossenheit, wenn er es noch mal angepackt hat, oder?«

»Vielleicht habe ich auch einfach nur Angst«, sagte ich.

»Wovor?« Louise sah mir direkt ins Gesicht.

»Ich weiß es nicht. Davor, wieder etwas zu verlieren oder mich lächerlich zu machen. Ich habe keine Ahnung. Alles, was mit Beziehung und Liebe zu tun hat, ist so wahnsinnig kompliziert.«

»Na, was glaubst du, warum ich solo bin, hm?«

Nun fiel mir Stefan wieder ein. »Und unser betrogener Nachbar? Habt ihr noch mal gesprochen?«

Louises Augen leuchteten für eine Sekunde auf. »Zwischen uns hat es ein bisschen gefunkt. Ich hätte das nie für möglich gehalten, aber wir verstehen uns jetzt schon blendend. Na ja …«, sie verdrehte die Augen, »er braucht jetzt natürlich etwas Zeit.« Den letzten Satz hatte sie mit Zeige- und Mittelfingern in wörtliche Rede gesetzt.

Olivia sagte: »Das musst du schon verstehen, Louise. Immerhin hat er seine Frau geliebt.«

Louise fasste sich an die Stirn. »Ich finde Olivias Denkweise und ihre Welt, in der Milch und Honig fließen, einfach großartig.«

»Was ist mit Christoph?«, fragte Louise.

»Christoph?«

»Ja, Christoph. Dein Mann. Was ist los mit dir? Vergisst du die Namen der Kerle, mit denen du mal zusammen warst?«

»Ich weiß, welchen Christoph du meinst. Es wird wohl noch eine Weile dauern, bis ich das mit ihm ganz verarbeitet habe.«

»Na, das gelingt dir doch ganz gut«, rief Louise, »wo du dich mit Sascha amüsiert hast und ihn jetzt zum Teufel schickst, weil dir das alles zu anstrengend wird.«

Ich verschränkte die Arme vor der Brust und sah sie streng an. »Es ist besser so. Ich habe das getan, weil ich ihn respektiere.«

»Du bist scharf auf ihn.«

»So würde ich es nicht nennen.«

»Sondern?« Annett sah mich interessiert an.

»Ich will nicht länger darüber nachdenken. Bald werde ich unsere Begegnung wieder vergessen haben.«

Annett hob die Arme. »Ja, sicher. Wenn du es sagst.«

»Könnten wir jetzt das Thema wechseln, ja?«

»Natürlich, klar doch, sicher …«, kam es durcheinander, aber pikiert von Annett und Louise.

»Ach, übrigens. Ich war vorhin bei Dr. Nix in der Praxis. Ich soll dir ausrichten, dass er eine Stunde später kommt.«

»Na toll! Ich zähle die Sekunden, bis wir uns wiedersehen, und er kommt gleich mit Stunden.« Sie lehnte sich schmollend zurück.

»Es ist ja nur *eine* Stunde«, versuchte ich zu beschwichtigen.

»Phh«, tat sie wie ein Kind und verschränkte beleidigt die Hände vor der Brust.

Olivia griff zur Schachtel und reichte sie ihr. »Na, komm. Nimm dir noch ein Marzipanherz.«

Annett ließ sich das nicht zweimal sagen und fischte drei

Stück heraus. Das erste stopfte sie sich sogleich in den Mund. »Scheiße, Kaffeecreme. Dabei hätte ich jetzt so dringend eines aus Marzipan gebraucht.«

»Die Dinger hat übrigens meine Mutter erfunden«, sagte Olivia, »obwohl *Schwarz Konfekt* der Familie meines Vaters gehört.«

Annett sah frustriert aus. »Sag deinen Leuten, sie sollen mehr Herzen aus Marzipan machen – das kann doch nicht so schwer sein.«

Olivia sah mich an, dann verdrehte sie die Augen. »Was manche Leute für Probleme haben.«

24

Freitag. Die letzten Tage in der Buchhandlung waren sehr ruhig gewesen, und die Wünsche der Kunden waren weitgehend unkompliziert. An diesem Tag sollte sich das jedoch wieder jäh ändern. Ich fragte mich, ob an der Theorie über den Mond vielleicht wirklich etwas dran war. Schließlich benahmen die Leute sich eher geballt seltsam.

Zuerst verlangte eine Kundin die Bücher »von der Autorin mit dem Obstnamen«, und ich verbrachte eine ganze Weile damit herauszufinden, wen sie meinte. Schließlich stellte sich heraus, dass sie von Banana Yoshimoto sprach. Danach wollte jemand »das Buch mit dem komischen Titel von der chinesischen Autorin«. Meine Nerven lagen bereits blank, als Frau Wenzel eine halbe Stunde brauchte, um herauszufinden, dass es *Die Frau des Feuergottes* von Amy Tan war; alles umsonst – die Kundin kaufte das Buch nicht, weil es zu dick war. Kurz vor Ladenschluss hatte ich dann wieder einmal eine Perle der Titelverdreher. »Ich hätt' gern das Buch von Ingeborg Sowieso, *Die Hühner sind weg.*

Ich musste wohl ein sehr ratloses Gesicht gemacht haben, denn die freundliche Dame in reifem Alter, ergänzte: »Auf dem Umschlag ist eine hässliche Frau mit schwabbeligem Gesicht.«

»Ach so?«

»Und der Verlag heißt Sokrates.«

»Diogenes?«

Sie nickte lachend. »Ach ja, genau. Ich wusste, es war etwas Griechisches.«

»Worum geht es denn in dem Buch?« Vielleicht bestand Hoffnung.

»Es ist ein Krimi. Über die Autorin habe ich gelesen, dass sie erst spät angefangen hat zu schreiben und die erfolgreichste Krimiautorin …«

»Ingrid Noll?«

»Ja, so heißt sie!«, rief die Dame begeistert.

»Ich schätze, Sie meinen das Buch *Der Hahn ist tot.*«

»Genau. Das hätte ich gerne.«

Nach der Arbeit ging ich zu meinen Eltern, weil Markus am Wochenende wieder in seine Wohnung ziehen würde. Das war eine Art letztes gemeinsames Beisammensein unter den gegebenen Umständen.

Jedes Mal, wenn ich auf dem Weg zum Buchladen oder vom Buchladen zur U-Bahn war, sah ich mich nach allen Seiten nach Christoph um. Dabei wusste ich nicht einmal, ob ich es erhoffte oder befürchtete, ihn zu sehen. Wahrscheinlich war es eine Mischung aus beidem. Das Hoffen lag aber eher daran, dass er sehen sollte, wie gut es mir ohne ihn ging. Aber bis auf das eine Mal war er mir nicht mehr über den Weg gelaufen. Wahrscheinlich vermied er es, zu den Zeiten das Haus zu verlassen, in denen er mir begegnen konnte. Trotzdem sah ich mich auch an diesem Tag um, was schon beinahe automatisch geschah.

Ich war an diesem Freitag etwas traurig gestimmt. Das

lag vermutlich daran, dass mein Hochzeitstag bevorstand. Christoph und ich hatten geplant, ein bisschen zu feiern. Eigentlich hatte ich ganz alleine geplant; Christoph war einfach nur einverstanden gewesen. Das hatte mich nicht gestört, denn es gab gewisse Dinge, mit denen Christoph sich nicht gern befasste. Unseren Hochzeitstag vergaß er regelmäßig. Ich hatte immer darüber hinweggesehen, denn es hieß doch immer, dass Männer nun einmal so waren. Und weil das allgemein bekannt war, hielten sie es auch nicht für nötig, das zu ändern. Wie die Amerikaner sagten: »He's just a man.« So waren alle Schleusen für Nachlässigkeit und Ignoranz geöffnet. Warum machten es Frauen nicht genauso? Vieles wäre einfacher.

Markus sah schon viel besser aus, lag auch nicht mehr im Bett, sondern angezogen auf der Couch im Wohnzimmer.

Meine Mutter hatte Dampfnudeln gemacht, und wir setzten uns in die Küche. Markus legte sein Bein auf einen Stuhl. Meine Mutter schnitt ihm die Dampfnudel zurecht, weil er nur einen Arm benutzen konnte. Markus schien sich mittlerweile an diesen Prozess gewöhnt zu haben, denn er verzog diesbezüglich keine Miene mehr. Ich musste deshalb schmunzeln, sagte aber kein Wort.

»Köstlich, Mutter«, sagte ich anerkennend und mit halbvollem Mund, »hab ich schon so lange nicht mehr gegessen.«

Mein Vater nickte. »Die Mami hat g'sagt, dass sie die wegen dir macht, weil du die so gern magst.«

»Wirklich?«, fragte ich und sah in ihre Richtung.

»Ach«, winkte sie ab, »alle mögen wir's.« Typisch Mutter, bloß nicht gefühlsduselig werden.

»Wisst ihr, wen ich vor Kurzem getroffen habe?«

»Wen?«, fragte meine Mutter.

»Bertram.«

Die drei sahen mich verstört an. »Nie von dem gehört«, sagte mein Vater.

»Socke.«

»Ach«, meine Mutter schien sich zu erinnern, »der kleine Freund von dir.«

»Was? Nein, klein war er eigentlich nicht. Normal groß, würde ich sagen.«

»Du wieder! Ich meinte das doch nicht wegen seiner Größe, sondern weil ihr beide noch Kinder wart.«

»Also Kinder waren wir auch wieder nicht.«

»Mensch, Evelyn, mit dir 'ne Unterhaltung zu führen ist nicht immer einfach.«

Ich schaufelte den Rest der Vanillesoße vom Teller. »Jedenfalls hab ich den gesehen.«

»Und was ist aus ihm geworden?«, fragte Markus.

»Seine Tochter ist tödlich verunglückt, seine Frau hat ihn verlassen, und er hat ein paar Jahre getrunken; wegen dieser Geschichte, glaube ich.«

Meine Mutter schüttelte den Kopf. »Tut mir leid, was er erlebt hat, wirklich. Aber wenn Probleme ein Maßstab für Alkoholkonsum wären, dann wären wir doch alle Alkoholiker. Ich hab von Leuten mit ähnlichen Schicksalen gehört, und die haben nicht zur Flasche gegriffen.«

Das konnte man sicher drehen und wenden, wie man wollte. Ich beschloss, darauf nichts zu erwidern und ihr auch nicht zuzustimmen.

»Er hat damit aufgehört.«

Sie hörten gar nicht mehr richtig hin, nahmen sich jeder noch eine Dampfnudel und Vanillesoße und mampften weiter.

Ich sah meine Eltern abwechselnd an, dann fragte ich: »Was würdet ihr tun, wenn ich einen Freund hätte, der, sagen wir mal, zehn Jahre jünger wäre als ich?« Meinen Mut darüber bewundere ich jetzt noch an mir selbst.

Mein Vater sah mich stirnrunzelnd an, dann zuckte er die Schultern. »Keine Ahnung. Schätze, es gibt Schlimmeres.«

Meine Mutter blinzelte nervös und lächelte unsicher. »Gibt es denn so jemanden?«

»Och, wahrscheinlich gibt es jede Menge Kerle da draußen, die ein paar Jahre jünger sind als ich.«

»Du weißt, was ich meine«, rügte sie mich.

»Na gut«, gab ich nach, »da gibt es jemanden, ja. Also eigentlich nicht mehr, weil es vorbei ist. Aber irgendwie ist es für mich nicht ganz vorbei. Ach, egal.«

»Du hast Affären?«, fragte meine Mutter verächtlich.

»Nicht Affären. Eine bloß. Gehabt.«

»Hm, so so. Und was macht er beruflich?«

»Fährt Pizza aus. Aber nur, um sein Studium zu finanzieren.«

Sie sah mich seufzend an. »Willst du mich denn ins Grab bringen, Kind? Manchmal denke ich, du legst es darauf an.«

»Genau, Mutter. Mein Lebensinhalt besteht darin, dich so bald wie möglich ins Grab zu bringen.«

Markus lachte kurz auf, dann war sie still.

»Was studiert er denn?«, fragte sie nach einer Weile.

»Psychologie.«

»Oh, will er mal in einer Anstalt arbeiten? Das ist bestimmt schwer.«

»Er will Therapeut werden.«

»Aha.« Mehr sagte sie nicht dazu.

Wir löffelten eine Weile stillschweigend weiter. Dann hielt ich es nicht mehr aus und fragte in den Raum hinein: »Und, wäre es schlimm für euch, wenn ich einen Partner hätte, der neuneinhalb Jahre jünger ist als ich?«

Meine Mutter verzog ironisch den Mund. »Solange es keine zehn Jahre sind.« Dann rang sie nach den richtigen Worten. »Also, wie soll ich das denn der Familie erklären, dass du so kurz nach der Trennung von deinem Mann schon wieder einen neuen Freund hast?«

Markus prustete in sich hinein. »Ja, besonders Onkel Manfred, der nach jeder seiner fünf Scheidungen schon nach einer Woche eine Neue hatte.«

»Ich finde das nicht schlimm, wenn der Mann jünger ist«, meldete mein Vater sich unerwartet zu Wort, »aber dass er ein Pizzafahrer ist, also ich weiß nicht. Versteh mich nicht falsch, aber …«

»Er studiert noch. Das habe ich doch erklärt. Und mal ganz ehrlich: Selbst wenn es nur ein Pizzafahrer wäre – tun wir doch nicht so, als ob wir Aristokraten wären.«

»In dem Alter studiert er noch?« Meine Mutter dachte nicht daran, auf meinen letzten Satz einzugehen.

Ich erzählte ihnen von seiner schweren Vergangenheit und wie er seinen Weg alleine gegangen war. »Hmm«, meinte meine Mutter nur.

»Du hast ihn übrigens schon mal gesehen. *Es ist der Bub, der freie Fahrt bekommen hat.*«

»Was?«

»Ich habe mir doch Pizza bestellt, und da ist er nicht rausgekommen, weil das Gartentor …«

»Ach so.« Jetzt fiel er ihr wieder ein. »Das war ja ein Kind!«, rief sie entrüstet.

»Ich bitte dich! Er ist dreißig!«

»Der sieht aus wie zwanzig.«

Langsam versetzte sie mich in Wut. »Jetzt übertreib doch nicht immer so!«

»Also, wenn du mit dem irgendwohin gehst, denken doch alle, der ist dein …«

»Ich will's nicht hören!«, rief ich entschlossen.

Markus beugte sich zu mir und sagte: »Sie wollte doch nur sagen, dann denken alle, das ist dein junger Liebhaber.«

»Wollte ich nicht!«

Mein Vater seufzte. »Können wir das Thema wechseln?«

Dieser Einwand war mir sehr willkommen. »Gerne«, bemerkte ich deshalb.

»Heute habe ich die Frau Behrens beim Metzger getroffen«, plauderte meine Mutter plötzlich los. »Stellt euch vor, die Sieglinde bekommt eine Abfindung von mehreren Hunderttausend, weil ihr Exmann das Haus verkauft.«

Ich ließ den Löffel in den Teller fallen und sprang auf. »Sieglinde!«

»Was?«, rief meine Mutter.

»Was ist denn los?« Markus sah mich erschrocken an. Er hatte Vanillespuren an seiner Oberlippe.

»Scheiße! Wie spät ist es?« Ich blickte an die Wanduhr. »Zehn nach acht. Ich hab doch Sieglinde für heute eingeladen.«

»Haaach, herrje!« Meine Mutter sprang aufgebracht auf.

»Wieso tickst du da jetzt so aus?«, nahm ich mir noch die Zeit, sie zu fragen.

»Wenn du die Lesbierin schon einladen musst, dann halt dich gefälligst an gewisse Umgangsformen! Wie soll ich denn der Frau Behrens jetzt unter die Augen treten?«

Mein Vater fuhr mich nach Hause, weil es zu Fuß oder mit dem Bus zu lange gedauert hätte. Sieglinde war bestimmt schon da gewesen, hatte geklingelt, nach mir gefragt und war dann mit gesenktem Kopf wieder gegangen. Wie konnte ich nur so egoistisch sein und diese Verabredung einfach vergessen? Als mein Vater den Wagen anhielt, lief ich hinaus und sperrte die Tür auf.

Im Wohnzimmer saßen Annett, Olivia – und Sieglinde. Ich war froh, dass sie nicht weg war und mich vielleicht noch nicht für ein Charakterschwein hielt. »Hallo, Sieglinde.«

Die drei sahen mich lächelnd und offenbar gut gelaunt an.

»Hallo.« Sieglinde schien nicht böse zu sein.

»Es tut mir furchtbar leid.«

»Das macht gar nichts«, winkte sie lapidar ab.

»Und dann gibt es da noch dieses japanische Restaurant in Schwabing …«, griff Olivia das Gespräch wieder auf. Wie es aussah, unterhielten sie sich bestens, auch ohne mich. Eine Weile stand ich noch unbeholfen da, dann zog ich mir Mantel und Schuhe aus und holte mir aus der Küche ebenfalls eine Tasse Kaffee. Annett kam herein und flüsterte mir ins Ohr: »Ist deine Freundin auch andersherum?«

»Wie meinen?«

»Du weißt schon.« Sie zwinkerte mir verschwörerisch zu.

Ich nickte.

»Zwischen Olivia und ihr hat es gefunkt.«

Ich sah sie überrascht an. »So schnell? Bist du sicher?«

»Man hört es förmlich knistern.« Annett kicherte. »Gute Güte, die beiden haben sich gesehen, und der Funke ist sofort übergesprungen. So etwas habe ich noch nie erlebt, wirklich.«

»Wow. Glaubst du, ich sollte die beiden eine Weile alleine lassen? Andererseits ist es doch unhöflich, wenn ich mich nicht blicken lasse. Schließlich habe ich Sieglinde eingeladen.«

Annett überlegte. »Ja, das wäre wohl etwas respektlos. Geh mal eine Viertelstunde rein, und dann hole ich dich unter irgendeinem blöden Vorwand wieder heraus.«

»Der Vorwand sollte aber nicht blöd sein, sonst fällt es doch auf.«

»Ich rufe von meinem Handy aus die Festnetznummer an, lasse es klingeln und sage dann, es sei für dich.«

»Perfekt.« Ich ging mit meiner Kaffeetasse ins Wohnzimmer. Annett hatte völlig recht. Die zwei schienen sich gesucht und gefunden zu haben. Sie nahmen mich gar nicht wahr. Ich meldete mich nur ein Mal zu Wort, als sie über Friseure sprachen. »Ich kann euch meinen empfehlen, der ist super.«

Sie sahen mich kurz an, nickten und redeten weiter. Ich hätte mir ebenso gut eine Zeitschrift nehmen können oder den Fernseher einschalten. Den beiden wäre es nicht aufgefallen. Das Telefon klingelte. Endlich. Annett meldete sich. »Ja, sie ist hier, kurzen Augenblick«, hörte ich sie sagen. »Lyn, kommst du mal?« Ich erhob mich und ging Richtung Flur, als sie noch hinzufügte: »Bertram ist am Telefon.«

Das fand ich nun ausgesprochen geschmacklos von ihr. Hatte sie sich nicht einen anderen Namen aussuchen können? Sie reichte mir lächelnd den Hörer, ich riss ihn ihr wütend aus der Hand und strafte sie mit einem verärgerten Blick. Annett sah mich verwundert an und entfernte sich. Ich schloss die Wohnzimmertür und wollte ein paar Worte sprechen, damit sie mich hörten, bevor ich die zwei Turteltauben alleine ließ. »Ja? Hallo?«, sprach ich gelangweilt in den Hörer.

»Hallo«, kam es unerwartet vom anderen Ende. Ich hielt inne, brachte erst einmal kein Wort heraus.

»Ich weiß, dass ich mich letztes Mal blöd benommen habe. Das wollte ich nicht. Du warst sehr nett, und ich war einfach nur etwas übermüdet. Vielleicht kann ich den miesen Eindruck wiedergutmachen, Lyn. Würdest du mal mit mir essen gehen?«

»Äh … Was … Essen … äh … Essen gehen …?« Das Problem bestand bei mir schon immer und würde sich wohl niemals ändern. Wenn ich aufgeregt war, brabbelte ich unzusammenhängenden Unsinn vor mich hin.

»Ich bin so froh«, sagte Bertram. »Ich dachte schon, du legst einfach auf.«

»Das würde ich nicht tun.«

»Hab ich auch nicht ernsthaft angenommen.«

»Nett von dir, dass du anrufst und dich entschuldigst, aber …«

»Aber?«

»Es ist zu spät, Bertram. Das mit uns ist alles viel zu lange her.« Dass mir seine Art außerdem Schwierigkeiten bereitete, behielt ich für mich.

»Ja. Wahrscheinlich ist das so.«

»Ich finde es wirklich nett, dass du dich noch mal gemeldet hast.«

Pause.

»Alles Gute, Lyn.«

»Mach's gut, Socke.«

Langsam legte ich den Hörer auf. Stimmte es womöglich, wenn man sagte, dass einem das andere Geschlecht regelrecht zugeflogen kam, wenn man es am wenigsten erwartete?

Zwei Wochen lang überlegte ich hin und her, ob ich ihn anrufen sollte. Am Samstag versuchte ich es mehrmals auf seinem Handy, aber er meldete sich nicht. Wahrscheinlich musste er arbeiten. Aber warum rief er nicht zurück? Vielleicht war sein Handy kaputt? Vielleicht hatte er eine neue Nummer? Oder hatte er einen Unfall gehabt? Vielleicht war sein Handy kaputtgegangen, und jetzt dauerte es, bis er sich ein neues … Ich konnte es schönreden, wie ich wollte, aber er sah meine Nummer und wollte sich nicht melden. Natürlich verstand ich das einerseits und fand es sogar faszinierend, dass er so cool war und nicht abnahm. Mich hätte alleine schon die Neugier dazu getrieben, mich zu melden.

Um elf Uhr abends entschloss ich mich, ihm diesmal eine Nachricht auf der Mailbox zu hinterlassen. Damit machte ich alles nur noch schlimmer, denn ich stammelte zwei Sätze, die alles andere als souverän klangen: »Hallo, Sascha, vielleicht könntest du mich ja mal eventuell zurückrufen, wenn du so Zeit und Lust hast. Ich würde gerne noch mal mit mir – ähm – mit dir sprechen und so. Tschüs.«

Da tat ich so betont leger und konnte vor Nervosität nicht mal zwei Sätze fehlerfrei aufsagen. Meine Befürchtung war, dass ich es damit wirklich nur verschlimmert hatte und er sich wahrscheinlich dachte, wie gut, dass er mich los war.

Den ganzen Sonntag hindurch wartete ich auf seinen Anruf. Nichts.

Irgendwann, so gegen acht Uhr abends, schleppte ich mich ins Wohnzimmer. Niemand war da. Ich hatte das Haus für mich. Alle waren verliebt, nur ich würde für den Rest meiner Tage einsam bleiben.

Verspürte ich nicht eine unheimliche Lust auf Pizza? Ja, ich hatte regelrecht Heißhunger darauf. Mein Herz fing wie wild an zu klopfen, als ich daran dachte, Sascha heute noch zu sehen. Es war vielleicht meine letzte Chance. Und es war mir egal, dass manche Leute behaupteten, man solle einem Kerl nicht hinterhertelefonieren. Wer machte solche Regeln? Ich hatte einen Fehler gemacht, und es konnte nichts Falsches daran sein, diesen Fehler einzusehen und sich zu entschuldigen.

Zuerst ging ich ins Bad, wusch mir die Haare und legte Make-up auf. Ich betrachtete mich im Spiegel und dachte: Warum habe ich mich zeitlebens für durchschnittlich gehalten? Das ist doch gar nicht wahr. Ich bin hübsch, und wenn die anderen das sagen, dann nicht, weil sie nur nett sein wollen, sondern weil es so ist.

Ich zog meine seidene schwarze Bluse an und weiße Jeans, dazu einen schwarzen Gürtel. Vielleicht ein bisschen übertrieben, aber er sollte ruhig merken, dass mir etwas an ihm lag.

Mit zitternden Fingern wählte ich die Nummer von Best and fast Pizza.

»Best and fast Pizza. Pronto«, meldete sich Saschas Chef mit italienischem Akzent. Letztes Mal hatte er noch reines Münchnerisch gesprochen, und von Sascha wusste ich, dass er Werner Ostermeier hieß.

»Ich möchte gern eine Pizza bestellen.« Jetzt war ich schon wie unsere Kunden, die in unserer Buchhandlung ein *Buch* wollten.

»Ja?«

»Einmal Pizza Regina und einmal Siziliana. Beide groß.«

»Alles?«

»Können Sie mir sagen, ob Sascha heute arbeitet? Bringt er die Pizza?«

»Ach, Sie san's wieder.«

Zum Glück sah er nicht, wie rot ich wurde.

»Der Sascha müsst gleich z'ruckkemma, des war dann sei letzte Tour für heid.«

Ich war verzweifelt. »Können Sie ihn nicht noch mal losschicken, bitte?«

»Ähm …« Er war ratlos – und wahrscheinlich war er der Überzeugung, dass ich nicht zurechnungsfähig war. Vielleicht hielt er mich für eine Stalkerin.

»Hören Sie«, fing ich an, »wenn ich an Ihrer Stelle wäre, würde ich mich auch fragen, ob ich es mit einer Verrückten zu tun habe. Aber glauben Sie mir bitte, ich habe keinen Knall oder so etwas.«

»Na ja, wissen 'S, seit der Sascha hier arbeit', rufen dauernd irgendwelche Madln an und wollen nur von ihm beliefert werd'n.«

»Ach echt?«

»Ja, ja. Oanerseits g'freit mi des, dass am Wochenende mein Umsatz besser g'word'n is, aber auf Dauer nervt's a a bisserl.«

»Ich verstehe Sie ja. Und glauben Sie mir bitte, wenn ich Ihnen sage, dass ich mir bescheuert vorkomme, aber es ist sehr wichtig. Ich bezahle Ihnen fünfzig Euro mehr für die Lieferung.«

»Naaa, des is doch koa Kupplerservice, den i do hob.« Pause. »Also guad, aber des ist fei jetz a totale Ausnahme, geh?« Ich atmete erleichtert aus. »Danke.«

Es dauerte eine halbe Stunde, bis ich das Auto hörte. Ich stand in der Küche am Fenster und spähte durch die Rollos. Im Dunkeln, damit er es nicht sah, wenn er sich dem Haus näherte. Dann stieg er aus, mit den zwei großen Pizzaschachteln in der Hand. Als ich ihn so sah, wie er auf das Haus zukam, fingen meine Hände an zu zittern, und ich bekam keine Luft mehr.

Es klingelte. O Gott. Was hatte sein Chef ihm wohl gesagt? Plötzlich war mir das Ganze unerträglich peinlich. Ich lief in den Flur, knipste das Licht an und öffnete mit zittriger Hand die Tür.

»Hallo«, sagte ich und hoffte, es würde einigermaßen unbefangen klingen.

Er nickte in Zeitlupentempo. »Hey.« Sascha lächelte nicht. Er hielt mir die zwei Pizzaschachteln entgegen und meinte: »Das macht achtzehn Euro.«

Ich nahm die Schachteln und stellte sie auf die Kommode neben der Tür. »Ich habe gestern den ganzen Tag versucht, dich zu erreichen.«

»Ich weiß.« Sascha stand mit dem linken Fuß auf der Stufe und stützte sich mit dem linken Arm auf seinem Bein ab.

»Warum hast du nicht zurückgerufen?«

Er sah mich lange an. »Was hätte denn das für einen Sinn?« Er klang weder verbittert noch unfreundlich, vielmehr sprach er ganz ruhig.

Jetzt wusste ich nicht mehr weiter.

»Achtzehn Euro, bitte.«

Ich nahm meinen Geldbeutel und holte einen Zwanzigeuroschein heraus. »Stimmt so.«

»Danke.« Er wandte sich ab und wollte gehen.

»Warte kurz.« Ob ich mich wohl bettelnd anhörte?

»Ja?«

»Interessiert es dich denn gar nicht, was ich dir zu sagen habe?«

Er trat wieder einen Schritt näher, steckte die Hände in die Hosentaschen und sagte: »Es interessiert mich. Und du kannst mir glauben, dass ich nicht beleidigt oder böse bin. Es ist nur so, dass ich dir ganz offen begegnet bin und du mich zurückgewiesen hast. Okay«, er zuckte mit den Schultern, »du bist noch nicht so weit, und ich verstehe das. Es ist auch irgendwie mein Fehler gewesen. Wahrscheinlich hätte das in dem Tempo nicht passieren dürfen.«

»Was, wenn ich dir sagen will, dass ich jetzt weiß, was ich will?«

»Und was willst du?«

Mir war klar, dass er mir ansah, wie nervös ich war. Aber ich konnte nichts dagegen machen. »Ich will mit dir zusammen sein, also, ich meine, du weißt schon, ich möchte, dass wir uns noch näher kennenlernen.«

Sascha sah mich lange an. »Und das hast du letztes Mal noch nicht gewusst?«

»Nein.«

Sascha schwieg. Um das ewig lange Schweigen zu brechen, sagte ich: »Du hast doch jetzt Feierabend. Willst du bleiben und mit mir Pizza essen?«

Er schüttelte den Kopf. »Ich muss das Auto zurückbringen.«

»Ach so. Ja, dann …«

»Mach's gut, Lyn.«

Ich bekam kein Wort mehr heraus und ließ die Tür langsam ins Schloss fallen.

Nie wieder würde ich einen Mann auch nur ansehen. Vielleicht sollte ich auch lesbisch werden. Aber da hatte man wahrscheinlich auch nicht weniger Probleme mit Beziehungskram.

Nun hatte ich in kurzer Zeit zum zweiten Mal Liebeskummer, und so irrsinnig sich das anhört, aber es tat mehr weh als nach der Trennung von Christoph. Das lag vielleicht daran, dass meine Ehe mit Christoph schon kaputt war – obwohl ich es nicht gemerkt hatte. Und mit Sascha hätte ich eine Chance gehabt, und was machte ich? Ich trat sie mit Füßen.

Was hatte ich nur getan? Wie konnte ich einen Mann wie Sascha einfach so aufgeben? Ich würde mir das niemals verzeihen.

Epilog

Ich war umgeben von Frühlingsgefühlen.

Annett schwebte mit Dr. Nix im siebten Himmel; Louise war nun öfter im Haus gegenüber bei Stefan als daheim. Und Olivia hatte in Sieglinde offenbar ihre große Liebe gefunden, denn wenn sie nicht wie zwei Teenager am Telefon hingen, waren sie bei Olivia unten im Souterrain.

Es war ein Freitag Ende Mai, als ich aus dem Laden kam und mich dort die größte Überraschung meines Lebens erwartete.

Auch wenn es nun etwas unbescheiden klingt, aber ich sah auch noch sehr gut aus an jenem Freitag, weil ich das Wochenende davor im Spa war. Ich hatte den Gutschein meiner Eltern eingelöst und das volle Programm durchgezogen. Am Ende zahlte ich noch zweihundert Euro drauf, aber die Sache war es wert gewesen. Ich sah zehn Jahre jünger aus, na ja, mindestens fünf Jahre.

Ich hatte in den Mädels wunderbare Freundinnen gefunden, war selbstbewusster und stärker geworden. Jedenfalls hatte ich die Scheidung eingereicht, woraufhin mich Christoph wutschnaubend anrief. Nachdem er zuerst meinen Verstand und dann meinen Gemütszustand beleidigt hatte, legte ich einfach auf.

An diesem Spa-Wochenende hatte ich viel Zeit zum Nachdenken. Ich ordnete meine Gedanken, überlegte, was ich falsch gemacht hatte und wie es weitergehen sollte. Ich kam zu dem Schluss, dass es nur einen Fehler gab, den ich gemacht hatte: mit Sascha die Beziehung zu beenden, bevor sie überhaupt angefangen hatte. In meiner Absicht, etwas Vernünftiges zu tun, hatte ich mich verliebt und es nicht einmal gemerkt. Immer wieder kehrten die Gedanken zu ihm zurück. Ich hätte uns eine Chance geben sollen. Dass er bei meiner Pizzabestellung nicht mit wehenden Fahnen auf mich zugelaufen kam, bewies nur, dass er sich nicht herumschubsen ließ.

Und als ich so hin und her überlegte, Tag für Tag, ergab sich die Sache dann von selbst:

An jenem wunderbaren Freitag kam ich also aus dem Laden und – sah ihn. Mir fiel beinahe der Schlüssel aus der Hand. Sascha lehnte an einem schwarzen Auto und lächelte mich an. Er trug ein olivfarbenes T-Shirt, und seine sehnigen, schlanken Arme waren zu sehen.

Ich stand einfach so da und sah ihn blöde an. Er kam auf mich zu und meinte unvermittelt: »Hab mir gestern ein Auto gekauft.« Er zeigte auf das schwarze Auto, an dem er so lässig lehnte.

Ich sah ihn einfach nur sprachlos an und hatte keine Ahnung, was ich darauf sagen sollte.

Er lächelte und sah mich an. »Ich bin nicht hier, weil ich damit angeben will, sondern … Es tut mir leid, dass ich dich so abblitzen ließ. Um ehrlich zu sein, ich fühlte mich etwas in meiner männlichen Ehre gekränkt. Außerdem wollte ich nicht gleich springen, wenn du pfeifst.« Er zuckte die Schultern. »Jedenfalls, wenn … Also … Wenn du vielleicht doch noch Lust hast, mit mir essen zu gehen, dann würde ich mich sehr darüber freuen. Außerdem musst du das dann nicht mehr in dem Pizzaauto machen.«

»Oh«, meinte ich, und vor Aufregung fiel mir nichts weiter ein als dieses banale *Oh*.

»Ich dachte einfach nur, dass wir uns hin und wieder mal treffen können, weil wir uns gut verstanden haben und weil wir uns mögen. Du magst mich doch, oder?«

»Ich kann dich nicht leiden«, murmelte ich und grinste, damit er mich nicht missverstand.

»Na ja«, griff er meine Ironie auf, »leiden mag ich dich auch nicht besonders, aber Punkt eins: Du wirst bald einen eigenen Laden haben, und so was ist finanziell nicht verkehrt. Punkt zwei: Wie ich hörte, sind Frauen in deinem Alter sexuell am aktivsten, womit ich mich gut arrangieren kann.«

»Verstehe.« Ich zuckte die Schultern. »Na ja, nachdem ich kein Auto habe, könnte ich mir mit dir eine Menge Zeit und das Geld für die Monatskarte sparen. Und da wäre noch die Sache mit deiner Arbeit. Ich könnte jedes Problem mit dir bereden und müsste damit nicht mehr zu laienhaften Freundinnen.«

Er nickte lächelnd, dann kam er einen Schritt auf mich zu und sagte: »Bei dir fühle ich mich gut. Ich weiß noch nicht so viel über dich, aber ich weiß, dass mir alles an dir gefällt. Das kann nicht verkehrt sein.«

Mein Herz klopfte wie verrückt. Was hatte ich für ein Glück! Eigentlich sollte ich Thuy Me einen Blumenstrauß schicken, überlegte ich, mit einer Dankeskarte, die die Melodie von *Eine neue Liebe ist wie ein neues Leben* spielte, wenn man sie aufklappte.

»Hat dir schon mal jemand gesagt, dass du einen ganz besonderen Charme hast?«, fragte ich.

»Ist das eine Antwort?«

»Es gibt keine Antwort, nur Gefühl.« Ich legte die rechte Hand auf mein Herz.

Sascha sah mir in die Augen, lächelte, und dann hob er seine rechte Hand und legte sie behutsam auf meine.

Dank

Das Schreiben eines Buches geschieht in der Isolation. Nichtsdestotrotz habe ich es ein paar netten Menschen zu verdanken, dass aus dem Manuskript ein Buch geworden ist:

Meinem Mann und meinen Kindern, die es tolerierten, dass ich einen Großteil meiner Zeit vor dem Computer verbrachte.

Nicole, meiner Freundin und leidenschaftlichen Leserin, die mich regelmäßig mit witzigen Frauenromanen versorgt und daraus Geschichten und Figuren analysiert.

Harry Olechnowitz, dem Agenten mit Engagement und konstruktiver Kritik.

Hanna Bauer, einer Lektorin, wie sie sich jede Autorin nur wünschen kann. Ihre Vorschläge und Gedanken zur Geschichte haben das Buch in jeder Hinsicht bereichert.

Außerdem bedanke ich mich beim gesamten Diana-Team für die nette Zusammenarbeit, besonders bei Carola Fischer, die sich den knackigen Buchtitel ausgedacht hat.